古典文學研究輯刊

二五編

曾永義 主編

第11冊

明清小說評點範疇譜系研究（下）

李夢圓 著

國家圖書館出版品預行編目資料

明清小說評點範疇譜系研究（下）／李夢圓 著 -- 初版 -- 新
北市：花木蘭文化事業有限公司，2022〔民 111 〕
目 4+186 面；19×26 公分
（古典文學研究輯刊 二五編；第 11 冊）
ISBN 978-986-518-793-4（精裝）
1.CST：明清小說 2.CST：小說美學 3.CST：文學評論
820.8　　　　　　　　　　　　　　　　110022415

ISBN-978-986-518-793-4

古典文學研究輯刊
二五編　第十一冊　　　　　　ISBN：978-986-518-793-4

明清小說評點範疇譜系研究（下）

作　　　者　李夢圓
主　　　編　曾永義
總 編 輯　杜潔祥
副總編輯　楊嘉樂
編輯主任　許郁翎
編　　　輯　張雅淋、潘玟靜、劉子瑄　美術編輯　陳逸婷
出　　　版　花木蘭文化事業有限公司
發 行 人　高小娟
聯絡地址　235 新北市中和區中安街七二號十三樓
　　　　　　電話：02-2923-1455 ／傳真：02-2923-1452
網　　　址　http://www.huamulan.tw 信箱 service@huamulans.com
印　　　刷　普羅文化出版廣告事業
初　　　版　2022 年 3 月
定　　　價　二五編 19 冊（精裝）台幣 48,000 元

明清小說評點範疇譜系研究(下)

李夢圓　著

下　冊

第六章　明清小說評點範疇結構論系

第一節　構思

「構思」是「成說」前範疇，是小說家在落筆前所要經歷的「頭腦風暴」。小說要寄寓什麼樣的思想，完成什麼樣的使命，塑造什麼樣的人物，採取什麼樣的言語等都要小說家進行充分構思。而「構思」在一部小說整體結構上所體現的價值和所佔據的地位尤為重要和明顯，故將「構思」範疇放在小說評點的結構論系來考量。

劉勰在《文心雕龍》第二十六《神思》篇，探討了有關藝術構思的問題，茲節選部分內容如下：

> 古人云：「形在江海之上，心存魏闕之下。」神思之謂也。文之思也，其神遠矣。故寂然凝慮，思接千載；悄焉動容，視通萬里……是以陶鈞文思，貴在虛靜，疏瀹五藏，澡雪精神。積學以儲寶，酌理以富才，研閱以窮照，馴致以懌辭……此蓋馭文之首術，謀篇之大端……方其搦翰，氣倍辭前；暨乎篇成，半折心始。何則？意翻空而易奇，言徵實而難巧……
>
> 人之稟才，遲速異分；文之制體，大小殊功……若夫駿發之士，心總要術；敏在慮前，應機立斷。覃思之人，情饒歧路；鑒在疑後，研慮方定。機敏故造次而成功，慮疑故愈久而致績；難易雖殊，並資博練。若學淺而空遲，才疏而徒速；以斯成器，未之前聞。是以臨篇綴慮，必有二患：理鬱者苦貧，辭溺者傷亂。然則博見為饋貧

之糧，貫一為拯亂之藥；博而能一，亦有助乎心力矣。

若情數詭雜，體變遷貿；拙辭或孕於巧義，庸事或萌於新意……

〔註1〕

這篇論「構思」之鼻祖，雖探討的是文章寫作構思問題，但亦可總領小說構思之論。不論是構思一篇賦作，還是構思一部小說，其內質本相通。作家在構思之時，精神世界無邊無際。當其靜靜思考之機，可回溯至千年之前，亦可聯想到萬里之外。處於構思中的作者，其精神與物象相連通。構思得以進行的最基本前提便是構思者的專心致志、心無旁騖。此外，還需要作者豐厚的學識積累、對事理的明辨能力、生活經驗的參與，以及調用自身情致恰切地遣詞行文等。在構思之初，作者或許有無數意念，但需給抽象的意識賦予具體的形態，而又能隨著意識之流來縱橫馳騁。成型的作品總會和起初的構思打個對折，因為想像雖然無邊，但實在的語言表現力有限。作者寫作才能各有相差，有文思敏捷者，可以快速達成對文本的構思；也有性好多慮者，需要歷時較久才能將作品寫好。思理不暢易致內容貧瘠，文辭過濫使得意思混雜，故增補見識、突出重點對於作家構思極有助益。構思出的作品內容複雜，風格各異。文辭粗糙者，道理或會巧妙；敘事平凡者，意思可能新穎。要之，「構思」是作家受外界事物所觸發感動之後，作家豐富廣闊的精神世界與複雜多變的世間萬象相結合的鴻博幽微的心理活動。

研究者對於明清小說構思的討論多有卓見。從宏觀、微觀等各個角度涉及到包括《聊齋誌異》、《紅樓夢》、《水滸傳》等明清小說構思的多個層面。如王林書《論〈聊齋〉藝術構思的獨創性》，指出了《聊齋誌異》在題材、情節、人物、藝術形式、主題等方面的創新，以及在藝術構思方面的成敗得失。〔註2〕劉宏《一個由「空·色·情」建構的立體世界——論〈紅樓夢〉的總體構思》，認為《紅樓夢》全書總體構思綱領是「空見色、色生情、情入色、色悟空」。〔註3〕趙奎夫《〈紅樓夢〉的構思與背景問題》，從「賈」、「曹」、「甄」三字這一細節問題出發，探討《紅樓夢》構思的虛實相生問題。〔註4〕梁玉敏

〔註1〕〔南朝梁〕劉勰著，范文瀾注，文心雕龍注〔M〕，卷六，北京：人民文學出版社，1962：493～495。

〔註2〕王林書，論《聊齋》藝術構思的獨創性〔J〕，蒲松齡研究，1993，（Z1）：87。

〔註3〕劉宏，一個由「空·色·情」建構的立體世界〔J〕，北京大學學報（社會科學版），2001，38（2）：50。

〔註4〕趙逵夫，《紅樓夢》的構思與背景問題〔J〕，社會科學戰線，2003，（4）：115。

《論小說創作的藝術構思》，認為構思作為小說創作的孕育階段，是小說創作成敗的直接決定性因素。〔註5〕張雲《從〈紅樓復夢〉之「復」看其續書理念與構思手法》，也是從微觀小角度切入，通過解讀《紅樓復夢》「復」字，探尋了小說情節結的構思方法。〔註6〕王汀《明清小說藝術構思中靈感作用之發微》，認為藝術構思與靈感緊密相關，靈感是藝術構思得以形成的推動力量，幫助藝術構思取得突破，促進藝術構思的充分發揮。〔註7〕此外，「構思」問題在學位論文中也多有討論，如紀堯《金聖歎論小說創作——以金批〈水滸〉為例》，第三章論述了金聖歎論小說創作的構思問題，認為施耐庵作《水滸傳》是有全書在胸，構思人物形象須「忠恕」、「格物」，構思時的心理機制是「親動心」，並指出金聖歎批評《水滸傳》第四十一回回評中涉及到了靈感在小說創作構思中的作用。〔註8〕郭銅《女媧神話原型對明清小說創作構思的影響》，認為女媧神話原型對明清小說作者在構思小說過程中具有智慧的指導作用，女媧神話原型誘發了小說作者深層的審美心理，促成小說作者形成了陰柔優美的情感經驗。〔註9〕

「構思」範疇作為明清小說評點結構論系重要範疇之一，包蘊廣泛，具有特色。「全書在胸」、「睹全局」、「成竹於胸中」、「謀篇」等均言「構思」。從「構思」的文辭使用上，亦可看出中國古代文學批評思想領域的跨界性與多樣性，如借用風水術語「結穴」、「立勢」、「龍脈」，建築術語「關鍵」、「間架」，戲曲術語「關目」、「楔子」、「提綱挈領」，植物學術語「根蒂」等等。本文限於篇幅，難以對這些術語一一敘及。下面僅選取幾個有代表性的「構思」問題作一分析。

一、「凡看一書，必看其立架處」

「立架」是建築術語，顧名思義，就是搭架子。「立架」是搭立「間架」。

〔註5〕梁玉敏，論小說創作的藝術構思〔J〕，學術論壇，2012，（1）：176。

〔註6〕張雲，從《紅樓復夢》之「復」看其續書理念與構思手法〔J〕，中國文化研究，2013，春之卷：133。

〔註7〕王汀，明清小說藝術構思中靈感作用之發微〔J〕，湖北函授大學學報，2013，26（5）：155～156。

〔註8〕紀堯，金聖歎論小說創作——以金批《水滸》為例〔D〕，合肥：安徽大學，碩士學位論文，2013：14～22。

〔註9〕郭銅，女媧神話原型對明清小說創作構思的影響〔D〕，重慶：重慶師範大學，碩士學位論文，2010：18～21。

「間架」指房屋建築的結構。梁與梁之間叫「間」，桁與桁之間叫「架」。小說作者創作一部小說，如同建造房屋，也需搭建好小說的基本框架，這是構思之初便需要做的工作。

張竹坡《金瓶梅雜錄小引》以《金瓶梅》為例談到了「立架」問題，茲選錄如下：

> 凡看一書，必看其立架處。如《金瓶梅》內房屋花園以及使用人等，皆其立架處也。何則？既要寫他六房妻小，不得不派他六房居住。然全分開，既難使諸人連合；全合攏，又難使各人的事實入來，且何以見西門慶豪富。看他妙在將月、樓寫在一處，嬌兒隱現之間，後文說挪廂房與大姐住，前又說大妗子見西門慶揭簾子進來，慌的往嬌兒那邊跑不迭，然則嬌兒雖居廂房，卻又緊連上房東間，或有門可通者也。雪娥在後院近廚房。特特將金、瓶、梅三人放在前院花園內，見得三人雖為侍妾，卻似外室名分，不正贅居其家，反不若李嬌兒以娼家娶來，猶為名正言順，則縱夫奪妻之事，斷斷非千金買妾之目。而金、梅合，又分出瓶兒為一院。分者理勢必然，必緊鄰一牆者，為妒寵相爭地步。而大姐住前廂，花園在儀門外，又為敬濟偷情地步。見得西門慶，一味自滿託大。意謂惟我可以調弄人家婦女，誰敢狎我家春色。全不想這樣妖淫之物，乃令其居於二門之外。牆頭紅杏，關且關不住，而況於不關也哉？金蓮固是冶容誨淫，而西門慶實自慢藏誨盜。然則固不必罪陳敬濟也。故云寫其房屋是其間架處。猶欲耍獅子先立一場，而唱戲先設一臺。恐看官混混看過，故為之明白開出，使看官如身入其中，然後好看書內有名人數進進出出，穿穿走走，做這些故事也……〔註10〕

除以上所引談到「立架」的部分，張竹坡又在《〈金瓶梅〉讀法》中言：「讀《金瓶》須看其大間架處。其大間架處則分金、梅在一處，分瓶兒在一處，又必合金、瓶、梅在前院一處。金、梅合而瓶兒孤，近而金、瓶妒月娘遠，而敬濟得以下手也。」〔註11〕張竹坡敏銳地指出，就如同耍獅子先要立一個場子，

〔註10〕〔明〕蘭陵笑笑生著，〔清〕張道深評，王汝梅、李昭恂、於鳳樹校點，張竹坡批評金瓶梅〔M〕，濟南：齊魯書社，1991：3～4。

〔註11〕〔明〕蘭陵笑笑生著，〔清〕張道深評，王汝梅、李昭恂、於鳳樹校點，張竹坡批評金瓶梅〔M〕，濟南：齊魯書社，1991：27。

唱戲要先設立一個檯子一般，寫小說也要先立個大間架，這個大間架所承載的是小說中各式各樣的人物形象，就像是一個大的劇場，供小說中的人物形象在大間架裏邊上演酸甜苦辣的人生百態。每部小說的大間架是各不相同的，但張竹坡認為《金瓶梅》的大間架是不同房屋以及所分配居住在房屋內人物的布置和構設。大間架是分潘金蓮和龐春梅在一處，分李瓶兒在一處，並合潘金蓮、李瓶兒、龐春梅三人在前院，這樣的安排布置才有利於故事情節的順利展開。對於《金瓶梅》而言，立其間架是確定小說中人物活動的虛擬空間環境，只有在一定的空間環境中，小說人物的日常活動，更具體地來講，是小說人物的家常活動才能得以展開。描寫世情的小說都需預先構設小說人物的具體生活空間。如《紅樓夢》中主要人物活動的空間便是大觀園，由賈寶玉所居怡紅院、林黛玉所居瀟湘館、薛寶釵所居蘅蕪苑、李紈所居稻香村、賈探春所居秋爽齋、賈惜春所居暖香塢和藕香榭、賈迎春所居綴錦樓、妙玉所居櫳翠庵、賈元春省親時接受朝覲和駐蹕的省親別墅，以及小說中人物活動的其他區域如蘆雪庵、滴翠亭、嘉蔭堂、凸碧山莊、凹晶溪館、紅香圃、牡丹亭、榆蔭堂、薔薇院、芭蕉塢等等建築景觀所構成。小說中由小說人物所參與的小說故事、情節、事件便依託於這些藝術擬造的實體空間建築。如《紅樓夢》第四十九回，賈寶玉和史湘雲等諸人大嚼鹿肉，依託的所在便是臨水而建、風光旖旎的蘆雪庵。《紅樓夢》第二十七回裏四面俱是遊廊回橋的水中之亭滴翠亭，是薛寶釵撲蝶的優美景地。《紅樓夢》第七十六回，林黛玉與史湘雲在凸碧山莊、凹晶溪館聯下淒美的詩句。

「立間架」顯示了小說評點家對小說作者構思空間感的關注，也切中肯綮地揭示了空間概念在小說作者構思一部小說時所起的重要作用。如《紅樓夢》第二回，甲戌回前又評言：

> 未寫榮府正人，先寫外戚，是由遠及近，由小至大也。若使先敘出榮府，然後一一敘及外戚，又一一未寫榮府正人，先寫外戚，是由遠及近，由小至大也。若是先敘出榮府，然後一一敘及外戚，又一一至朋友、至奴僕，其死板拮据之筆，豈作十二釵人手中之物也？今先寫外戚者，正是寫榮國一府也。故又怕閒文贅累，開筆即寫賈夫人已死，是特使黛玉入榮之速也。通靈寶玉於士隱夢中一出，今於子興口中一出，閱者已洞然矣。然後於黛玉、寶釵二人目中極精極細一描，則是文章鎖合處。蓋不肯一筆直下，有若放閘之水，

然信之爆，使其精華一泄而無餘也。究竟此玉原應出自釵、黛目中，
方有照應。今預從子興口中說出，實雖寫而卻未寫。觀其後文可知，
此一回則是虛敲傍擊之文，筆則是反逆隱回之筆。〔註12〕

以上所引《紅樓夢》批點者這一段分析文字表面看似與空間概念無涉，而實際上卻包含了空間性思維在內。《紅樓夢》作者開始沒有寫榮國府里正式的人物，而是從外戚開始寫起，這是一種由遠及近、由小至大的巧妙寫法。評點者進一步指出，如若與這一由遠及近、由小至大的寫法相反，先寫榮國府中正人，然後再一步一步敘及外戚，之後再寫其他朋友，最後再交代奴僕，這是一種極其死板、拮据之筆法。而先寫外戚，正是從側面道出榮國一府。榮國府的種種景象，看官從冷子興口中已洞若觀火。評點者稱之為「虛敲傍擊之文」、「反逆隱回之筆」。評點者所揭櫫的《紅樓夢》作者大體構思上的精心巧妙之處便是轉換空間、顛倒重置的方式。小說作者由外部空間視角切入，隱隱逗漏出內部空間，仿若由外至內打通了一個小洞，思想的光束照射進來，可窺見內部空間的部分光景，而那看不到的部分，便是讀者主觀探索的能動性、想像力和閱讀興趣之源。現代攝影測量與遙感學上有一術語叫做「景深」，即指在攝影機鏡頭或其他成像器前沿能夠取得清晰圖像的成像所測定的被攝物體前後距離範圍，即在聚焦完成後，在焦點前後的範圍內都能形成清晰的像，這一前一後的距離範圍。攝影時，在鏡頭前方，即調焦點的前、後，有一段一定長度的空間，當被攝物體位於這段空間內時，其在底片上的成像恰位於焦點前後這兩個彌散圓之間，被攝體所在的這段空間的長度，就是景深。主體越近，景深越小，主體越遠，景深越大。將「景深」這一概念借用到明清小說批評中來，《紅樓夢》作者的寫作構思便更加容易理解。榮國府裏的人物是《紅樓夢》的主體，整部小說都圍繞此主體，突出此主體，當小說作者的「鏡頭」離主體太近的時候，景深便太小，而如果從更遠處著眼，便能勾勒出更宏闊的視野格局。此回戚序回前評便揭櫫了《紅樓夢》著者以巧妙構思之力所形成的恢弘闊大的視野景觀：「以百回之大文，先以此回作兩大筆以冒之，誠是大觀。世態人情盡盤旋於其間，而一絲不亂，非具龍象力者其孰能哉？」〔註13〕

〔註12〕 朱一玄，紅樓夢脂評校錄〔M〕，濟南：齊魯書社，1986：25～26。
〔註13〕 朱一玄，紅樓夢脂評校錄〔M〕，濟南：齊魯書社，1986：26。

二、「有全局在胸」

「構思」的重要問題之一是作者是否應做到「有全局在胸」。

黃世仲《洪秀全演義例言》有：「尋常說部，皆有全局在胸，然後借材料以實其中。如建屋焉，磚瓦木石俱備，皆循圖紙間架而成。若此書，則全從實事上搬演得來。蓋先留下許多事實，以成是書者，故能俯拾即是，皆成文章。」〔註14〕黃世仲認為，一般小說家在做小說時，是有全局在胸中，即做小說之前，小說家頭腦中已有整部小說的大體構思，具體的小說寫作過程是往小說的大構思、大框架中添補材料的過程。如同建造房屋，小說家頭腦中先有了房屋的建築圖紙、構架式樣，然後再按照建築圖紙所示的房屋形制，用磚瓦木石等材料將其搭建起來。而也存在與上述寫作方式不同的情況，即如黃世仲所言的《洪秀全演義》，因為《洪秀全演義》所依託的都是具體史實，且史實材料為數眾夥，便用不著構思全書整體面貌，而是得心應手，俯拾皆是，信手拈來，如此寫作方式，自然也構築出宏麗的小說樓宇。

關於小說作者在寫作一部小說之前是否構思出小說之全局的問題，金聖歎在《水滸傳回評》第十三回中有此討論，引之如下：

> ……有有全書在胸而始下筆著書者，有無全書在胸而姑涉筆成書者。如以晁蓋為一部提綱挈領之人，而欲第一回便先敘起，此所謂無全書在胸而姑涉筆成書者也。若既已以晁蓋為一部提綱挈領之人，而又不得不先放去一十二回，直至第十三回，方與出名，此所謂有全書在胸而後下筆著書者也。夫欲有全書在胸，而後下筆著書，此其以一部七十回一百有八人，輪迴卜擱疊於眉間心上，夫豈一朝一夕而已哉……〔註15〕

從以上引文可以看出，金聖歎認為，凡作小說者，不外乎兩種：第一種是構思了小說的全局之後，才下筆行文寫作小說的；第二種是沒有構思到小說的整體面貌，而隨手寫去，任意為之的。金聖歎明顯推崇的是第一種小說寫法。並認為《水滸傳》便是這種寫作方式，《水滸傳》著者不是隨性為之，肆筆而成，而是經過了深思熟慮、精巧謀劃與細密構思。《水滸傳》著者將提綱

〔註14〕朱一玄編，明清小說資料彙編（上）〔M〕，天津：南開大學出版社，2012：219。

〔註15〕陳曦鍾，侯忠義，魯玉川輯校，水滸傳會評本〔M〕，北京：北京大學出版社，1981：258。

挈領的小說人物晁蓋放到第十三回才緩緩道出,非但不是作者思慮上的漏洞與不周,反是作者籌謀精深的結果。把提綱挈領之人,放在第一回寫,便稚拙拖沓,難統全局,放到十三回,則「焦點」後移,「景深」拉長,增加了整部小說虛擬的立體空間,整部小說顯得輕盈靈巧、層次分明、重點突出、秩序井然。

「說部之書⋯⋯有憑虛結構者,亦有依傍古事而裝點者」〔註16〕。一般來講,黃世仲所推崇的無全書在胸,「俯拾即是,皆成文章」的化境,是很難操作和達到的。不是文章聖手,便要做好提前構思綢繆的辛勞準備。即便是有許多史實待為搬挪利用的歷史演義小說,也需要小說家具備構思謀劃、提綱挈領的本事。《缺名筆記》載:「東周列國之際,人事繁複極矣。衍為小說,只能以編年之法行之,遂不免板滯不靈之病;而作者之才,恰只能循題敷衍⋯⋯《列國志》一一取而充塞其篇幅,乃不免有手忙腳亂之譏。此可見作者無提綱挈領之魄力,尤可見穿插剪裁之間,不甚得法也⋯⋯」〔註17〕《東周列國志》為明末小說家馮夢龍所著長篇白話歷史演義小說,此部小說為古今中外時間跨度最長,所敘人物最多的小說,包囊了從西周宣王時期直至秦始皇統一六國五百餘年的歷史。東周列國之際歷史人物事件紛繁眾多,材料如此豐富,卻也不能無所構思地信手著筆。如若不加裁剪擇取,便有照搬堆砌之嫌,用不完的材料左拾右拿,顯得手忙腳亂,迂滯笨拙,毫無巧智。所以,在構思斟酌方面有所欠缺的小說著者,遭到了小說批評者的指謫,被指「板滯不靈」,「循題敷衍」,沒有提綱挈領的能力,未得做小說之壺奧。

三、「不可零星看」

從讀者接受的角度而言,若想要瞭解一部書作者之構思,需從大處著眼,不可只見一處,不及其餘。張竹坡《〈金瓶梅〉讀法》言:「《金瓶梅》不可零星看。如零星,便止看其淫處也。故必盡數日之間,一氣看完,方知作者起伏層次,貫通氣脈,為一線穿下來也。」〔註18〕以《金瓶梅》來論,就一般讀者而言,若將《金瓶梅》零星看去,容易只看其人物淫亂之處,難以對《金瓶

〔註16〕朱一玄編,明清小說資料彙編(上)〔M〕,天津:南開大學出版社,2012:9。
〔註17〕朱一玄編,明清小說資料彙編(上)〔M〕,天津:南開大學出版社,2012:11。
〔註18〕〔明〕蘭陵笑笑生著,〔清〕張道深評,王汝梅、李昭恂、於鳳樹校點,張竹坡批評金瓶梅〔M〕,濟南:齊魯書社,1991:42。

梅》有全整的認識和理解，而正確閱讀《金瓶梅》的方式乃是一氣呵成，一口氣看完，如此才能知道《金瓶梅》作者胸中之丘壑，其對《金瓶梅》的整體構思便體現在全書一脈貫通、一線連結的行文裏邊。

　　非止《金瓶梅》，任何一部小說都不可零星看去，否則容易斷章取義，只窺一斑，不見全豹。邱煒萲《菽園贅談》言：「詩文雖小道，小說蓋小之又小者也。然自有章法，有主腦在。否則，滿屋散錢，從何串起，讀者亦覺茫無頭緒，未終卷而思睡矣。」〔註19〕如邱煒萲所言，小說雖小，但卻自有章法、主腦在。小說文本如同滿屋子散錢，小說的章法、主腦便是小說作者的整體構思，將散錢串起，使得雜亂的文本變得有頭有緒、秩序井然。這一線穿的構思工夫，借用了建築學上的術語「穿插斗筍」。洪秋蕃《紅樓夢抉隱》道：「《紅樓》妙處，又莫如穿插之妙。全傳百餘人，瑣事百餘件，其中穿插斗筍，如無縫天衣，組織之工，可與《三國演義》並駕。」〔註20〕「穿插斗筍」靠的是小說作者頭腦中早已形成的構思之線條網絡，將小說中的人物事件安置連結起來，各就其位，各行其事，天衣無縫，一絲不亂。而小說的所謂「主腦」，便是小說家構思小說的主旨，即寫作小說的目的。每部小說都有其構思「主腦」在，而對「主腦」應為如何的看法見仁見智。著超《古今小說評林》言：「小說之主腦，在啟發智識而維持風化。」〔註21〕即小說著者在構思小說的時候，應始終圍繞啟發民智和維持風化這一主題來塑造人物、展開故事。如若「大旨談情」，言情便是其主腦，小說的構思立意便圍繞「情」字來展開，如《紅樓夢》。

　　構思精巧細密的小說，可以分出其內部的段落層次。而從所劃出的小說段落層次裏，又可以反觀小說作者構思全書的方式方法。如張書紳《新說西遊記總批》，通過給《西遊記》分段分節，闡析段落、題目、文字之旨，看出著者縝密細緻的構思。茲引述《新說西遊記總批》部分文字如下：

　　　　一部《西遊記》，共計一百回，實分三大段。再細分之，三段之
　　　　內，又分五十二節。每節一個題目，每題一篇文字。其文雖有大小

〔註19〕朱一玄編，明清小說資料彙編（下）〔M〕，天津：南開大學出版社，2012：
　　　　614。

〔註20〕朱一玄，劉毓忱編，三國演義資料彙編〔M〕，天津：南開大學出版社，2012：
　　　　426。

〔註21〕朱一玄編，明清小說資料彙編（下）〔M〕，天津：南開大學出版社，2012：
　　　　647。

長短之不齊，其旨總不外於明新止至善。

……蓋自第一回起，至第二十六回止，其中二十二個題目，單引聖經一章，發明《大學》誠意、正心之要，是一段。又自二十七回起，至九十七回止，其間七十一回，共二十七個題目，雜引經書，以見氣稟所拘，人慾所蔽，則有時而昏也，是一段。末自九十八回起，至一百回止，共是三回，總結明新止至善，收挽全書之格局，該括一部之大旨，又是一段。

遊字即是學字……西字即是大字……是「西遊」二字，實注解「大學」二字，故云《大學》之別名。人必於此二字，體會了然，全部文義，則自不難曉矣。

……收挽過接處，其脈聯絡貫串，實又未嘗不是一氣。故分而言之，似有三大段，一百回，五十二節之疏；合而計之，始終全部，只是一篇之局……〔註22〕

從以上引文可知，張書紳認為，《西遊記》構思的「主腦」是「明新止至善」。全書可分為三大段：從第一回到第二十六回是第一段，圍繞「誠意、正心」展開故事情節；從第二十七回到第九十七回是第二段，闡明「氣稟所拘，人慾所蔽，則有時而昏」的道理；從第九十八回到第一百回是第三段，收束總結全書，概論全書「明新止至善」的大旨。「西遊」之題，也顯示了作者的構思，昭示了《西遊記》整部書全部的文義。全書有合有分，大意鮮明，血脈貫通，轉換順暢，體現了《西遊記》著者清晰的構思思路。

給小說文本分段是釐清、考察小說作者構思的有效方法。類似做法又如王希廉《紅樓夢回評》第五回：「第五回自為一段，是寶玉初次幻夢，將《正冊》十二金釵及《副冊》、《又副冊》二三姜婢點明，全部情事俱已籠罩在內，而寶玉之情竇亦從此而開，是一部書之大綱領。」〔註23〕又如王希廉《紅樓夢回評》第一百十二回：「一百四回至一百十二回一大段，應分三小段。一百四、五回為一段，敘小人布散流言以致寧府被抄。一百六、七、八、九回為一段，寫賈母禱天散財及勉強尋歡為得病之由，又帶敘賈政復職，迎春物故。一百十回、十一、十二回為一段，敘賈母壽終，鴛鴦殉主，趙姨冥報，妙玉被劫，此三人公

〔註22〕朱一玄，劉毓忱編，西遊記資料彙編〔M〕，天津：南開大學出版社，2002：327。
〔註23〕馮其庸纂校訂定，陳其欣助纂，八家評批紅樓夢〔M〕，北京：文化藝術出版社，1991：134。

案,中間夾敘鳳姐患病,惜春剪髮,為將來及出家之由。」〔註24〕王希廉認為,《紅樓夢》第五回自成一段,總領全書,其依據在於第五回所敘為寶玉的初次幻夢,並將《紅樓夢》中《正冊》十二釵、《副冊》及《又副冊》中所有女子全部點出,籠罩全書所有情事,賈寶玉的情竇也從此回開啟。在閱讀《紅樓夢》具體回目時,王希廉將《紅樓夢》看作一大部文章,將《紅樓夢》的各個回目看作大部文章中的各個小節,對《紅樓夢》內部的回目小節作了大小段落的劃分。例如上文所引,王希廉將《紅樓夢》一百四回至一百十二回分為一個大段落。在此大段落內部,又細分為三個小段落,並且各敘段意。總之,王希廉認為,《紅樓夢》第五回是整部書之大綱領,書中全部人物、故事結局已籠罩、點明在此,顯示了作者的整體構思。而細分之,如王希廉所考察,小的回數內部也可分段分層,事件脈絡清晰不紊,體現了作者文思的細緻縝密。

然而,經典之所以為經典必有常法所不能及之處。哈斯寶《〈新譯紅樓夢〉回批》第十回即說道:「文章之妙不在於事先可料變化反覆,而是在於事出突然且又合乎事理。現在王熙鳳戲謔之間借著送茶葉說了那幾句話,使讀者覺得寶黛姻緣已定不可移,以為作者構思就是如此。書中諸人也該這樣作想。後來突然折轉,無意中生變,而且變得端端在理,這是何等之奇。」〔註25〕讀者根據小說作者在行文中的逗漏、提示,似乎對小說作者的構思很有把握,卻不料被狡黠的作者騙過,事情又朝未能料到的方向發展,可見,一部小說之所以能成為經典,其作者的構思必有無法探知之處。正如哈斯寶所言,真正精妙絕倫的小說是難以猜測、揣摩作者的構思之奇的,一個又一個小說事件紛至杳來,始料不及而又合情合理,非構思神手,不能為也。

第二節　曲折

「曲折」作為一個獨立的詞彙,包含諸多義項:其一,彎曲。其二,委曲,詳細情況,如《史記·魏其武安侯列傳》:「……吾益知吳壁中曲折……」〔註26〕句中「曲折」,為事之委曲,即事情的詳細情況之意。其三,宛轉,指

〔註24〕馮其庸纂校訂定,陳其欣助纂,八家評批紅樓夢〔M〕,北京:文化藝術出版社,1991:2762。

〔註25〕〔清·蒙古族〕哈斯寶著,亦鄰真譯,《新譯紅樓夢》回批〔M〕,呼和浩特:內蒙古人民出版社,1979:48～49。

〔註26〕〔漢〕司馬遷著,史記〔M〕,北京:中華書局,2006:623。

文章之宛轉多變。其四，指人的曲意奉承。其五，指錯綜複雜的情節、事情。其六，指曲調譜式。其七，指屈膝。

「曲折」作為明清小說評點結構論系範疇之一，是小說成說「說途中」之範疇，大致與以上所列出「曲折」的第五個義項相對應，卻又包蘊繁複，更為廣博，概指小說作者為使得小說作品情節多變、妙趣橫生、宛轉動人、引人入勝而運用的各種行文技巧、方式方法、手段策略等等。

研究者對「曲折」有所探討。如皇甫修文《藝術曲折與審美心靈的同態對應》，是比較早且系統地闡述「曲折」的文章。皇甫修文認為，曲折作為結構作品的藝術法則之一，為小說家所廣泛追求，優秀的小說作品一定是曲折多變而非板滯平直的。皇甫修文分析了小說家運用曲筆的方式，即渲染、烘托、虛實相生等，並給「曲折」下了定義，即作者不直接描寫對象，不直白表達情思，而是以此物寫彼物，借他物來透露思想、感情等。運用曲筆可化腐朽為神奇，使得作品一唱三歎，跌宕起伏。皇甫修文還揭示了曲折的侷限性，即曲折這種表現手段，只適用於對溫婉含蓄的柔情的表達，而對於酣暢淋漓的豪情的表現能力則有所侷限。〔註27〕

「曲折」除了小說結構的曲折，還有小說主旨表達的曲折，如王言鋒《清初避禍心理與白話短篇小說創作主旨的曲折表達》，認為清初文人迫於統治者文化專制政策的壓力，在小說創作中多運用象徵、類比等一系列表現手法，曲折表達作者情感。〔註28〕「曲折」還指小說話語的曲折，如王麗亞《話中有話——小說話語的曲折傳義》，運用巴赫金對話理論，分析小說話語的曲折表達方式。〔註29〕

本文所探討的「曲折」範疇，為明清小說評點中涉及小說結構方面的「曲折」的評點，其內容所指紛紜複雜，豐富多樣，如「敷衍」、「用無數曲折漸漸逼來」、「波折」、「波瀾」、「折轉」、「倒插」、「夾敘」、「照應」等等都是說小說成說過程中的「曲折」。明清小說評點中「曲折」範疇所使用的評點語彙顯示了借用他領域術語的多元跨域色彩，如「擒放」、「欲擒故縱」、「一擊兩鳴」、

〔註27〕皇甫修文，藝術曲折與審美心靈的同態對應〔J〕，名作欣賞，1986，（5）：9～14，23。
〔註28〕王言鋒，清初避禍心理與白話短篇小說創作主旨的曲折表達〔J〕，江漢論壇，2008：119。
〔註29〕王麗亞，話中有話——小說話語的曲折傳義〔J〕，外語教學與研究，1997，（1）：32。

「聲東擊西」、「打草驚蛇」、「避實擊虛」、「明修暗度」、「金蟬脫殼」等是軍事術語，「伏案」、「草蛇灰線」、「急脈緩授」、「脫卸」等是風水術語，「盤旋」、「左盤右旋，再不放脫」等為儀節術語，「裁剪」、「弄引」、「添絲補錦移針勻繡」等是縫紉術語，「章法井井不紊」、「賓主」、「斡旋」、「轉筆」等乃文章學術語，「伏線」、「伏筆」等是戲曲術語，「隔年下種」是農學術語，「橫雲斷山」、「攢三聚五」、「三五聚散」等是畫術語，「金針暗度」、「綿針泥刺」、「移室就樹」、「雲龍霧豹」、「星移斗換雨覆風翻」、「寒冰破熱涼風掃塵」、「浪後波紋雨後靡霖」等是民俗術語，「獅子滾球」是雜技門類，「筍」、「斗筍」、「接筍」、「插」等是建築術語，「獺尾」是動物學術語，「笙簫夾鼓琴瑟間鍾」、「羯鼓解穢」等為音樂術語，「水窮雲起」乃化用詩句等等。限於篇幅，難一一詳述，茲就幾個有代表性且價值突出的問題述之。

一、「其中之曲折變幻，直如行山陰道上」

小說結構的「曲折」，首先表現在曲折多變的故事情節。一部小說如若稱得上「曲折」，其必有曲折宛轉的故事情節。

如剩齋氏《英雲夢弁言》：「一日檢渠案頭，見有抄錄一帙，題曰《英雲夢傳》，隨坐閱之。閱未半，不禁目眩心驚，拍案叫絕，思何物才人筆端吐舌，使當日一種情癡，三生佳偶，離而合，合而離，怪怪奇奇，生生死死，活現紙上。即艱難百出，事變千端，而情堅意篤，終始一轍，其中之曲折變幻，直如行山陰道上，千岩競秀，萬壑爭流，幾令人應接不暇。」〔註30〕《英雲夢傳》，共十六回，講述了才子王雲與佳麗吳夢雲、英娘曲折離奇的愛情糾葛。故剩齋氏言此小說的情節是「離而合，合而離，怪怪奇奇」，乃是就書中主人公的愛情故事而言。小說圍繞一個「情」字展開故事情節，所謂「好事多磨」，有情人若想終成眷屬，定須經歷諸般磨難，換來的結果才更值得珍惜讚歎。

除了小說整體大故事情節的曲折，中間的小環節，即具體的某個故事情節亦是曲中有曲，環環相套。茲以毛宗崗《三國志演義回評》第三十八回所評為例，來說明小說中具體某個故事情節的迴環往復、曲折多變，引毛宗崗所評如下：

> 玄德第三番訪孔明，已無阻隔，然使一去便見，一見便允，又

〔註30〕丁錫根編著，中國歷代小說序跋集（下）〔M〕，北京：人民文學出版社，1996：1318～1319。

徑直沒趣矣。妙在諸葛均不肯引見，待玄德自去，於此作一曲。及令童子通報，正值先生晝眠，則又一曲。玄德不敢驚動，待其自醒，而先生只是不醒，則又一曲。及半晌方醒，只不起身，卻自吟詩，則又一曲。童子不即傳言，直待先生問，有俗客來否，然後說知，則又一曲。及既知之，卻不即見，直待入內更衣，然後出迎，則又一曲。此未見以前之曲折也。及初見時，玄德稱譽再三，孔明謙讓再三，只不肯賜教，於此作一曲。及玄德又懇，方問其志若何。直待玄德促坐，細陳衷悃，然後為之畫策，則又一曲。及孔明既畫策，而玄德不忍取二劉，孔明復決言之，而後玄德始謝教，則又一曲。孔明雖代為畫策，卻不肯出山，直待玄德涕泣以請，然後許諾，則又一曲。既已許諾，卻復固辭聘物，直待玄德殷勤致意，然後肯受，則又一曲。及既受聘，卻不即行，直待留宿一宵，然後同歸新野，則又一曲。此既見之後之曲折也。文之曲折至此，雖九曲武夷，不足擬之。〔註31〕

以上，毛宗崗就《三國演義》中劉備「三顧茅廬」的經典情節展開評論，「三顧茅廬」本身就是一個曲折繁複的文題，一顧不成，三顧方成。在具體的「顧」中又生發出種種曲折。事情凡一次便成，便失去了中間屢生波折的生趣。「三顧茅廬」中，有曲數度：諸葛亮不肯自往，需勞劉備親去，曲一；待劉備親自前往，恰逢諸葛亮晝眠，曲二；劉備不敢驚動睡眠中的諸葛亮，意欲待其自然醒來，無奈諸葛亮不醒，曲三；待得諸葛亮醒來便是，偏其醒後不起，自顧自吟詩，曲四；童子不傳話，必至先生問及，才說知原委，曲五；諸葛亮知有客來，卻未立即相見，而是起身更衣，又造懸念，曲六；及至諸葛亮與劉備相見，劉備稱讚諸葛亮再三，諸葛亮自謙再三，卻又未主動賜教於劉備，曲七；劉備又懇請再三，自陳肺腑，與諸葛亮交心商談，諸葛亮方肯為其出謀劃策，曲八；諸葛亮為劉備謀劃攻伐之法，劉備以情相奪，猶疑不忍，然諸葛亮竭力勸言，劉備方謝教，曲九；諸葛亮雖為劉備出謀劃策，但卻不肯出山助力，劉備哭泣以請之，諸葛亮為之感動，方肯出山，曲十；諸葛亮接受劉備請其出山的邀請，卻不肯接受劉備給他的聘禮，必得劉備殷勤致意，諸葛亮方肯接納，曲十一；諸葛亮受了劉備的聘物之後，又沒有即刻出山，而是留宿一

〔註31〕〔元末明初〕羅貫中原著，〔清〕毛宗崗評點，毛批三國演義〔M〕，天津：天津古籍出版社，2006：279。

宵後，同歸新野，曲十二。僅「三顧茅廬」一個故事情節，中間便至少有大大小小十二曲折，以此可想見小說家聖手遠過丹青。評論家把這種閱讀小說的體驗比喻為爬山觀景，所謂「直如行山陰道上，千岩競秀，萬壑爭流，幾令人應接不暇」〔註32〕，虛幻的文本遊覽甚或勝過對實在景物的觀摩，正如毛宗崗所言「雖九曲武夷，不足擬之」〔註33〕。

小說之曲折是作者擅於用「曲筆」的結果。「曲筆」本是歷史編纂術語，古時指史官不據事直書，而是為當權者有意隱瞞、掩蓋、曲折歷史真相，故為「曲筆」，與「直筆」意思相反。「曲筆」又借指寫文章時故意離開本題，而不直書其事的筆法，或指不直接抒發自身情感，而是通過他人對自己的情感來寫出自己的情感。

明清小說評點家對於小說「曲筆」有獨到的稱謂和闡發。如毛宗崗《讀三國志法》論到《三國演義》「笙簫夾鼓，琴瑟間鍾」的妙處，茲引部分如下：

> 《三國》一書，有笙簫夾鼓，琴瑟間鍾之妙。如正敘黃巾擾亂，忽有何后、董后兩宮爭論一段文字；正敘董卓縱橫，忽有貂蟬鳳儀亭一段文字……諸如此類，不一而足。人但知《三國》之文是敘龍爭虎鬥之事，而不知為鳳、為鸞、為鶯、為燕，篇中有應接不暇者，令人於干戈隊裏時見紅裙，旌旗影中常睹粉黛，殆以豪士傳與美人傳合為一書矣。〔註34〕

如上所引，毛宗崗認為，《三國演義》文情曲折變幻，並將這種曲折命名為「笙簫夾鼓，琴瑟間鍾」。繼而毛宗崗舉了一眾《三國演義》中故事情節曲折轉換的例子，對「笙簫夾鼓，琴瑟間鍾」進行具體闡解。例如小說中正寫黃巾軍擾亂之際，卻忽然插進何后與董后兩宮相爭的情節故事；正寫董卓縱橫捭闔之時，忽然轉寫貂蟬與呂佈在鳳儀亭私會，被董卓撞破的一段情事……等等諸如此類故事情節的轉換，舉之不勝。《三國演義》著者在敘述一個驚心動魄的情節之時，忽然蕩開一筆，轉而另敘溫婉柔情之事，這體現了筆墨的曲折變化，不著力於某一重大事件的敘述，而是將筆轉向他處，這

〔註32〕丁錫根編著，中國歷代小說序跋集（下）〔M〕，北京：人民文學出版社，1996：1319。
〔註33〕〔元末明初〕羅貫中原著，〔清〕毛宗崗評點，毛批三國演義〔M〕，天津：天津古籍出版社，2006：279。
〔註34〕〔元末明初〕羅貫中原著，〔清〕毛宗崗評點，毛批三國演義〔M〕，天津：天津古籍出版社，2006。

樣的敘事方式，看似有所分散，未集中於重點，實則張弛有道，相得益彰，委婉曲折，妙趣橫生。

毛宗崗又指出了小說敘事的「添絲補錦，移針勻繡」之法，此法亦是小說作者擅用「曲筆」的表現，此法的運用能夠使得小說結構勻稱、曲折有致，茲引毛宗崗所論如下：

> 《三國》一書，有添絲補錦，移針勻繡之妙。凡敘事之法，此篇所闕者補之於彼篇，上卷所多者勻之於下卷，不但使前文不沓拖，而亦使後文不寂寞；不但使前事無遺漏，而又使後事增渲染……如呂布取曹豹之女本在未奪徐州之前，卻於困下邳時敘之。曹操望梅止渴本在擊張繡之日，卻於青梅煮酒時敘之……諸如此類，亦指不勝屈。前能留步以應後，後能回照以應前，令人讀之真一篇如一句。〔註35〕

從引文可知，毛宗崗所說的「添絲補錦，移針勻繡」，是指將文中有所缺失的部分從多出的地方補齊，將上卷所多的內容移到下卷敘述，這樣做所達到的效果是前文不拖沓，後文不寂寞，前事無遺漏，後事增渲染。毛宗崗又舉出《三國演義》中運用此法的典型之例，如呂布娶曹豹女兒之事原本發生在尚未奪取徐州之前，卻選取困在下邳之時敘寫；曹操令諸將士望梅止渴之事原本發生在擊打張繡之時，卻在青梅煮酒論英雄的章節將之敘出……諸如此類敘事之法，《三國演義》中還有多處。作者不採取集中敘述一個典型性事件的方式，而是把筆墨移到他處，這樣能夠形成前後事節的照應，並使得小說內容前後均勻，而不是厚此薄彼，就如同一件用料縫製勻稱的衣服，針腳綿密勻稱，而不是此處厚織，彼處缺線。小說敘事的此種方法也是筆墨的曲折流動，而不是板滯在一處不知游移轉換。

此外，張竹坡《金瓶梅回評》第一回，也分析了《金瓶梅》擅用「曲筆」，茲引張竹坡部分評點文字如下：

> 凡人用筆曲處，一曲兩曲足矣，乃未有如《金瓶》之曲也。何則？如本意欲出金蓮，卻不肯如尋常小說云，按下此處不言，再表一個人姓甚名誰的惡套，乃何如下筆？因思從兄弟冷遇處帶出金蓮；然則如何出此兩兄弟？則用先出武二。如何出武二？則用打虎。

〔註35〕〔元末明初〕羅貫中原著，〔清〕毛宗崗評點，毛批三國演義〔M〕，天津：天津古籍出版社，2006。

如何出打虎？則依舊要先出武二矣。不則依舊要按下此處再講清河
縣出示拿虎矣。夫費如許曲折……文至此，所謂曲折亦曲折盡
矣……帶出幫閒討好，使本文熱結中意思，柳遮花映，八面玲瓏……
止因一個畫虎，便如此曲折……文至此可云至矣。看他偏有力量，
偏又照入打虎情景……花遮柳映，又照入熱結本文來。夫寫一面照
一面，猶他人所能。乃於寫這一面時，卻是寫那一面；寫那一面時，
卻原是寫這一面。七穿八達，出神入化，所謂不怕嘔血，不怕鬼哭，
是真不怕嘔血鬼哭者矣。蓋人一手寫一處不能，他卻一手寫三四處
也……〔註36〕

以上引文中，張竹坡對《金瓶梅》著者的「曲筆」之力大為驚歎。張竹坡指
出，一般尋常人運用「曲筆」，頂多一處兩處便足夠了，而《金瓶梅》著者對
「曲筆」的運用，已達到了出神入化的境界。尋常小說作者如果要敘出小說
的主要人物潘金蓮，便是採用姓甚名誰的惡俗套法，而《金瓶梅》著者偏不
如此，為敘出主要人物潘金蓮，作者將文筆蕩開去，敘兄弟冷遇，敘武松打
虎，敘清河縣出示拿虎等諸多事節，最後，方請出《金瓶梅》中主要人物潘金
蓮。張竹坡讚歎《金瓶梅》著者擅用「曲筆」的本事，認為《金瓶梅》著者的
敘事工夫勝過盤山繞水，非止一曲兩曲，而是曲中又曲，曲外生曲，曲曲相
扣。《金瓶梅》著者為敘出主要人物潘金蓮，將筆繞了數圈，寫武大、武二兄
弟相遇，又寫武二打虎帶出武二，後又引出一眾熱結本文來，正如張竹坡所
言，《金瓶梅》著者實實具有「七穿八達，出神入化」的本領，寫這一面時，
實際卻是寫那一面，寫那一面時，的真是寫這一面，眼觀六路，耳聽八方，一
手寫盡三四處事節，非一般人所能為，著書者有此「曲筆」工夫，必定是下足
了「不怕嘔血，不怕鬼哭」之心力。

二、「有波瀾，有變化」

小說「曲折」最明顯的標誌是「有波瀾，有變化」〔註37〕。著超《古今
小說評林》言：「《三國演義》……有波瀾，有變化，亦奇作也。」〔註38〕著

〔註36〕〔明〕蘭陵笑笑生著，〔清〕張道深評，王汝梅、李昭恂、於鳳樹校點，張竹
坡批評金瓶梅〔M〕，濟南：齊魯書社，1991：7～8。
〔註37〕朱一玄編，明清小說資料彙編（上）〔M〕，天津：南開大學出版社，2012：113。
〔註38〕朱一玄編，明清小說資料彙編（上）〔M〕，天津：南開大學出版社，2012：
113。

超評斷一部小說作品為「奇作」的重要標準之一便是「有波瀾，有變化」，曲折生動，有可觀之處。潘德輿《金壺浪墨・讀水滸傳題後二》亦道：「文章之道，有奇突變幻、風濤起滅如《水滸傳》者……有精深綿密、法度森肅如《水滸傳》者……」〔註39〕《水滸傳》「奇突變幻、風濤起滅」，行文敘事曲折回還，引人入勝，可作說部楷範，但又不故作矯揉、裝腔作態、肆意妄寫、不著邊際，而是文思綿密、精心布置、法度森嚴、一絲不亂。

文之「曲折」，主要在「變」。譬如毛宗崗《讀三國志法》即析舉了《三國演義》「星移斗轉，雨覆風翻」的「變」之妙法，茲引部分如下：

> 《三國》一書有星移斗轉，雨覆風翻之妙。杜少陵詩曰：『天上浮雲如白衣，斯須改變成蒼狗。』此言世事之不可測也，《三國》之文亦猶是爾。本是何進謀誅宦官，卻弄出宦官殺何進，則一變。本是呂布助丁原，卻弄出呂布殺丁原，則一變……論其呼應有法，則讀前卷定知其有後卷；論其變化無方，則讀前文更不料其有後文。於其可知，見《三國》之文之精於其不可料，更見《三國》之文之幻矣。〔註40〕

以上所引中，毛宗崗指出，世事難於預料，《三國演義》之結構行文亦難以測知。《三國演義》「變」法多端：一變為何進謀誅宦官，反變成宦官殺何進；二變為呂布助丁原，反變為呂布殺丁原……原評點文字中毛宗崗一口氣接連道出四十二個「變」，用之說明《三國演義》行文的多變。這種變，是就故事情節的出人意料性而言，即指小說內容令小說讀者難以預測，無法猜知，讀者在讀前文的時候，萬萬不可料到竟會有後文，小說筆勢跌宕起伏，曲折連綿，讀者對於此般文字的閱讀體驗，亦勝似行盤山繞水路，迴環往復，途中景色新奇多變，令人應接不暇，激動不已。

小說行文的秘訣在於擅起波瀾，曲折變化。譬如脂硯齋等《紅樓夢評》便揭示了《紅樓夢》中數處起波瀾、有曲折之文，茲拈出幾例以窺一斑：

第五回　遊幻境指迷十二釵　飲仙醪曲演紅樓夢

寶玉接來，一面目視其文，一面耳聆其歌曰。

〔註39〕朱一玄編，明清小說資料彙編（上）〔M〕，天津：南開大學出版社，2012：311。

〔註40〕〔元末明初〕羅貫中原著，〔清〕毛宗崗評點，毛批三國演義〔M〕，天津：天津古籍出版社，2006。

　　甲戌眉　作者能處慣於自站地步，又慣於擅起波瀾，又慣於故為
曲折，最是行文秘訣。〔註41〕

　　第十三回　秦可卿死封龍禁尉　王熙鳳協理寧國府

　　賈珍因想著賈蓉不過是個鬻門監。

　　庚辰側　又起波瀾，卻不突然。

　　靈幡經榜上寫時不好看，便是執事也不多，因此心下甚不自在。

　　甲戌側　善起波瀾。〔註42〕

　　第十四回　林如海捐館揚州城　賈寶玉路謁北靜王

　　正說著，只見榮國府中的王興媳婦來了。

　　庚辰側　偏用這等閒文間住。

　　在前探頭。

　　甲戌側　慣起波瀾，慣能忙中寫閒，又慣用曲筆，又慣綜錯，真
妙！〔註43〕

以上所引《紅樓夢》第五回甲戌眉批，第十三回庚辰側批、甲戌側批，第十四
回庚辰側批、甲戌側批等，均說明了《紅樓夢》著者能起波瀾、擅起波瀾，而
《紅樓夢》文章結構卻又不突兀、有層次、有變化，曲折錯綜而又自然一貫。
如此之文，便是能勾住讀者眼球，令讀者欲罷不能的妙文。

　　小說曲折波瀾的形式亦是多樣有變的。如金聖歎《水滸傳回評》第八回
批道：「又如寫差撥陡然變臉數語，後接手便寫陡然翻出笑來數語⋯⋯文章波
瀾，亦有以近為貴者也。若夫文章又有以遠為貴也者，則如來時飛杖而來，
去時拖杖而去，其波瀾乃在一篇之首與尾。林沖來時，柴進打獵歸來；林沖
去時，柴進打獵出去，則其波瀾乃在一傳之首與尾矣⋯⋯」〔註44〕如金聖歎
所例析，小說波瀾，有遠、近之分。近波瀾是一個事節緊挨著一個事節，情節
內容跨度小，在同一時間單位，事件發生的次數多，這種波瀾如同將一枚石
子投入水中所激蕩起的陣陣漣漪，波紋不斷，美不勝收。而遠波瀾則比近波
瀾宏大偉闊，出現在小說中一篇一傳的首與尾，其時空跨度大，蓄力足，如

〔註41〕朱一玄，紅樓夢脂評校錄〔M〕，濟南：齊魯書社，1986：97。
〔註42〕朱一玄，紅樓夢脂評校錄〔M〕，濟南：齊魯書社，1986：189。
〔註43〕朱一玄，紅樓夢脂評校錄〔M〕，濟南：齊魯書社，1986：197。
〔註44〕陳曦鍾，侯忠義，魯玉川輯校，水滸傳會評本〔M〕，北京：北京大學出版社，
　　　　1981：187。

同海中浪頭，高高揚起，後又有波濤接續助力，文勢連環不斷，亦令人歎為
觀止。

　　小說能波瀾變化，而又可曲而不亂，折而有法，關鍵性的一點在於有連
貫到底的線索，以及擅用伏線、伏筆。如金聖歎《讀第五才子書法》所提到
《水滸傳》「草蛇灰線法」：「有草蛇灰線法：如景陽岡勤敘許多哨棒字，紫石
街連寫若干簾子字等是也。驟看之，有如無物，及至細尋，其中便有一條線
索，拽之通體俱動。」〔註45〕金聖歎發見《水滸傳》行文看似漫不經心，卻
暗藏隱線，然而文中的一些具有標誌性的道具比如「哨棒」、「簾子」等等便
是一些重要線索，在其上面，可逗漏出隱線的蛛絲馬蹟。把這些蛛絲馬蹟拼
湊在一起，將隱藏的線找到，發現此線其實是將前後文本串連在一起，由此
形成了牽一髮而動全身的統一整體，小說的脈絡結構一貫到底、清晰明瞭。

　　「伏筆」、「伏線」已被小說批評家嚼爛。幾乎每個小說評點家都會在批
點某部小說的時候注意到小說此類行文特色，批下「伏」、「埋伏」、「伏筆」、
「伏線」等等此類字眼。毛宗崗將小說的「伏筆」、「伏線」形象地比喻為「隔
年下種，先時伏著」：

> 　　《三國》一書，有隔年下種，先時伏著之妙。善圃者投種於地，
> 待時而發。善弈者下一閒著於數十著之前，而其應在數十著之後。
> 文章敘事之法亦猶是也。如西蜀劉璋乃劉焉之子，而首卷將敘劉備
> 先敘劉焉，早為取西川伏下一筆。又於玄德破黃巾時，並敘曹操帶
> 敘董卓，早為董卓亂國、曹操專權伏下一筆……自此而外，凡伏筆
> 之處，指不勝屈……〔註46〕

由引文可知，毛宗崗認為，小說結構事體應如種地、弈棋，先播種於地，待時
機成熟而收穫，先下一閒著，待數十著之後才派上用場，小說亦是先結構一事，
為後文某處的事端構設做好前期準備。如這段評點原文字中毛宗崗一氣指出
《三國演義》十一處埋伏之筆：一為西蜀劉璋為劉焉之子，首卷將敘劉備先敘
劉焉，早為取西川伏筆；二為於玄德破黃巾時，並敘曹操帶敘董卓，早為董卓
亂國、曹操專權伏筆……而這些亦只是鳳毛麟角，因為伏筆之處，指不勝屈，

〔註45〕陳曦鍾，侯忠義，魯玉川輯校，水滸傳會評本〔M〕，北京：北京大學出版社，
　　　　1981：20。
〔註46〕〔元末明初〕羅貫中原著，〔清〕毛宗崗評點，毛批三國演義〔M〕，天津：
　　　　天津古籍出版社，2006。

不可盡數。甚至是不易被人察覺的小事節、小話頭，也會暗伏一線，如毛宗崗《三國志演義回評》第二十二回發現：「玄德之求袁紹也，以鄭玄為之介紹，而首卷敘述玄德生平，早有『師事鄭玄』一語，遙遙伏線。」〔註47〕

「伏線」、「伏筆」的有效運用使得文章結構曲折迴環而又嚴密緊湊。但使用「伏線」、「伏筆」的最高境界卻是不易被人察知，而默默將小說引領得千曲百折。正如張竹坡《竹坡閒話》所言：「……洋洋一百回，而千針萬線，同出一絲，又千曲萬折，不露一線。」〔註48〕《金瓶梅》文思連貫卻又隱線暗藏，故事情節千曲萬折，卻又不露出易於被人發覺的顯著標識。張竹坡《金瓶梅回評》第二回，對此作了進一步闡發：「作者每於伏一線時，每恐為人看出，必用一筆遮蓋。《金瓶》皆是如此。如這回內，寫婦人和他鬧了幾場，落後慣了，自此婦人約莫武大歸來時分，先自去收簾子，關上大門，此為後落簾打西門之由，所謂針線也。又云武大心裏自也暗喜，尋思道，恁的卻不好。是其用遮蓋筆墨之筆，恐人看出也。於此等處，須要看他學他。故做文如蓋造房屋，要使樑柱筍眼都合得無一縫可見，而讀人的文字卻要如拆房屋，使某梁某柱的筍，皆一一散開在我眼中也。」〔註49〕張竹坡注意到《金瓶梅》作者避人眼目的下伏線又遮蓋之的「伎倆」，如在《金瓶梅》第二回裏，作者恐讀者看出其為潘金蓮落簾打西門所埋伏的針線，而故意用武大心理描寫之筆去掩飾。張竹坡將作者此法比喻為蓋房子，樑柱筍眼嚴絲合縫，非明眼人難以看出，而批評家卻獨具隻眼，可以將組裝好的成品沿著某個蛛絲馬蹟將其結構諳熟而一一拆卸開來，再加以研究分析，小說從整體到部分的各個枝節便無處可藏，呼之欲出。

第三節　簡省

「簡省」意即節約、省略。「簡省」在明清小說評點中多有提涉，是明清小說結構論系重要範疇之一。「簡省」實為一種小說寫作的技巧，可謂「說技」

〔註47〕〔元末明初〕羅貫中原著，〔清〕毛宗崗評點，毛批三國演義〔M〕，天津：天津古籍出版社，2006：157。

〔註48〕〔明〕蘭陵笑笑生著，〔清〕張道深評，王汝梅、李昭恂、於鳳樹校點，張竹坡批評金瓶梅〔M〕，濟南：齊魯書社，1991：10。

〔註49〕〔明〕蘭陵笑笑生著，〔清〕張道深評，王汝梅、李昭恂、於鳳樹校點，張竹坡批評金瓶梅〔M〕，濟南：齊魯書社，1991：40。

之巧範疇，小說評點家所用「簡筆」、「省筆」、「緊筆」、「縮筆」、「捷筆」、「減筆」等等術語都是對「簡省」的指稱。「簡省」脫胎於白描畫法，是注重讀者接受的故意留白，明清小說評點家所提出的「極省法」、「省筆，亦是補筆」、「省卻多少閒文」、「就簡去繁」、「避難法」、「避繁文法」、「躲瑣碎文字法」等等均顯示了「簡省」範疇被小說理論批評家們所發掘與重視的程度。

一、「不添蛇足，深得剪裁之妙」

「簡省」首先是小說整體行文上的不囉嗦，文章收拾得乾淨利落，不拖泥帶水，在量上表現為少，卻文約而義豐，取得良好的表達效果。

劉廷璣《在園雜誌》言：「如《水滸》本施耐庵所著……金聖歎加以句讀字斷，分評總批，覺成異樣花團錦簇文字，以梁山泊一夢結局，不添蛇足，深得剪裁之妙。」〔註50〕《水滸傳》有多種版本，明容與堂本為現存最早百回繁本，現代的一百二十回本《水滸全傳》源於明袁無涯刊本而為多種版本合併而成，而《水滸傳》最簡省的版本是明末金聖歎評本七十回本，又稱《貫華堂第五才子書水滸傳》，此本回目，基本上與袁無涯本前七十一回一致，一般認為是從袁無涯本刪去七十一回大聚義以後所有章節，並加上了「驚惡夢」的結尾而成，原第一回改為「楔子」，此後回目依次類推，最後一回即第七十回回目是「忠義堂石碣受天文，梁山泊英雄驚惡夢」。被金聖歎「腰斬」過的《水滸傳》文本便少了後文絮煩冗長的故事情節，收束似豹尾般有力簡淨。

明清小說評家們所推崇的都是簡省的小說文本。如眷秋《小說雜評》即言：「以文章論，《水滸》結構嚴整，用字精警；《石頭記》則似冗長，不免脫杳散渙之病。」〔註51〕眷秋從文章角度評價《水滸傳》和《紅樓夢》，認為《水滸傳》更勝一籌，因其結構謹嚴，用字精警，而《紅樓夢》則用語絮絮，看似有冗長拖杳之嫌。且不說眷秋的觀點是否合理，但就其考量小說作品優劣的角度而言，是推崇用語簡省的小說作品的。《水滸傳》與《紅樓夢》所敘主題有異，《水滸傳》記述的乃英雄好漢打鬥馳突的陽剛事蹟，小說文字自然也帶上了剛勁有力的色調，顯得精悍明快。而《紅樓夢》乃話才子佳人，兒女私情，閨閣瑣事，家常裏短，遣詞用語自然瑣碎柔婉，一唱三歎。這是小說作品

〔註50〕〔清〕劉廷璣撰，張守謙點校，在園雜誌〔M〕，卷二，北京：中華書局，2005：83。
〔註51〕朱一玄，劉毓忱編，水滸傳資料彙編〔M〕，天津：南開大學出版社，2002：368。

整體敘事風格之不同對小說觀者所造成的整體印象，而不能就此判定《紅樓夢》行文用語著實低劣不佳。冥飛《古今小說評林》中也推崇筆墨簡淨之文，他說：「《儒林外史》筆墨簡潔老到，為白話長篇中不可多得之文。惟敘事處，頗有嫌其枝枝節節，不似一氣呵成者。」〔註52〕冥飛認為，《儒林外史》是白話長篇小說中不可多得的文本，因其用筆下語簡淨利落，老到精練，但《儒林外史》的不足之處也正是在於小說作者在處理小說結構、故事情節上犯了「避簡就繁」的毛病，小說文本如同一棵枝節眾多的樹木，看去無主幹參天的清爽利落，而似有繁蕪雜亂之嫌。冥飛《古今小說評林》又道：「《儒林外史》之布局，不免鬆懈。蓋作者初未決定寫至幾何人幾何事而止也，故其書處處可住，亦處處不可住。處處可住者，事因人起，人隨事滅故也；處處不可住者，滅之不盡，起之無端故也。此其弊在有支而無幹。何以明其然也？將謂其以人為幹耶？則杜少卿一人，不能縮束全書人物；將謂其以事為幹耶？則勢利二字，亦不足以賅括全書事情……然以行文論，則筆筆中鋒，無有懦語；以敘事論，則句句乾淨，無有懦詞；迥非風雲月露之詞章家，所能望其肩背也。」〔註53〕冥飛認為，《儒林外史》結構布局有鬆懈之病。由於作者在寫作小說之初，沒有構思好要寫多少人物故事後停止。《儒林外史》之結構行文處處可止，又處處不可止。《儒林外史》之故事情節隨小說人物而發生，而小說人物又隨著小說故事情節的結束離場，所以每個故事的終點都可以是結構行文的停頓點。而《儒林外史》故事的發生又是層層推進、沒有終結的，所以不知小說結構行文在何處最終止息，每處的故事終結點又不是最終的小說全文結束點。所以冥飛指出，《儒林外史》的弊病在於有枝葉而無主幹。無論是杜少卿此人，抑或是勢利二字之事，均難以統括全書的人和事。冥飛又進一步對《儒林外史》作肯定性評價，雖然《儒林外史》在布局上有枝枝節節的渙散之病，但就其具體的行文敘事而言，卻是語言簡淨，乾脆利落，是說部上乘之筆。由此可見「簡省」在小說結構行文上的重要性。

　　不只是白話長篇小說，文言短篇小說也貴在「簡省」。如馮鎮巒《讀聊齋雜說》所言：「《聊齋》短篇，文字不似大篇出色，然其敘事簡淨，用筆明雅，

〔註52〕朱一玄，劉毓忱編，儒林外史資料彙編〔M〕，天津：南開大學出版社，2012：477。
〔註53〕朱一玄，劉毓忱編，儒林外史資料彙編〔M〕，天津：南開大學出版社，2012：477。

譬諸遊山者，才過一山，又問一山，當此之時，不無借徑於小橋曲岸，淺水平沙……又況其一橋，一岸，一水，一沙，並非一望荒屯絕徼之比。晚涼新浴，豆花棚下，搖蕉尾，說曲折，興復不淺也。」〔註54〕如馮鎮巒所評，《聊齋誌異》雖為短篇，不似長篇可馳騁文字，任意鋪排，但也正因其是文言短帙，敘事描情乾淨簡省，下筆用詞明麗雅致，讀之令人有遊山之感，景景相依，山山相映，水水相連，橋橋相接，岸岸相靠，新巧別致，清新怡神，並無乾枯重複、寂寞寥落之象。又如冥飛《古今小說評林》道：「大凡紀事之文，務求其簡潔，簡而能腴，潔而能峭，是為上乘。苟其專求腴峭，則雕鏤塗飾之功多，必至詞餘於意，（《聊齋》之不得為上乘者在此）反不若專求簡潔者，雖筆墨不免枯瘠，而意盡而詞亦竭，決不至取厭於閱者。故學文而從意潔入手，學之不成，所作者不過無甚趣味；學文而從腴峭入手，學之不成，所作者僅有詞藻，不能知其命意之所在矣。」〔註55〕冥飛認為，紀事之文，簡潔是最重要的。上乘之作的判斷標準是「簡而能腴」、「潔而能峭」。但簡潔與腴峭相較，簡潔的地位更加重要。行文若專求腴峭，便會有雕鏤矯飾、詞勝於意的弊病。而如果專在簡潔上下工夫，則比專在腴峭上下工夫要好得多。結構行文力求簡潔，雖在詞藻上有所枯索，但意盡詞竭，簡而有力，閱者絕不會如食雞肋。所以，冥飛主張，學作文者應從意思的簡潔上著手，意在言先，而不能墮入不求意旨地爛求詞藻之流。冥飛認為，《聊齋誌異》不可歸入上乘小說作品之列，原因便在於太過用力在「腴峭」上，過猶不及，反失本色，所以，做文章首要之事，要從文意入手，務求做到文意簡淨，方可再及文辭，反之便是本末倒置，適得其反。

二、「不須繁辭，只落落數筆」

不論是在小說宏觀整體結構上，還是微觀遣詞造語上，「簡省」是小說評點家對小說作品的一致要求。除此之外，在更為具體的寫事摹人方面，也以「簡省」為佳。

著超《古今小說評林》言：「……西說之所以善寫戰者，以其簡也。彼國之小說，輸入中國者，軍事小說，至長之本不過十萬餘言，此十萬餘言中，除

〔註54〕〔清〕蒲松齡著，張友鶴輯校，聊齋誌異會校會注會評本〔M〕，北京：中華書局，1962：16。
〔註55〕朱一玄編，聊齋誌異資料彙編〔M〕，天津：南開大學出版社，2012：507。

了他項雜事，寫戰之處，僅千言或數百言，求其精闢，自然易易。至於中國寫戰小說，如《三國》一百二十回書，寫戰之數且浮於回數。以一人手筆而寫戰至百數十次，此其不能生色一也；西國軍器奇巧，炮焰彈聲，多渲染資料，中國古無軍火，不寫戰則已，一寫戰便是一刀一槍，至用水攻火攻，能事已竭，此其不能生色二也。」〔註56〕著超此段文字，從側面證明了寫具體戰事，「簡省」之筆的優勢。西方小說譯作傳入中國，對中國本土古典小說造成了一定衝擊，西說廣為流傳，並且在讀者大眾中留下了西方小說敘寫戰事高中國小說一等的印象。究其原因，著超認為，很重要的一點便在於西方小說描寫戰事的簡省。西方軍事小說的篇幅本來就不可謂長，而集中描寫戰事之處更加惜墨如金，簡易精闢的描寫自然讓讀者難生厭煩，反會覺意猶未盡，餘味無窮。相較而言，中國小說描寫戰事則大書特書，下筆千言，且趨於雷同，難出新意，自然易於令讀者生煩厭之心。

　　「簡省」脫胎於中國畫的「白描」技法，所謂「白描」，是單用墨色線條勾描形象而不藻修飾與渲染烘托的畫法。「白描」運用於文學創作當中，是廣為作者所採用的一種表現手法，即用最凝煉簡潔的筆墨，不加烘托地描畫出鮮明生動的形象，特別是粗線條地勾勒出人物的精神面貌，不做任何渲染、鋪陳，力求簡省，傳神點睛。明清小說評點家推崇小說摹人的「簡省」之筆。金聖歎《水滸傳回評》第五十回批曰：「寫雷橫孝母，不須繁辭，只落落數筆，便活畫出一個孝子。寫朱全不肯做強盜，亦不須繁辭，只落落數筆，便直提出一副清白肚腸。笑宋江傳中，越說得真切，越哭得悲痛，越顯其忤逆不肖；越要尊朝廷，守父教，矜名節，愛身體，越見其以做強盜為性命也。人云：寧犯武人刀，莫犯文人筆，信哉！」〔註57〕金聖歎讚歎《水滸傳》著者「不須繁辭，只落落數筆」的「簡省」白描之法，寥寥數筆，便刻畫出雷橫孝母的孝子形象，片言隻語，便活畫出朱全清清白白的胸襟肚腸。而對於宋江，說得越真，哭得越痛，越令讀者感到其忤逆不肖，越忠君孝父，愛名惜身，越見出其陰險狡詐的內心。小說家短短幾語，便能活畫出鮮明生動、入骨三分的人物形象，文人之筆可謂傳神可畏。再如脂硯齋《紅樓夢評》第四回，小說正文有「雖說賈政訓子有方，治家有法」，後有甲戌側批：「八字特洗出政老來，又

〔註56〕朱一玄編，明清小說資料彙編（上）〔M〕，天津：南開大學出版社，2012：116。
〔註57〕陳曦鍾，侯忠義，魯玉川輯校，水滸傳會評本〔M〕，北京：北京大學出版社，1981：930。

是作者隱意。」正文又有「且素性瀟灑，不以俗務為要，每公暇之時，不過看書著棋而已」，後有戚序評：「其用筆墨何等靈活，能足前搖後，即境生文，真到不期然而然，所謂水到渠成，不勞著力者也。」〔註58〕《紅樓夢》著者用「訓子有方，治家有法」八個字便畫出賈政形神，簡淨利落，後又添補一句，不費重墨，疏疏幾筆，便令讀者對賈政的品行性格、處世態度等有了深刻印象。又如《紅樓夢》第二十五回，原文：「賈政見不靈效，著實懊惱。」甲戌側評：「四字寫盡政老矣。」〔註59〕《紅樓夢》著者表現人物的心理狀態、境遇狀況，毋須千言，四字便寫盡，文字愈簡省，涵括力愈強，包藏的意思愈廣泛、完整。就如同一幅畫作，留有空白的地方，方給人留下豐富的想像空間，引人遐思，而滿滿登登的畫作，對讀者的啟發性則頗為遜色。

三、「省卻多少閒文，卻有無限煙波」

「簡省」不僅是能留有「空白」，取得高妙藝術效果的結構小說的寫作技巧，而且還是不得已而為之的行文策略。

「簡省」的重要目的之一是省去閒文，節省篇幅，而小說經典之作，卻會「簡」而不減色，「省」而不剩意，留有無限餘響。茲節錄《紅樓夢》部分評點為例，以作說明：

第十六回　賈元春才選鳳藻宮　秦鯨卿夭逝黃泉路

甲戌回前

又……細思大觀園一事，若從如何奉旨起造，又如何分派眾人，從頭細細直寫將來，幾千樣細事，如何能順筆一氣寫清，又將落於死板拮据之鄉。故只用璉、鳳夫妻二人一問一答……餘者隨筆順筆略一點染，則耀然洞徹矣。此是避難法。〔註60〕

因此眾人嘲他越發呆了。

甲戌夾　大奇至妙之文，卻用寶玉一人連用五「如何」，隱過多少繁華勢利等文。試思若不如此，必至種種寫到，其死板拮据、〈鎖〉〔瑣〕碎雜亂，何〈不〉〔可〕勝哉？故只借寶玉一人如此一寫，省卻多少閒文，卻有無限煙波。

〔註58〕朱一玄，紅樓夢脂評校錄〔M〕，濟南：齊魯書社，1986：83～84。
〔註59〕朱一玄，紅樓夢脂評校錄〔M〕，濟南：齊魯書社，1986：370。
〔註60〕朱一玄，紅樓夢脂評校錄〔M〕，濟南：齊魯書社，1986：211。

寶玉只問得黛玉「平安」二字，餘者也就不在意了。

甲戌夾　又從天外寫出一段離合來，總為掩過寧、榮二處許多瑣細閒筆。處處交代清〈處〉〔楚〕，方好起大觀園也。〔註61〕

如今又說省親，到底是怎麼個原故？

甲戌側　補近日之事，啟下回之文。

又　大觀園一篇大文，千頭萬緒，從何處寫起，今故用賈璉夫妻問答之間，閒閒敘出，觀者已省大半。後再用蓉、薔二人重一〈縇〉〔渲〕染，便省卻多少贅瘤筆墨。此是避難法。〔註62〕

庚辰眉　自政老生日用降旨截住，賈母等進朝如此熱鬧，用秦業死岔開，只寫幾個「如何」將潑天喜事交代完了，緊接黛玉回，璉、鳳閒話，以老嫗勾出省親事來，其千頭萬緒，合〈筍〉〔榫〕貫連，無一毫痕跡，如此等，是書多多，不能枚舉。想兄在青埂峰上，經鍛鍊後，參透重關至恒河沙數，如否？余曰：萬不能有此機〈括〉〔栝〕，有此筆力，恨不得面問果否。歎歎！丁亥春，畸笏叟。〔註63〕

鳳姐至三更時分方下來安歇。

庚辰側　好文章，一句內隱兩處若許事情。〔註64〕

以上所引為《紅樓夢》第十六回部分原文及評點文字。甲戌回前又批，點明大觀園一事不可事無鉅細地一一道來，那種不避繁雜的寫法，第一是不能為，第二是不可為，《紅樓夢》著者便巧妙運用「避難」之法，只用賈璉與王熙鳳夫婦之間的一問一答，便將個中故事騾括其中，其他瑣碎事件，僅順筆略加點綴，便已洞若觀火。甲戌夾批，贊《紅樓夢》著者結構行文之「奇妙」，只用寶玉一人數語，便躲過了大段繁冗長文，閒文既已省去，卻留有無盡「空白」供讀者填補。第二處甲戌夾批亦如此，將瑣細閒筆一概簡省去，為結構大觀園騰挪空間。甲戌側批、甲戌眉批，意思與甲戌回前批同。庚辰側批亦是贊《紅樓夢》行文的簡省，一句之內，騾括兩處許多事情。由此可見，《紅樓夢》用二人對話或只寫一人的方式便省去無數累贅瑣碎閒筆，行文結構「簡

〔註61〕朱一玄，紅樓夢脂評校錄〔M〕，濟南：齊魯書社，1986：213～214。
〔註62〕朱一玄，紅樓夢脂評校錄〔M〕，濟南：齊魯書社，1986：220。
〔註63〕朱一玄，紅樓夢脂評校錄〔M〕，濟南：齊魯書社，1986：221。
〔註64〕朱一玄，紅樓夢脂評校錄〔M〕，濟南：齊魯書社，1986：225。

省」而涵括力、啟發性強，令觀者明之大半，且餘味無窮。

　　需要注意的是，「簡省」與濃墨重彩的「大落墨」並非矛盾對立，「簡省」與「大落墨」殊途同歸，目的均是更好地表現主題、敘述事件、描寫人物。金聖歎《讀第五才子書法》論到《水滸傳》諸多文法，其中有「極不省法」和「極省法」：「有極不省法：如要寫宋江犯罪，卻先寫招文袋金子，卻又先寫閻婆惜和張三有事，卻又先寫宋江討閻婆惜，卻又先寫宋江捨棺材等……有極省法：如武松迎入陽穀縣，恰遇武大也搬來，正好撞著；又如宋江琵琶亭吃魚湯後，連日破腹等是也。」〔註65〕「極不省法」與「大落墨」相似，就是用盡可能多的筆墨曲折詳盡地寫看似與要描述的事情無關的故事情節，實則為所要敘及的最重要事件做足鋪墊，達到所希冀達到的藝術效果。如《水滸傳》中的宋江犯罪是極為重要的大關節，要極力托出此重大情節，便要以四面八方之筆共同著力寫之，即引出招文袋金子之事、閻婆惜和張三偷情之事、宋江討閻婆惜之事、宋江捨棺材之事等等一系列事節，方把此中曲折一一道盡，宋江犯罪也是箭在弦上不得不發。金聖歎所言的「極省法」與「極不省法」相對，是一種「簡省」的寫法，即盡可能多地省去能省的文字來敘事摹情。如《水滸傳》中武松與武大兄弟相遇，並不費筆墨，只是製造了文學上的巧合，卻也是情理之中，並無做作，此處的「簡省」，是為了後文重點正文的展開。

　　「極不省法」與「極省法」的配合，便使得文章結構布局詳略得當。冥飛《古今小說評林》言：「《女仙外史》布局佳極，敘事尤詳簡得宜，筆墨在《三國志》之上。」〔註66〕如冥飛所言，「詳簡得宜」是衡量小說結構布局是否高明的重要標準。冥飛所贊《女仙外史》，便是在結構布局、敘事行文上詳簡得當。《女仙外史》為清代呂熊所著長篇神魔小說，共一百回，所敘乃明永樂年間山東蒲臺縣農民起義領袖唐賽兒事。全部小說的安排，是前十四回多據史實並加以發揮，之後幾回寫燕王朱棣起兵靖難、篡位登基等，而唐賽兒起事、佔據中原、對抗燕兵等等虛構事節則用了八十回的篇幅。這樣的結構布局、情節敘事在評者看來是重點突出、詳略適宜的。

───────────

〔註65〕陳曦鍾，侯忠義，魯玉川輯校，水滸傳會評本〔M〕，北京：北京大學出版社，1981：21。

〔註66〕朱一玄，劉毓忱編，三國演義資料彙編〔M〕，天津：南開大學出版社，2012：440。

　　要之,「簡省」的目的,是為了將小說結構調整至最佳,以更好地突顯小說所意欲表達的內容和思想。「簡省」是結構小說的重要技巧和手段,「簡省」範疇是明清小說評點結構論系重要範疇之一,是涵蓋了包括小說作者、小說文本、小說讀者在內的三維互動過程的典要範式。

第七章　明清小說評點範疇語言論系

第一節　聲口

　　如果說「趣」是明清小說評點語言風格範疇，那麼「聲口」則是明清小說評點語言個性化範疇。風格和個性不同，風格強調一種整體性，而個性強調個別性、個人性。「聲口」義項有二，其一指口氣、口吻，其二是明清時期江淮官話、贛方言，指說話的口音、語調。作為明清小說評點語言個性化範疇的「聲口」取其第一個義項，即小說人物的口氣、口吻。

一、「一人有一人之口吻，絕不相混」

　　「聲口」體現的是小說人物的個性化特徵，如同現實中沒有兩個人具有完全一致的特徵包括語言特徵，小說中人物亦然。正如解弢《小說話》所言：「描寫人物，一人有一人之口吻，絕不相混，舊推《水滸》、《紅樓》，吾謂《綠野仙蹤》頗擅此長。」〔註1〕《水滸傳》與《紅樓夢》寫人，人物說話用語，各不相混，不同人物，採用不同的口吻，可一聽小說人物的說話，便能辨識說話之人乃小說中哪個人物。解弢所推崇的《綠野仙蹤》，為清代李百川所著小說，融神魔、世情、歷史為一體，述冷於冰成仙之路收徒、誅妖事。《綠野仙蹤》的人物描寫頗具水準，特別是小說人物的對話，通過小說人物的口語，反映出不同人物各異的身份、性格特徵，口吻畢肖。鄭振鐸先生即將《綠野

〔註 1〕朱一玄編，明清小說資料彙編（下）〔M〕，天津：南開大學出版社，2012：
　　　　628。

仙蹤》與《紅樓夢》、《儒林外史》一起並列為清中葉三大小說。

　　《水滸傳》摹寫人物口吻的本領被小說評點家讚不絕口。如金聖歎《讀第五才子書法》:「《水滸傳》並無之乎者也等字。一樣人,便還他一樣說話。真是絕奇本事。」〔註2〕從金聖歎的評論,亦可看出,凡稱得上優秀的小說作品必塑造出具有不同「聲口」的各異的人物形象,書中人物只一開口,便可判定是誰人之語,而不必親見其人。李贄《水滸傳回評》第二十四回亦道:「說淫婦便像個淫婦,說烈漢便像個烈漢,說呆子便像個呆子,說馬泊六便像個馬泊六,說小猴子便像個小猴子。但覺讀一過,分明淫婦、烈漢、呆子、馬泊六、小猴子光景在眼,淫婦、烈漢、呆子、馬泊六、小猴子聲音在耳,不知有所謂語言文字也。」〔註3〕李贄讚歎《水滸傳》著者描寫人物語言的高超水準,淫婦一說話便像是淫婦說的話,烈漢一說話聽過去就是烈漢在說話,呆子一開口便是呆子,馬泊六一言語就儼然一馬泊六,小猴子一開口也能判定其就是小猴子。不僅是淫婦、烈漢、呆子、馬泊六、小猴子各有其「聲口」,便是不同的淫婦、烈漢、呆子、馬泊六、小猴子也「聲口」不同,前者是類的風格特徵,後者是個性化色彩。

　　如《三國演義》中的奸雄曹操便有其特有的「聲口」,極具個性化。毛宗崗《三國志演義回評》第四回評道:「孟德殺伯奢一家,誤也,可原也;至殺伯奢,則惡極矣。更說出『寧使我負人,休教人負我』之語,讀書者至此,無不詬之罵之,爭欲殺之矣。不知此猶孟德之過人處也。試問天下人,誰不有此心者,誰復能開此口乎?至於講道學諸公,且反其語曰:『寧使人負我,休教我負人。』非不說得好聽,然察其行事,卻是步步私學孟德二語者,則孟德之直捷痛快也。吾故曰:『此猶孟德之過人處也。』」〔註4〕正如毛宗崗所評,唯有絕世奸雄說得出「寧使我負人,休教人負我」的話頭,曹操重視個人意志,追求個人利益和自我價值的實現,將一己擺在最重要的位置。並且他這種利己唯我的態度不是遮遮掩掩的,而是光明正大地表達出來,恰似一種個人至上的有力宣言,這粉碎了所有偽君子、道學家的假面,更顯出了曹操此

〔註2〕陳曦鍾,侯忠義,魯玉川輯校,水滸傳會評本〔M〕,北京:北京大學出版社,1981:17。

〔註3〕〔明〕施耐庵集撰,〔明〕羅貫中纂修,〔明〕李贄批評,《古本小說集成》編委會編,李卓吾批評忠義水滸傳〔M〕,上海:上海古籍出版社,1992:791。

〔註4〕〔元末明初〕羅貫中原著,〔清〕毛宗崗評點,毛批三國演義〔M〕,天津:天津古籍出版社,2006:23。

絕世奸雄絲毫不做假飾的真性情。與其相反的，正是那些站在道德高地對世人指手畫腳的道學家，他們雖然表面滿口仁義道德、溫良恭儉，背後卻蠅營狗苟、無惡不為，其人格之扭曲與行為之可恥可想而知，乃如冠冕堂皇腐蝕人間的衣冠禽獸，實實可厭、可憎、可殺、可剮。奸雄曹操的為己，乃出自內心、發於肺腑、痛快淋漓、純真不偽，無懼輿論、無畏挑戰，敢於暴露真我，勇於與虛偽為敵，這何嘗不是另一種不與世人同流合污、「舉世皆濁我獨清，眾人皆醉我獨醒」的曠世高蹈。作為有文學修養且基底深厚的奸雄，曹操又有橫槊賦詩的瀟灑深沉，如其所作詩曰：「對酒當歌，人生幾何？譬如朝露，去日苦多。慨當以慷，憂思難忘。何以解憂，唯有杜康。青青子衿，悠悠我心。但為君故，沉吟至今。呦呦鹿鳴，食野之苹。我有嘉賓，鼓瑟吹笙。明明如月，何時可掇。憂從中來，不可斷絕。越陌度阡，枉用相存。契闊談宴，心念舊恩。月明星稀，烏鵲南飛。繞樹三匝，何枝可依？山不厭高，海不厭深。周公吐哺，天下歸心。」（《短歌行》）做此詩者，不僅需要很高的文學修養，更需要寬廣的胸懷和深刻的人生體驗。詩中所包容的分明是不忍時光流走的癡心、深沉而對人滿懷憐愛的愛心、熱愛生命渴望美好的真心、知恩感恩懷德報德的誠心、求賢若渴胸裝天下的雄心。此詩此語非奸雄曹操不可道出。毛宗崗《三國志演義回評》第四十八回即評曰：「古人亦有善用古人之文者。橫槊之歌，多引《風》、《雅》之句；而坡公《赤壁賦》一篇，亦取曹操歌中之意而用之。其曰『如怨如慕，如泣如訴』，即所謂『憂從中來，不可斷絕』也；其曰『哀吾生之須臾』，即所謂『譬若朝露，去日無多』也；其曰『盈虛者如彼，而卒莫消長』，即所謂『皎皎如月，何時可掇』也⋯⋯」〔註5〕由此見得，奸雄曹操具有深厚的文學素養，其作詩歌所引多《風》、《雅》之句，亦是自身情懷、格調的顯示。後世蘇軾所作《赤壁賦》便化用了曹操《短歌行》中的詩句，這顯示了二人在某種程度上精神世界的相通。曹操的複雜性成就了曹操其人，所以其言語「聲口」也打上了反映其人格複雜性的深沉獨特的鮮明烙印，具有特出的個性化表徵。

　　再如《西遊記》中的孫悟空，其「聲口」亦獨特鮮明，頗具代表性。李贄《西遊記評》對孫悟空獨有的「聲口」多有評點。茲錄出以供觀瞻析證。

　　李贄評孫悟空「聲口」所使用最多的評點語便是「猴」字，摘錄如下：

〔註5〕〔元末明初〕羅貫中原著，〔清〕毛宗崗評點，毛批三國演義〔M〕，天津：天
　　　津古籍出版社，2006：355。

第四回　官封弼馬心何足　名注齊天意未寧

悟空道：「我只站下不動，任你砍幾劍吧。」

側　猴！〔註6〕

第六回　觀音赴會問原因　小聖施威降大聖

我待要罵你幾聲，曾奈無甚冤仇；待要打你一棒，可惜了你的性命。

側　猴！

大聖見了，現出本相道：「郎君不消嚷，廟宇已姓孫了。」

側　猴！〔註7〕

第二十五回　鎮元仙趕捉取經僧　孫行者大鬧五莊觀

但只是大小便急了，若在鍋裏開風，恐怕污了你的熟油，不好調菜吃。

側　猴！〔註8〕

第三十一回　豬八戒義釋猴王　孫行者智降妖怪

又把我兩個孩兒搶去，是我苦告，更不肯饒他，說拿去朝中認認外公。

側　猴！〔註9〕

第四十二回　大聖殷勤拜南海　觀音慈善縛紅孩

行者藉口答道：「孩兒們起來，同我回家去，換了衣服來也。」

側　猴！

行者道：「三辛逢初六。今朝是辛酉日，一則當齋，二來酉不會客。」

側　猴！

行者道：「兄弟雖不曾救得師父，老孫卻得個上風來了。」

〔註6〕〔明〕吳承恩原著，〔明〕李卓吾評點，李卓吾先生批點西遊記〔M〕，天津：天津古籍出版社，2006：25。

〔註7〕〔明〕吳承恩原著，〔明〕李卓吾評點，李卓吾先生批點西遊記〔M〕，天津：天津古籍出版社，2006：39。

〔註8〕〔明〕吳承恩原著，〔明〕李卓吾評點，李卓吾先生批點西遊記〔M〕，天津：天津古籍出版社，2006：189。

〔註9〕〔明〕吳承恩原著，〔明〕李卓吾評點，李卓吾先生批點西遊記〔M〕，天津：天津古籍出版社，2006：235。

側　猴！〔註10〕

第四十四回　法身元運逢車力　心正妖邪度脊關

行者道：「我有一個叔父，自幼出家，削髮為僧。」

側　猴！

行者道：「五百個都與我有親。」

側　猴！〔註11〕

第四十六回　外道弄強欺正法　心猿顯聖滅諸邪

行者欣然應道：「我先去！我先去！」

側　猴！

行者心焦，撚著拳，掙了一掙，將捆的繩子就皆掙斷，喝聲：
「長！」

側　猴！

行者道：「不辛苦，倒好耍子。」

側　猴！

行者道：「小和尚久不吃煙火食。」

側　猴！

行者道：「多承下顧。小和尚一向不曾洗澡。這兩日皮膚燥癢，
好歹蕩蕩去。」

側　猴！

行者合掌道：「不知文洗武洗。」

側　猴！〔註12〕

第五十六回　神狂誅草寇　道昧放心猿

若肯一個月供得七八十遭，老孫越有買賣。

側　猴！

盤纏有些在此，包袱不多，只有馬蹄金二十來錠，粉面銀二三

〔註10〕〔明〕吳承恩原著，〔明〕李卓吾評點，李卓吾先生批點西遊記〔M〕，天津：
　　　　天津古籍出版社，2006：321。
〔註11〕〔明〕吳承恩原著，〔明〕李卓吾評點，李卓吾先生批點西遊記〔M〕，天津：
　　　　天津古籍出版社，2006：338。
〔註12〕〔明〕吳承恩原著，〔明〕李卓吾評點，李卓吾先生批點西遊記〔M〕，天津：
　　　　天津古籍出版社，2006：353。

十錠。

側　猴！

說你兩個打劫別人的金銀，是必分些與我。

側　猴！

你也打得手困了，卻讓老孫打一棒兒。

側　猴！〔註13〕

第五十九回　唐三藏路阻火焰山　孫行者一調芭蕉扇

行者叉手向前笑道：「嫂嫂切莫多言！老孫伸著光頭，任尊意砍上多少。」

側　猴！

行者笑道：「嫂嫂勿得慳吝，是必借我使使。」

側　猴！

我知你也饑渴了，我先送你個坐碗兒解渴。

側　猴！

謝借了，謝借了。

側　猴！〔註14〕

第六十八回　朱紫國唐僧論前世　孫行者施為三折肱

且把取經事寧耐一日，等老孫做個醫生耍耍。

側　猴！〔註15〕

第七十一回　行者假名降怪犼　觀音現象伏妖王

行者道：「賢甥，你那鈴兒，卻是那裡來的？」

側　猴！〔註16〕

第七十二回　盤絲洞七情迷本　濯垢泉八戒忘形

行者暗笑道：「這怪物好沒算計！煮還省些柴，怎麼轉要蒸了

〔註13〕　〔明〕吳承恩原著，〔明〕李卓吾評點，李卓吾先生批點西遊記〔M〕，天津：天津古籍出版社，2006：426。
〔註14〕　〔明〕吳承恩原著，〔明〕李卓吾評點，李卓吾先生批點西遊記〔M〕，天津：天津古籍出版社，2006：446。
〔註15〕　〔明〕吳承恩原著，〔明〕李卓吾評點，李卓吾先生批點西遊記〔M〕，天津：天津古籍出版社，2006：508。
〔註16〕　〔明〕吳承恩原著，〔明〕李卓吾評點，李卓吾先生批點西遊記〔M〕，天津：天津古籍出版社，2006：528。

吃？」

　　側　猴！〔註17〕

　　第八十二回　姹女求陽　元神獲道

　　行者道：「師父，不濟呀！那妖精安排筵宴，與你吃了成親哩！」

　　側　猴！〔註18〕

　　第八十四回　難滅伽持圓大覺　法王成正體天然

　　行者搗鬼道：「我們原來的本身是五千兩，前者馬賣了三千兩，如今兩搭聯裏現有四千兩。」

　　側　猴！〔註19〕

　　第九十七回　金酬外護遭魔毒　聖顯幽魂救本原

　　行者笑道：「師父，進去進去，這裡邊沒狗，倒好耍子。」

　　側　猴！〔註20〕

李贄用「猴」評孫悟空「聲口」共計三十處，分別是《西遊記》第四回一處，第六回兩處，第二十五回一處，第三十一回一處，第四十二回三處，第四十四回兩處，第四十六回六處，第五十六回四處，第五十九回四處，第六十八回一處，第七十一回一處，第七十二回一處，第八十二回一處，第八十四回一處，第九十七回一處。李贄評孫悟空特有聲口為「猴」，猴聲猴氣，猴言猴語，一聽文中說話，便知出自猴口，帶有「猴」的特色，每句話都很「猴」。李贄這三十處「猴」評，包含了孫悟空話語的幽默逗樂、頑皮搞笑、貧嘴薄舌、花言巧語、靈趣機警、活潑可愛等等在內，孫悟空的猴話與猴性融為一體、相得益彰，見猴話便如見猴形，極具個性化特色。

　　李贄除對孫悟空「聲口」單評一個「猴」字外，還常在「猴」字上加綴字。如「妙猴」：

〔註17〕〔明〕吳承恩原著，〔明〕李卓吾評點，李卓吾先生批點西遊記〔M〕，天津：天津古籍出版社，2006：536。

〔註18〕〔明〕吳承恩原著，〔明〕李卓吾評點，李卓吾先生批點西遊記〔M〕，天津：天津古籍出版社，2006：610。

〔註19〕〔明〕吳承恩原著，〔明〕李卓吾評點，李卓吾先生批點西遊記〔M〕，天津：天津古籍出版社，2006：624。

〔註20〕〔明〕吳承恩原著，〔明〕李卓吾評點，李卓吾先生批點西遊記〔M〕，天津：天津古籍出版社，2006：708。

第四十五回　三清觀大聖留名　車遲國猴王顯法

他的真身，出了元神，趕到半空中，高叫：「那司風的是那個？」

側　妙猴！〔註21〕

第四十七回　聖僧夜阻通天水　金木垂慈救小童

行者笑道：「可像你兒子麼？」

側　妙猴！妙猴！〔註22〕

第七十一回　行者假名降怪犼　觀音現象伏妖王

我的雌來你的雄。

側　妙猴！〔註23〕

如「好猴」：

第四十二回　大聖殷勤拜南海　觀音慈善縛紅孩

賢郎，你卻沒理，那裡兒子好打爺的？

側　好猴！〔註24〕

如「乖猴」、「趣猴」：

第二十五回　鎮元仙趕捉取經僧　孫行者大鬧五莊觀

行者聞言，他心中有物的人，忙答道：「不曾！不曾！我們是打
上路來的。」

側　乖猴！〔註25〕

第四十八回　魔弄寒風飄大雪　僧思拜佛履層冰

行者笑吟吟的答道：「承下問，莊頭是陳澄、陳清家。」

側　乖猴！趣猴！〔註26〕

〔註21〕〔明〕吳承恩原著，〔明〕李卓吾評點，李卓吾先生批點西遊記〔M〕，天津：
　　　天津古籍出版社，2006：347。

〔註22〕〔明〕吳承恩原著，〔明〕李卓吾評點，李卓吾先生批點西遊記〔M〕，天津：
　　　天津古籍出版社，2006：361。

〔註23〕〔明〕吳承恩原著，〔明〕李卓吾評點，李卓吾先生批點西遊記〔M〕，天津：
　　　天津古籍出版社，2006：528。

〔註24〕〔明〕吳承恩原著，〔明〕李卓吾評點，李卓吾先生批點西遊記〔M〕，天津：
　　　天津古籍出版社，2006：321。

〔註25〕〔明〕吳承恩原著，〔明〕李卓吾評點，李卓吾先生批點西遊記〔M〕，天津：
　　　天津古籍出版社，2006：189。

〔註26〕〔明〕吳承恩原著，〔明〕李卓吾評點，李卓吾先生批點西遊記〔M〕，天津：
　　　天津古籍出版社，2006：369。

如「賊猴」、「頑猴」、「惡猴」:

　　第五回　亂蟠桃大聖偷丹　反天宮諸神捉怪

　　大聖道:「勝負乃兵家之常。」

　　側　賊猴!〔註27〕

　　第六十八回　朱紫國唐僧論前世　孫行者施為三折肱

　　著實有好茶房麵店,大燒餅,大饅饅。

　　側　頑猴!惡猴!〔註28〕

如「猴極」:

　　第四十二回　大聖殷勤拜南海　觀音慈善縛紅孩

　　行者道:「我兒可是孫行者師父麼?」

　　側　猴極矣!妙絕!〔註29〕

　　第四十六回　外道弄強欺正法　心猿顯聖滅諸邪

　　行者望見心疑道:「那呆子笑我哩。」

　　側　猴極矣!〔註30〕

如「猴甚」:

　　第四十二回　大聖殷勤拜南海　觀音慈善縛紅孩

　　又會變我模樣,你卻那裡認得?

　　側　猴甚!〔註31〕

如「猴」的複用:

　　第四十二回　大聖殷勤拜南海　觀音慈善縛紅孩

　　行者道:「我近來年老,你母親常勸我作些善事。我想無甚作

善,且持些齋戒。」

〔註27〕〔明〕吳承恩原著,〔明〕李卓吾評點,李卓吾先生批點西遊記〔M〕,天津:
　　　　天津古籍出版社,2006:32。
〔註28〕〔明〕吳承恩原著,〔明〕李卓吾評點,李卓吾先生批點西遊記〔M〕,天津:
　　　　天津古籍出版社,2006:508。
〔註29〕〔明〕吳承恩原著,〔明〕李卓吾評點,李卓吾先生批點西遊記〔M〕,天津:
　　　　天津古籍出版社,2006:321。
〔註30〕〔明〕吳承恩原著,〔明〕李卓吾評點,李卓吾先生批點西遊記〔M〕,天津:
　　　　天津古籍出版社,2006:353。
〔註31〕〔明〕吳承恩原著,〔明〕李卓吾評點,李卓吾先生批點西遊記〔M〕,天津:
　　　　天津古籍出版社,2006:321。

側　猴！猴！魔亦持齋，不魔不持齋了。〔註32〕

「妙猴」、「好猴」、「乖猴」、「趣猴」、「賊猴」、「頑猴」、「惡猴」、「猴極」、「猴甚」、「猴」的複用等等，歸根結底都落在一個「猴」字。評點語詞的變動均萬變不離其宗，李贄反覆表達的乃是同一個意思。即孫悟空一開口便知是其特有的「聲口」，詼諧、幽默、聰明、狡黠、靈敏、乖覺、滑稽、有趣、頑皮、逗笑。李贄評其「猴」、「賊猴」、「乖猴」、「好猴」、「妙猴」、「趣猴」、「頑猴」、「惡猴」等等正是從其獨特的「聲口」見出了其鮮明無二的性格特色。

再如脂硯齋等《紅樓夢評》，也指出了小說人物獨一無二的「聲口」。第五回，原文：「一帆風雨路三千，把骨肉家園齊來拋閃。恐哭損殘年，告爹娘，休把兒懸念。自古窮通皆有定，離合豈無緣？從今分兩地，各自保平安。奴去也，莫牽連。」戚序評：「探卿聲口如聞。」〔註33〕評點者指出《紅樓夢》著者通過曲詞將賈探春特有「聲口」寫出。又如第九回，原文賈菌罵道：「好囚攮的們，這不都動了手了麼？」戚序：「好聽煞。」靖藏眉批：「聲口如聞。」〔註34〕批點者指出《紅樓夢》著者將賈菌固有的「聲口」寫出，令人一聽其語即知其人。又有如第十九回，原文李嬤嬤要吃酥酪，被一個丫頭攔道：「快別動！那是說了給襲人留著的，回來又惹氣了。你老人家自己承認，別帶累我們受氣。」己卯夾評：「這等話聲口，必是晴雯無疑。」〔註35〕正如夾評所言，晴雯的「聲口」是獨一無二的，與別個絕不相同，故一聽此話，便斷定是晴雯所言無疑。

二、「口角各肖其人，化工之手」

《新刻繡像批評金瓶梅評語》第六十五回，原文伯爵道：「哥休說此話。你心間疼不過，便是這等說，恐一時冷淡了別的嫂子們心。」崇眉評：「三語同一意，而口角各肖其人，化工之手。」〔註36〕此處所言「口角」亦是「聲口」之意，「化工」的境界，便是聞其聲即辨其人。茲錄《新刻繡像批評金瓶梅評語》中所涉「口角」評點語如下，以便觀瞻例析：

〔註32〕〔明〕吳承恩原著，〔明〕李卓吾評點，李卓吾先生批點西遊記〔M〕，天津：天津古籍出版社，2006：321。
〔註33〕朱一玄，紅樓夢脂評校錄〔M〕，濟南：齊魯書社，1986：98。
〔註34〕朱一玄，紅樓夢脂評校錄〔M〕，濟南：齊魯書社，1986：162。
〔註35〕朱一玄，紅樓夢脂評校錄〔M〕，濟南：齊魯書社，1986：274。
〔註36〕秦修容整理，金瓶梅：會評會校本〔M〕，北京：中華書局，1998：905。

第十二回

前邊各項銀子叫傅二叔討討，等我到家算帳。

崇夾 財主口角。〔註37〕

你桂姨那一套衣服，稍來不曾？

崇夾 大老官口角。〔註38〕

第十四回

誰人敢七個頭八個膽打我？

崇夾 口角肖甚。〔註39〕

可知是我的帖子來說。

膿包口角。〔註40〕

第十八回

待要管，又說我多攬事。

崇夾 口角妙甚。〔註41〕

第二十回

俺每今日得見嫂子一面，明日死也得好處。

崇眉 一班花面口角，妙甚。〔註42〕

第二十一回

（西門慶）和吳家的好了。

崇夾 不悅口角。〔註43〕

你將就只出一兩兒罷。

崇夾 弄阿呆口角，妙。〔註44〕

第二十三回

或一時叫傅大郎我拜你拜，替我門首看著賣粉的。

〔註37〕秦修容整理，金瓶梅：會評會校本〔M〕，北京：中華書局，1998：166～167。
〔註38〕秦修容整理，金瓶梅：會評會校本〔M〕，北京：中華書局，1998：167。
〔註39〕秦修容整理，金瓶梅：會評會校本〔M〕，北京：中華書局，1998：199。
〔註40〕秦修容整理，金瓶梅：會評會校本〔M〕，北京：中華書局，1998：203。
〔註41〕秦修容整理，金瓶梅：會評會校本〔M〕，北京：中華書局，1998：255。
〔註42〕秦修容整理，金瓶梅：會評會校本〔M〕，北京：中華書局，1998：289。
〔註43〕秦修容整理，金瓶梅：會評會校本〔M〕，北京：中華書局，1998：299。
〔註44〕秦修容整理，金瓶梅：會評會校本〔M〕，北京：中華書局，1998：301。

崇夾　淫婦口角。〔註45〕

第二十六回

咱每能走不能飛，到的那些兒。

崇夾　酷蕭玉樓口角。〔註46〕

第三十六回

既見尊顏，又不遽捨，奈何，奈何？

崇眉　口角留連得妙。〔註47〕

第三十七回

俺兩口兒就殺身也難報大爹。

崇眉　口角甜甚，巧語撩人，豈能不惑！〔註48〕

第五十五回

拿甚麼補報爹娘？

崇夾　口角甜甚。〔註49〕

第五十七回

不想潘金蓮在外邊聽見，不覺怒從心上起，就罵道：「沒廉恥弄虛脾的臭娼根，偏你會養兒子……」

崇眉　期望中更多賣弄，小人口角爾爾，奈折福何！〔註50〕

第五十八回

溫秀才道：「學生不才，府學備數，初學《易經》……」

崇夾　口角妙甚。〔註51〕

第五十九回

鶘子道：「俺每如今還怪董嬌兒和李桂兒……」

崇眉　開口只怪別人，是鶘兒口角。〔註52〕

〔註45〕秦修容整理，金瓶梅：會評會校本〔M〕，北京：中華書局，1998：331。
〔註46〕秦修容整理，金瓶梅：會評會校本〔M〕，北京：中華書局，1998：365。
〔註47〕秦修容整理，金瓶梅：會評會校本〔M〕，北京：中華書局，1998：505。
〔註48〕秦修容整理，金瓶梅：會評會校本〔M〕，北京：中華書局，1998：511。
〔註49〕秦修容整理，金瓶梅：會評會校本〔M〕，北京：中華書，1998：733～734。
〔註50〕秦修容整理，金瓶梅：會評會校本〔M〕，北京：中華書局，1998：758。
〔註51〕秦修容整理，金瓶梅：會評會校本〔M〕，北京：中華書局，1998：770。
〔註52〕秦修容整理，金瓶梅：會評會校本〔M〕，北京：中華書局，1998：788。

第六十四回

薛內相便與劉內相兩個說說話兒道:「劉哥,你不知道,昨日這八月初十日,下大雨如注,雷電把內裏凝神殿上鴟尾裘碎了⋯⋯昨日大金遣使臣進表,要割內地三鎮,依著蔡京那老賊就要許他⋯⋯」

崇眉　兩太監情性口角模寫已盡。至此又明目張膽一通朝政,令人絕倒。〔註53〕

第七十一回

何太監大喜道:「大人甚是知禮。罷,罷,我閣老兒傍坐罷,教做官的陪大人就是了。」

崇眉　內臣心性口角,如聞如睹。〔註54〕

第七十六回

慌的婦人答禮說道:「老王免了罷。」

崇眉　口角輕薄。〔註55〕

以上所錄《新刻繡像批評金瓶梅評語》第十二回、第十四回、第十八回、第二十回、第二十一回、第二十三回、第二十六回、第三十六回、第三十七回、第五十五回、第五十七回、第五十八回、第五十九回、第六十四回、第七十一回、第七十六回等共十九處「口角」之處。「財主」、「大老官」、「膿包」、「花面」、「阿呆」、「淫婦」、「小人」、「鴇兒」、「內臣」各色人等之「口角」惟妙惟肖、出神入化。真可謂「口角」各肖其人,著者有出神入化的摹寫小說人物語言的本領。而「不悅」、「甜」等等諸「口角」則顯示了《金瓶梅》著者通過人物語言表現人物心理的高超表現手法。

非止《金瓶梅》,又有如臥閑草堂本《儒林外史回評》第十三回,原文:「我們公門裏好修行,所以通個信給他早為料理,怎麼壞這個良心?」評:「摹寫公門口角,宛然活現,此豈杜少卿輩所知而以此事為出自其手,其不然乎?」〔註56〕《儒林外史》著者亦能將特定小說人物特有的「聲口」呈現

〔註53〕秦修容整理,金瓶梅:會評會校本〔M〕,北京:中華書局,1998:885。
〔註54〕秦修容整理,金瓶梅:會評會校本〔M〕,北京:中華書局,1998:992。
〔註55〕秦修容整理,金瓶梅:會評會校本〔M〕,北京:中華書局,1998:1113。
〔註56〕〔清〕吳敬梓著,李漢秋輯校,儒林外史匯校匯評〔M〕,上海:上海古籍出版社,2010:171。

得不爽絲毫。再如脂硯齋等《紅樓夢評》第六回，原文周瑞家的對劉姥姥笑說道：「姥姥你放心。大遠的誠心誠意來了，豈有個不教你見個真佛去的呢。論理，人來客至回話，卻不與我們相干……皆因你原是太太的親戚，又拿我當個人，投奔了我來，我就破個例，給你通個信去……」甲戌夾評：「好口角。」甲戌側評：「自是有寵人聲口。」〔註57〕如評點者所言，《紅樓夢》著者將周瑞家的寵人「聲口」寫得淋漓盡致。

「聲口」除「口角」外，還有其他指稱。

如「口吻」，錢靜方《小說叢考·金瓶梅演義考》言：「……描摹小人口吻，無不逼真……」〔註58〕錢靜方所言《金瓶梅》描摹的小人之「口吻」即同「聲口」之意。《新刻繡像批評金瓶梅評語》中便用「口吻」作評，如第一回原文，伯爵道：「你兩個財主的都去了，丟下俺們怎的……」崇夾評曰：「口吻極肖。」〔註59〕還有如脂硯齋等《紅樓夢評》第七回亦用「口吻」評之，原文薛姨媽道：「剩下的六枝，送林姑娘兩枝，那四枝給了鳳哥罷。」甲戌側評：「妙文！今古小說中可有如此口吻者？」〔註60〕批點者讚歎《紅樓夢》著者描摹人物語言的本領，將薛姨媽的話語寫得符合其人物身份，一聽便知是貼近生活、貼合人物而出的「聲口」，遠不是那些矯揉造作、一看便知言語假飾且不合人物身份、邏輯者相比。

「口腔」亦指「聲口」，譬如《新刻繡像批評金瓶梅評語》，第二十四回，原文：「……那來旺兒媳婦宋蕙蓮卻坐在穿廊下一張椅兒上，口裏嗑瓜子兒。等的上邊呼喚要酒，他便揚聲叫：『來安兒、畫童兒，上邊要熱酒，快趲酒上來！賊囚根子，一個也沒在這裡伺候，都不知往那裡去了！』」崇眉：「婆娘之做作口腔，寫得活現。」〔註61〕崇眉所評婆娘矯揉做作的「口腔」即為「聲口」之意，是說《金瓶梅》著者把宋蕙蓮仗勢之言語情態寫得生動無比。

「口聲」也即「聲口」之意。如臥閒草堂本《儒林外史回評》第二十四回，原文石老鼠冷笑道：「你這小孩子就沒良心了！想著我當初揮金如土的時節，你用了我不知多少，而今看見你在人家招了親，留你個臉面，不好就說，

〔註57〕朱一玄，紅樓夢脂評校錄〔M〕，濟南：齊魯書社，1986：109。
〔註58〕朱一玄編，金瓶梅資料彙編〔M〕，天津：南開大學出版社，2012：684。
〔註59〕秦修容整理，金瓶梅：會評會校本〔M〕，北京：中華書局，1998：24。
〔註60〕朱一玄，紅樓夢脂評校錄〔M〕，濟南：齊魯書社，1986：123。
〔註61〕秦修容整理，金瓶梅：會評會校本〔M〕，北京：中華書局，1998：336。

你倒回出這樣話來！」評曰：「無賴口聲。」〔註62〕「口聲」即「聲口」，正如評點者所指出，《儒林外史》著者將石老鼠流氓「無賴」的聲氣口吻描摹盡致。又如脂硯齋等《紅樓夢評》第六回，原文：「劉姥姥道：『噯喲喲！』」甲戌側評言：「口聲如聞。」〔註63〕《紅樓夢》著者只拈取了一個簡單的語氣詞，便鮮明地表現出劉姥姥這一鄉村老嫗的語言特色，活潑生動，宛如親見。

「口氣」也是「聲口」的意思。如《新刻繡像批評金瓶梅評語》第二十三回，原文（宋蕙蓮）道：「冷合合的，睡了罷，怎的只顧端詳我的腳？你看過那小腳兒來，相我沒雙鞋面兒，那個買與我雙鞋面兒也怎的？看著人家做鞋，不能彀做！」崇夾評曰：「不脫小家子口氣，妙。」〔註64〕宋蕙蓮向西門慶索要財物，評者敏銳地嗅到其小家子「聲口」。又如臥閒草堂本《儒林外史回評》第八回，原文（鄒三）道：「婁少老爺認得小人麼？」評言：「此『婁』字不合口氣，宜刪。」〔註65〕鄒三是先太保老爺墳上看墳的鄒吉甫的兒子，按照小說人物身份，是應該稱呼婁三、婁四公子「少老爺」，加一「婁」字，便不符合人物身份「聲口」。又如《儒林外史回評》第五十四回，原文陳和尚道：「這話要問我才是，你那裡知道？當年鶯脰湖大會……這是我先父親口說的，我倒不曉得？你那裡知道？」評曰：「名士口氣。」〔註66〕正如評者所評，陳和尚擺出的是「名士臉」，口裏講出的是「名士話」，具有深刻的反諷意味。再如脂硯齋等《紅樓夢評》用「口氣」評點「聲口」者更夥。第一回，原文：「最是紅塵中一二等富貴風流之地。」甲戌側評：「妙極！是石頭口氣，惜米顛不遇此石。」戚序道：「妙極！是石頭口氣。」〔註67〕點出石頭「聲口」。第七回，原文：「奶奶叫我作什麼？」甲戌夾評：「這是英蓮天生成的口氣，妙甚！」〔註68〕點出英蓮「聲口」。第九回，原文：「賈蘭是個省事的，忙按住硯，極口勸道：『好兄弟，不與

〔註62〕〔清〕吳敬梓著，李漢秋輯校，儒林外史匯校匯評〔M〕，上海：上海古籍出版社，2010：274。

〔註63〕朱一玄，紅樓夢脂評校錄〔M〕，濟南：齊魯書社，1986：107。

〔註64〕秦修容整理，金瓶梅：會評會校本〔M〕，北京：中華書局，1998：328。

〔註65〕〔清〕吳敬梓著，李漢秋輯校，儒林外史匯校匯評〔M〕，上海：上海古籍出版社，2010：115。

〔註66〕〔清〕吳敬梓著，李漢秋輯校，儒林外史匯校匯評〔M〕，上海：上海古籍出版社，2010：579。

〔註67〕朱一玄，紅樓夢脂評校錄〔M〕，濟南：齊魯書社，1986：8～9。

〔註68〕朱一玄，紅樓夢脂評校錄〔M〕，濟南：齊魯書社，1986：123。

咱們相干。』」戚序評：「是賈蘭口氣。」〔註69〕點出賈蘭「聲口」。第十四回，原文：「說不得咱們大家辛苦這幾日罷。」甲戌側評：「是協理口氣，好聽之至！」〔註70〕王熙鳳在此回中點對人手、分配工作乾淨利落、條理有序、一絲不苟，顯示了自身管家治家、辦事理事的能力，其所言所語是協理人「聲口」，表明了自己協助理家者的身份。第十七回至十八回，原文（幾個小廝）道：「今兒虧我們，老爺才喜歡，老太太打發人出來問了幾遍，都虧我們回說喜歡；不然，若老太太叫你進去，就不得展才了。」庚辰側評：「下人口氣畢肖。」〔註71〕批點者指出《紅樓夢》著者把一幫小廝在主子面前賣乖討賞的下人口氣寫得惟妙惟肖。第十九回，原文花自芳聽說有理，忙將寶玉抱出轎來，送上馬去。寶玉笑說：「倒難為你了。」庚辰側評道：「公子口氣。」〔註72〕即賈寶玉作為地位尊貴的公子對身份卑微之人說話的口吻躍然紙上。第二十一回，原文賈寶玉丟了一顆珠子，湘雲道：「必定是外頭去掉下來，不防被人揀了去，倒便宜他。」庚辰雙行夾批：「妙談。道『倒便宜他』四字，是大家千金口吻……」蒙府：「是湘雲口氣。」〔註73〕後文黛玉一旁盥手，冷笑道：「也不知是真丟了，也不知是給了人鑲什麼帶去了。」蒙府：「是黛玉口氣。」〔註74〕評點者指出《紅樓夢》著者分別將大家千金史湘雲的「聲口」、林黛玉的「聲口」寫出。

此外，有些評點語中，並未帶「聲口」、「口吻」、「口角」、「口聲」、「口腔」、「口氣」等此類字眼，但也顯示了小說人物各自的語言特色，即不同的「聲口」各肖其人，絕不雷同相混。

如《新刻繡像批評金瓶梅評語》第八十五回，原文薛嫂道：「可又來，大娘差了！爹收用的恁個出色姐兒，打發他，箱籠兒也不與，又不許帶一件衣服兒，只教他罄身出去，鄰舍也不好看的。」崇夾：「媒人只說媒人話，妙。」〔註75〕評點者將《金瓶梅》著者所描摹的媒人特有「聲口」表出。

又如脂硯齋等《紅樓夢評》中的諸多例子。第二回，原文賈雨村問冷子興可否知金陵城內甄家，冷子興道：「誰人不知！這甄府就是賈府老親。他們

〔註69〕 朱一玄，紅樓夢脂評校錄〔M〕，濟南：齊魯書社，1986：162。
〔註70〕 朱一玄，紅樓夢脂評校錄〔M〕，濟南：齊魯書社，1986：195。
〔註71〕 朱一玄，紅樓夢脂評校錄〔M〕，濟南：齊魯書社，1986：247。
〔註72〕 朱一玄，紅樓夢脂評校錄〔M〕，濟南：齊魯書社，1986：273。
〔註73〕 朱一玄，紅樓夢脂評校錄〔M〕，濟南：齊魯書社，1986：308～309。
〔註74〕 朱一玄，紅樓夢脂評校錄〔M〕，濟南：齊魯書社，1986：309。
〔註75〕 秦修容整理，金瓶梅：會評會校本〔M〕，北京：中華書局，1998：1260～1261。

兩家來往極親熱的。便在下也和他家來往非止一日了。」甲戌側評：「說大話之走狗，畢真。」〔註76〕批點者點出《紅樓夢》著者所描摹出的冷子興說大話之走狗的「聲口」樣態。第九回，原文賈寶玉見他（襲人）悶悶的，因笑問道：「好姐姐，你怎麼又不自在了？難道怪我上學去丟的你們冷清了不成？」戚序評：「開口斷不可少此三字。」〔註77〕批點者把著者所設定的賈寶玉特有「聲口」寫出。第二十四回，原文：「你要寫什麼文契，趁早把銀子還我。」庚辰側評：「爽快人，爽快話。」〔註78〕倪二爽快人亦是爽快「聲口」。第三十九回，原文劉姥姥見賈母，忙上來陪著笑，福了幾福，口裏說：「請老壽星安。」己卯夾評：「更妙！賈母之號何其多耶？在諸人口中則曰老太太，在阿鳳口中則曰老祖宗，在僧尼口中則曰老菩薩，劉姥姥口中則曰老壽星者，卻似有數人，想去則皆賈母，難得如此各盡其妙。劉姥姥亦善應接。」後文又有賈母道：「老親家，你今年多大年紀了？」己卯夾評：「神妙之極！看官至此必愁賈母以何相稱。誰知公然口老親家，何等現成，何等大方，何等有情理。若云作者心中編出，余斷斷不信。何也？蓋編得出者，斷不能有這等情理。」〔註79〕正如批點者所評，《紅樓夢》中各人有各自稱呼賈母的「聲口」，諸人口中稱「老太太」，王熙鳳口中稱「老祖宗」，僧人口中稱「老菩薩」，劉姥姥口中則稱「老壽星」，各人「聲口」各盡其妙。第五十二回，原文寶玉問黛玉道：「如今的夜越發長了，你一夜咳嗽幾遍？醒幾次？」庚辰夾評：「此皆好笑之極，無味扯淡之極，回思則皆瀝血滴髓之至情至神也。豈別部偷寒送暖，私奔暗約，一味淫情浪態之小說可比哉？」〔註80〕這是寶玉體貼至極、愛護有加的獨有「聲口」。第七十三回，原文繡桔道：「如今竟怕無著，明兒要都帶時，獨咱們不戴，是何意思呢。」庚辰夾評：「這個『咱們』使得，恰是女兒喁喁私語……」〔註81〕「咱們」是女兒喁喁私語的「聲口」。

值得注意的是，「聲口」並非單指說出來的語言，欲言又止者亦是特有的「聲口」。如王希廉《紅樓夢總評》所言：「書中多有說話衝口而出，或幾句說話止說一二句，或一句說話止說兩三字，便咽住不說。其中或有忌諱不忍出

〔註76〕朱一玄，紅樓夢脂評校錄〔M〕，濟南：齊魯書社，1986：37。
〔註77〕朱一玄，紅樓夢脂評校錄〔M〕，濟南：齊魯書社，1986：156。
〔註78〕朱一玄，紅樓夢脂評校錄〔M〕，濟南：齊魯書社，1986：352。
〔註79〕朱一玄，紅樓夢脂評校錄〔M〕，濟南：齊魯書社，1986：453～454。
〔註80〕朱一玄，紅樓夢脂評校錄〔M〕，濟南：齊魯書社，1986：492。
〔註81〕朱一玄，紅樓夢脂評校錄〔M〕，濟南：齊魯書社，1986：532。

口，或有隱情不便明說，故用縮句法咽住，最是描神之筆。」〔註82〕王希廉所講的小說人物語言的「衝口而出」、「幾句說話止說一二句」、「一句說話止說兩三字」等等「哽咽之語」，亦是小說人物特有的「聲口」，其傳情達意並非遜於人物話語的長篇大論，而是另具洞天、別有韻致，是極具包孕性、表現力的獨特「聲口」。

第二節　趣

「趣」，漢許慎《說文解字》將其解釋為：「趣，疾也。從走，取聲，七句切。」〔註83〕「趣」的本意為「急忙、立刻、迅速地奔赴」〔註84〕。「趣」既指一種趨向，如志趣、意趣、旨趣等，劉勰《文心雕龍·體性》道：「子政簡易，故趣昭而事博。」〔註85〕劉勰評劉向性格坦率，所以劉向的文章中志趣明顯而用事廣博。「趣」又指使人感到愉快，即一種興味，如興趣、樂趣、情趣、趣味等，「曲每奏，鍾子期輒窮其趣」（《列子·湯問》），意即每有曲子彈奏，鍾子期總能尋根究源它的情趣。

「趣」是中國古典美學術語，泛指人們的審美理想及審美情趣，包括人們在審美過程中的趣尚、趣味以及對藝術美的認識、理解、要求等。作品的藝術趣味，是作家、藝術家對現實生活的審美感受和體驗經過自我改造、提煉、鎔鑄加工而成的。對「趣」的倡言和昭彰，在一定程度上，便是衝破理的束縛，強調表現主觀性靈。主張「趣」的一些代表性觀點，有陶宗儀的「自得之趣」說，屠隆的「天趣」主張，即認為「天趣」是作畫的最高境界和最高旨趣，李贄的「童心說」亦包含了對「趣」的推尊，李贄認為，多讀書識義理導致童心缺失，生活被道理聞見所蒙蔽，從此便失掉了作為真人的樂趣。

學者關於「趣」的研究成果眾多、範圍廣泛。

有對詩學之「趣」的考索，如閻福玲《禪宗·理學與宋人理趣詩》，分析

〔註82〕馮其庸纂校訂定，陳其欣助纂，八家評批紅樓夢〔M〕，北京：文化藝術出版社，1991：4。

〔註83〕〔東漢〕許慎，說文解字注〔M〕，北京：中華書局，1985：63。

〔註84〕朱以竹，明詩話「趣味」研究〔D〕，重慶：西南大學，碩士學位論文，2012：5。

〔註85〕〔南朝梁〕劉勰著，范文瀾注，文心雕龍注〔M〕，卷六，北京：人民文學出版社，1962：506。

述道理而又有詩趣的理趣詩，及其形成的意義、特質和原因等。〔註86〕蘭翠《論「趣」》，考察了作為詩學範疇的「趣」，細緻梳理了古人的「趣」論。〔註87〕陳伯海《「味」與「趣」──試論詩性生命的審美質性》，探討了「趣」作為中國詩學基本範疇之一，其基本內涵特徵，及在詩學上與「味」的區別。〔註88〕朱以竹《明詩話「趣味」研究》，廣泛援引文獻資料，深入闡釋了「趣」的語義涵義，共歸納出「趣」的九種義項。還總結出「趣」在明詩話中的審美涵義，探討了「真趣」、「興趣」、「閒適之趣」等「趣」的相關範疇。楊秀平《宋詩話中「趣」範疇的研究》，考察了「趣」產生的時代背景，「趣」美學特徵的傳統內涵，闡釋了宋代詩話中「趣」的美學特徵等。

有對詞學之「趣」的考察，如胡建次《中國古典詞學「趣」範疇的承傳》，指出「趣」範疇的承傳主要體現在兩個維面，第一個維面是批評層面對「趣」的承傳運用，第二個維面是理論層面對「趣」的承傳闡說。〔註89〕

有對「理趣說」的探討，如王世海《理趣說的美學意涵──以錢鍾書理趣論為中心》，指出「理趣」是趣論範疇中最為重要的一個美學概念，對「理趣」的討論，從宋代始肇其端，到錢鍾書得以總結昇華，實現了「物」、「理」、「心」三者合一，並導向了「樂」這一美學核心。〔註90〕鄭春元《〈聊齋誌異〉的理趣美》，揭櫫了《聊齋誌異》的「理趣」美。「理趣」，顧名思義，是說理而又有趣。〔註91〕黃金華《宋代文論「理趣」範疇研究》，討論了「理趣」的形成原因、審美特徵及其美學內涵等。〔註92〕

此外，還有如對小說「機趣」的討論，如劉蓮英《論李漁小說「機趣」藝術》，認為「趣」的核心在「機」，「機」變而活，因此有「趣」。〔註93〕

〔註86〕閻福玲，禪宗・理學與宋人理趣詩〔J〕，中州學刊，1995，（6）：100～105。
〔註87〕蘭翠，論「趣」〔J〕，中國文學研究，2003，（2）：6。
〔註88〕陳伯海，「味」與「趣」──試論詩性生命的審美質性〔J〕，東方論壇，2005，（5）：1～10。
〔註89〕胡建次，中國古典詞學「趣」範疇的承傳〔J〕，東南大學學報 哲學社會科學版，2007，9（4）：92。
〔註90〕王世海，理趣說的美學意涵──以錢鍾書理趣論為中心〔J〕，中國韻文學刊，2012，26（1）：88。
〔註91〕鄭春元，《聊齋誌異》的理趣美〔J〕，蒲松齡研究，2013，（1）：19。
〔註92〕黃金華，宋代文論「理趣」範疇研究〔D〕，恩施：湖北民族學院，碩士學位論文，2013。
〔註93〕劉蓮英，論李漁小說「機趣」藝術〔D〕，河南：鄭州大學，碩士學位論文，2001：13。

　　王世海《趣之美學的端倪──〈文心雕龍〉「趣」論》，指出「趣」成為一個獨立的美學概念，是在其與「理」的旨義相分離之後，「趣」的具體所指是審美過程中審美主體的感受、體驗及其所獲得的情意。〔註94〕關於「趣」範疇的詳細具體的探討，如胡建次《中國古代文論「趣」範疇研究》，分十四章，深入闡析了「趣」這一中國古代文論的核心範疇，辨析「趣」之涵義，「趣」的演化，按照時間先後與文學體裁的不同，探討了宋代文論之「趣」、金元詩論之「趣」、明代文論之「趣」、清代文論之「趣」，以及「興趣」、「情趣」、「意趣」、「理趣」、「風趣」、「機趣」等，辨析了「趣」與「味」這兩個相融相通又相異相離的古典詩論審美範疇，最後探討了「趣」範疇的現代意義。〔註95〕

　　以上，學者們對「趣」有深入廣泛的探討，但似未嘗在明清小說評點中，考察語言論中的「趣」之範疇。鑒於此，筆者在明清小說評點中，拈出「趣」作為明清小說評點語言論系之語言風格範疇，作一考察，似可對前人的研究進行填補。

一、「他方人讀之，不解其趣」

　　首先，從語言的根本性質而言。語言是人類最重要的交際工具，是人與人之間進行溝通交流的主要表達方式。人們通過語言來交流思想、交換意見、傳播觀念。語言具有指向性、描述性、邏輯性、交際性、傳播性、傳承性、民族性等等多種特性，而語言最根本的性質便在於人與人之間的溝通交流。如果通過語言，人們無法溝通交流，那語言便失去了其本有的性質和意義。同樣的，就小說語言之「趣」而言，小說語言中的「趣」只有被人理解，方可稱之為「趣」，如果小說中所呈現出來的話語不能被讀者所理解，那麼其中的「趣」便是隱而不見、沒有意義的。解弢《小說話》便指出了這樣的問題：「白話小說用方言，當附以官話詮釋，不然他方人讀之，不解其趣。《紅樓夢》寶玉受打，黛玉獨立花陰，遙望往怡紅院看視者，久不見王熙鳳，心中納悶道：『如何他不來看寶玉？便是有事纏住了，他必定也要來打個花胡哨，討老太太、太太的好。』『打花胡哨』一語，謂匆忙急遽，旋入旋出也。吾知南人讀此，不曉其義者多矣。尚憶在武昌時，同學某君讀《紅樓》，至王熙鳳和解寶、黛

〔註94〕王世海，趣之美學的端倪──《文心雕龍》「趣」論〔J〕，蘭州學刊，2011，（4）：24。
〔註95〕胡建次，中國古代文論「趣」範疇研究〔D〕，上海：上海師範大學，博士學位論文，2004。

二人口角，攜之至賈母前云：『我說他們不用人費心，自己就會好的。老祖宗不信，一定叫我去說和。我及至到那裡要說和，誰知兩個人倒在一處，對賠不是，對笑對說的，倒像黃鷹抓住鷂子的腳，兩個都扣了環了。』不解『扣環』二字。以余為北人，詢余作何解。余謂謂十指交叉也。《孽海花》一段蘇州話，必為趣語，惜北人不曉其意。昔在保陽，見《上海花演義》一書，喜其筆簡而意足，而純用上海土語，苦於不能瞭解。」〔註96〕解弢指出，如果白話小說作者想要採用方言進行寫作，應該對小說中使用方言的部分用「官話」，即現在所稱「普通話」，重新解釋一遍。當小說在語言中加入了方言的成分，如果不對小說中的方言做解釋，那麼不是那一地方的其他地方的人讀到小說中使用方言的部分便讀不懂，而難以理解其中的意思，便自然也就難以體會到蘊含隱藏在方言之中的「趣」。解弢舉了《紅樓夢》中寶玉受打，林黛玉向怡紅院那邊瞻望時心理獨白的例子。《紅樓夢》著者在刻畫林黛玉內心獨白時所用的「打花胡哨」一語便是北方方言，意思是「匆忙急遽，旋入旋出」，南方人如果看到這句方言，便覺一頭霧水，難以體會到方言中所隱藏的「趣」。又如《紅樓夢》中王熙鳳至賈母處所言「扣了環」一詞，亦是北方方言，為十指交叉之意，但南方人便不懂其中的意思，難以體會到此中之「趣」。又有如《孽海花》中有一段極為有「趣」的蘇州話，聽不懂蘇州話的讀者自然不能理解用蘇州話寫就的文字，那麼《孽海花》中那段蘇州話中的「趣」對於大多數觀者而言，便視若無睹了。《上海花演義》則純粹用上海話寫成，對於不懂上海話的人來講便成了天書，更難以理會其中的意「趣」了。

由此可見，讀者體會語言之「趣」的前提在於能懂，那便對小說所使用的語言提出了要求。白話淺說在這方面自然比古奧文言更具優勢，作為傳播「趣」的載體也更適合，更易將小說中的意趣流通開來。著超《古今小說評林》即道：「歐美各國，文話一致，故其優美小說，易於普及。中國文自文，話自話，故有無價值之書而能通行社會者，婦人稚子亦津津樂道之，有極有價值之書而文人亦視為畏途者，朝訂夕考，至不能句逗，此小說之普及所以難，而小說之貽害所以滋也。《綠牡丹》、《施公案》、《彭公案》、《包公案》、《薛家將》、《楊家將》，人人能言之，即《三國志》、《水滸》，亦有為老嫗所解者：此白話之功效也。至於《山經》、《穆傳》，先秦間之高文典冊，亦小說也，其價值擬之於經。此種小說，實為世界最優美之書，惟中國文學能有此閎博，

〔註96〕朱一玄編，紅樓夢資料彙編〔M〕，天津：南開大學出版社，2012：876。

而文士反苦其奧衺，不敢作問津之想，世道之卑，其有徵矣。吾願有改良之責者，於文話間加商酌焉。俗本《三國志演義》攙入之乎者也等字，間或齟齬不通，此實竄入者之大謬。小說有文言白話之別，文言者加入白話，則俗不可耐，猶之白話者加入文言，亦酸腐不可讀也。」〔註97〕著超指出，歐美各國，由於行文和說話的一致，所以優美的小說作品便容易普及。而在中國，卻是行文有一套文言，說話有一套白話，所以導致一些所謂沒有價值的通俗易懂的白話書籍能流行於社會，即使是沒有多少文化知識的女人、小孩也津津樂道，而一些在著超看來非常有價值的書籍則是用古奧的文言寫就，知識淵博的文人尚且苦惱於其文字之字義，甚至難以句逗，更別說普通百姓了。著超認為，正因如此，一些用古奧文言寫就的極其有價值的小說普及起來便非常困難，而一些容易懂的在其看來有所貽害的通俗作品則更易在社會上流傳。白話的功效是非常大的，如《綠牡丹》、《施公案》、《彭公案》、《包公案》、《薛家將》、《楊家將》等白話小說作品，幾乎家喻戶曉，人人能道，像《三國志》、《水滸傳》等，也能被老太太所理解。但像《山海經》、《穆天子傳》等一些雖為小說，但價值堪比經典的文言佳作，卻囿於語言艱澀難懂，難以在社會上流通。著超認為，這類用文言寫就的小說，委實稱得上是世界最優美之書，卻苦於語言的問題，埋沒於眾人之中。但著超認為文言與白話各自有別，反對在文言中加入白話，或在白話中摻入文言。總之，為女性、孩童等學識水平不高的普羅大眾所喜聞樂見、津津樂道的書絕非佶屈聱牙的古語文言，而是充滿趣味、活潑生動、使人易懂的白話淺說。

但一般所認為的白話小說並不是純粹的白話，如張冥飛《古今小說評林》所言：「……長篇尤以白話為宜；文言長篇如《三國志》之白描淺說，尚不及半白話體之《石頭記》……《三國志》是白描淺說的文言，不是白話。《列國志》亦然……《金瓶梅》雖是白話體，但其中什九是明朝山東人俗話……」〔註98〕嚴格說來，《三國志》、《列國志》諸書，算不得是白話小說，而只能算是「白描淺說」的文言；《紅樓夢》文文白白，可謂為「半白話體」；《金瓶梅》雖是白話體，但其中十之有九是明朝山東人的方言俗語，算不得純粹的白話。張冥飛從語言的角度，為《三國志》、《列國志》、《紅樓夢》、《金瓶梅》等作了

〔註97〕朱一玄編，明清小說資料彙編（上）〔M〕，天津：南開大學出版社，2012：117。
〔註98〕朱一玄編，明清小說資料彙編（上）〔M〕，天津：南開大學出版社，2012：112。

分類，並認為長篇小說應當以白話寫就。很明顯，他對白話持有推崇態度。
張冥飛又道：「純粹之白話小說以《儒林外史》為最，蓋其他之書無不有文言
及俗話官話夾雜其中⋯⋯長篇小說中，有以俗話為白話者，如《金瓶梅》是
也；有以官話為白話者，如《兒女英雄傳》是也；有白話而夾雜以文言者，如
《紅樓夢》中之『鳳尾森森，龍吟細細』等詞是也；有白話而夾雜以俗話者，
如《水滸》中之『干鳥麼』、『干呆麼』等語是也。其完全白話之小說，予生平
實未之有見。其俗話、官話、文言較少者，似不得不推《儒林外史》為首屈一
指。純粹之白話，不獨了字、呢字、哩字、的字、麼字、嗎字等類之語助詞不
可多用，若北方之普通話不能通行南方，南方之普通話不能通行北方者，如
爸爸、爹爹、你老、老闆、堂客、師母等類之名詞亦宜少用，即紅東東、綠悠
悠、甜滋滋等類之形容詞亦不許亂用也。」〔註99〕張冥飛認為，只有《儒林
外史》最接近於純粹的白話小說，其他古代小說均有文言及俗語摻雜其中。
張冥飛按照所使用語言，將長篇小說大致分為四類：其一是以俗話為白話，
如《金瓶梅》；其二是以官話為白話，如《兒女英雄傳》；其三是白話中夾雜文
言，如《紅樓夢》，其行文中所使用的「鳳尾森森，龍吟細細」等語便是文言；
其四是白話中夾雜俗語，如《水滸傳》，其行文中所使用的「干鳥麼」、「干呆
麼」等語便是俗語。張冥飛所期待的那種完全用白話文寫就的小說，還沒有
出現。但《儒林外史》可稱得上是採用俗話、官話、文言最少的白話小說。張
冥飛對純粹的白話小說選詞用語有很高的要求，認為在白話小說中應少用
「了」、「呢」、「哩」、「的」、「麼」、「嗎」等字，在南方不用的北方普通話，在
北方不通行的南方普通話，如「爸爸」、「爹爹」、「你老」、「老闆」、「堂客」、
「師母」等詞也要少用，甚至像「紅東東」、「綠悠悠」、「甜滋滋」等形容詞也
不能亂用。以現在的眼光來看，張冥飛對純白話的要求似顯嚴苛，語言隨時
代發展不斷發生變化，大體南北呈現融通的態勢，越來越多的俗語也被納入
到普通話當中。張冥飛推尊《儒林外史》為白話正宗，並舉例說明：「今舉《儒
林外史》一段以為標準：五河縣有什麼人物？就只有彭鄉紳；五河縣有什麼
出產？就只有個彭鄉紳；五河縣那個有學問？就是奉承彭鄉紳；五河縣那個
有才情？就是專會奉承彭鄉紳。卻有一件事，人家還怕：是與鹽商方家對親；
可有一件事，人家還親熱：是大捧的銀子拿出去買田。此種盤空生硬語，是

〔註99〕朱一玄編，明清小說資料彙編（下）〔M〕，天津：南開大學出版社，2012：810。

為白話之正宗，蓋行之全國，傳之後世，無有人病其費解者。」〔註100〕張冥飛所舉《儒林外史》中的這段例子，即其所認為的標準白話用語，最突出的特色便是「無有人病其費解」。由此可見，張冥飛主要想表達的意思便是小說語言貴在容易使人理解。「俗話」、「官話」、「白話而夾雜以文言」、「白話而夾雜以俗話」等都稱不上純粹的白話，不懂小說中的俗語、方言、文言等的讀者便不能理解相關話語的意思。相比之下，《儒林外史》庶幾可稱為純粹的白話小說，使用的話語少夾雜有方言、文言、俗語，沒有使人費解之病，其中的趣味也易於傳達給讀者。

二、「趣甚！妙甚！小說決不可無此」

小說語言或小說中人物所言之語的「趣」，主要在於其幽默、詼諧的特點。小說評點家在使用「趣」這一評點語時，也主要著眼於小說用語之幽默詼諧、生動有趣。幽默之於小說，就如同食鹽之於菜肴，是一道決不可少的佐料，少了它，小說就寡淡無味。如李贄《西遊記評》第四十二回，正文：「行者笑道：『賢郎，老子怕你放火。』」側評：「趣甚！妙甚！小說決不可無此。」〔註101〕

以李贄《西遊記》評點為例，《西遊記》中，詼諧幽默的語言比比皆是，每到此處，李贄便批上「趣」，錄之如下：

第三回　四海千山皆拱伏　九幽十類盡除名

悟空笑道：「古人云：『愁海龍王沒寶哩！』你再去尋尋看。」

側　趣！〔註102〕

第六回　觀音赴會問原因　小聖施威降大聖

他睡倒在地，罵道：「這個亡人！你不去妨家長，卻來咬老孫。」

側　趣！〔註103〕

第十九回　雲棧洞悟空收八戒　浮屠山玄奘受心經

〔註100〕朱一玄編，明清小說資料彙編（下）〔M〕，天津：南開大學出版社，2012：810。
〔註101〕〔明〕吳承恩原著，〔明〕李卓吾評點，李卓吾先生批點西遊記〔M〕，天津：天津古籍出版社，2006：326。
〔註102〕〔明〕吳承恩原著，〔明〕李卓吾評點，李卓吾先生批點西遊記〔M〕，天津：天津古籍出版社，2006：17。
〔註103〕〔明〕吳承恩原著，〔明〕李卓吾評點，李卓吾先生批點西遊記〔M〕，天津：天津古籍出版社，2006：39。

請我拙荊出來，拜見公公、伯伯如何？

側　趣！〔註104〕

第二十二回　八戒大戰流沙河　木叉奉法收悟淨

八戒道：「也是也是。師兄你去時，千萬與我上覆一聲，向日多承指教。」

側　趣！〔註105〕

第二十五回　鎮元仙趕捉取經僧　孫行者大鬧五莊觀

行者笑道：「八戒，這先生有意思，拿出布來與我們做中袖哩。」

側　趣！〔註106〕

第三十一回　豬八戒義釋猴王　孫行者智降妖怪

行者陪笑道：「公主休怪，你來的日子已久，帶你令郎去認他外公去哩。」

側　趣！

且不必講此閒話，只說老孫今日到你家裏，你好怠慢了遠客。

側　趣！〔註107〕

第三十四回　魔頭巧算困心猿　大聖騰那騙寶貝

沙僧道：「二哥，好呵，弔出笑來也。」

側　趣！〔註108〕

第三十七回　鬼王夜謁唐三藏　悟空神化引嬰兒

眾軍上吃驚道：「若是這般快長，不消幾日，就撐破天也。」

側　趣！〔註109〕

〔註104〕〔明〕吳承恩原著，〔明〕李卓吾評點，李卓吾先生批點西遊記〔M〕，天津：天津古籍出版社，2006：147。
〔註105〕〔明〕吳承恩原著，〔明〕李卓吾評點，李卓吾先生批點西遊記〔M〕，天津：天津古籍出版社，2006：169。
〔註106〕〔明〕吳承恩原著，〔明〕李卓吾評點，李卓吾先生批點西遊記〔M〕，天津：天津古籍出版社，2006：189。
〔註107〕〔明〕吳承恩原著，〔明〕李卓吾評點，李卓吾先生批點西遊記〔M〕，天津：天津古籍出版社，2006：235。
〔註108〕〔明〕吳承恩原著，〔明〕李卓吾評點，李卓吾先生批點西遊記〔M〕，天津：天津古籍出版社，2006：259。
〔註109〕〔明〕吳承恩原著，〔明〕李卓吾評點，李卓吾先生批點西遊記〔M〕，天津：天津古籍出版社，2006：281。

第四十六回　外道弄強欺正法　心猿顯聖滅諸邪

拱著手高呼道：「國師，恕大膽佔先了！」

側　趣極！〔註110〕

第四十八回　魔弄寒風飄大雪　僧思拜佛履層冰

八戒慌了道：「大王還照舊罷，不要吃壞例子。」

側　趣！〔註111〕

第五十五回　色邪淫戲唐三藏　性正修持不壞身

八戒笑道：「哥阿，我的胎前產後病到〔倒〕不曾有，你到〔倒〕
弄了個腦門癰了。」

側　趣！〔註112〕

第六十回　牛魔王罷戰赴華筵　孫行者二調芭蕉扇

大王寵幸新婚，拋撇奴家。

側　趣甚！

大聖笑道：「非敢拋撇。」

側　趣甚！〔註113〕

第六十九回　心主夜間修藥物　君王筵上論妖邪

哥阿，且莫去醫皇帝，且快去醫醫馬來。

側　趣！〔註114〕

第七十一回　行者假名降怪犼　觀音現象伏妖王

妖王道：「可有個姓外的麼？」

側　趣！

這鈴兒想是懼內。

〔註110〕〔明〕吳承恩原著，〔明〕李卓吾評點，李卓吾先生批點西遊記〔M〕，天津：
　　　　天津古籍出版社，2006：353。
〔註111〕〔明〕吳承恩原著，〔明〕李卓吾評點，李卓吾先生批點西遊記〔M〕，天津：
　　　　天津古籍出版社，2006：369。
〔註112〕〔明〕吳承恩原著，〔明〕李卓吾評點，李卓吾先生批點西遊記〔M〕，天津：
　　　　天津古籍出版社，2006：419。
〔註113〕〔明〕吳承恩原著，〔明〕李卓吾評點，李卓吾先生批點西遊記〔M〕，天津：
　　　　天津古籍出版社，2006：452。
〔註114〕〔明〕吳承恩原著，〔明〕李卓吾評點，李卓吾先生批點西遊記〔M〕，天津：
　　　　天津古籍出版社，2006：514。

側　趣！〔註115〕

第七十二回　盤絲洞七情迷本　濯垢泉八戒忘形

師父原來是典當鋪裏拿了去的。

側　趣！

這個匾毛畜生貓嚼頭的亡人，把我們衣服都彫去了。

側　趣！〔註116〕

第七十七回　群魔欺本性　一體拜真如

你這呆子口敞，驀地裏就對人說，我們是爬牆頭的和尚了。

側　趣！

三怪道：「大哥，你抱住他怎的？終不然就活吃，卻也沒甚趣味。」

側　也說得趣。〔註117〕

上文所引共二十一處「趣」，包括第三回一處，第六回一處，第十九回一處，第二十二回一處，第二十五回一處，第三十一回兩處，第三十四回一處，第三十七回一處，第四十六回一處，第四十八回一處，第五十五回一處，第六十回兩處，第六十九回一處，第七十一回兩處，第七十二回兩處，第七十七回兩處。「趣」到之處，均是讀之令人發笑之處，話語本身自是詼諧幽默的，加之小說人物形象的身份不是人卻具有人性成分，二者摻雜對照，更為異趣橫生。

此外，李贄《西遊記》評點中所使用的「妙」、「好謔」等評點語，也包含了詼諧幽默的「趣」的成分，茲錄如下：

第三十四回　魔頭巧算困心猿　大聖騰那騙寶貝

今早愚兄弟拿倒東土唐僧，不敢擅吃，請母親來獻獻生，好蒸與母親吃了延壽。

側　妙！

行者聽得道：「我這般一個身子，怎麼便搖得響，只除化成稀汁

〔註115〕〔明〕吳承恩原著，〔明〕李卓吾評點，李卓吾先生批點西遊記〔M〕，天津：天津古籍出版社，2006：528。

〔註116〕〔明〕吳承恩原著，〔明〕李卓吾評點，李卓吾先生批點西遊記〔M〕，天津：天津古籍出版社，2006：536。

〔註117〕〔明〕吳承恩原著，〔明〕李卓吾評點，李卓吾先生批點西遊記〔M〕，天津：天津古籍出版社，2006：578。

才搖得響。」

側 妙！〔註 118〕

第七十二回 盤絲洞七情迷本 濯垢泉八戒忘形

八戒道：「天氣炎熱，沒奈何，將就容我洗洗兒罷！那裡調甚麼書擔兒同席不同席？」

側 妙！

滑扢虀的，只在那腿襠裏亂鑽。

側 妙！〔註 119〕

第四十三回 黑河妖孽擒僧去 西洋龍子捉鼉回

行者聞言笑道：「你妹妹有幾個妹丈？」

側 好謔！〔註 120〕

上引第三十四回和第七十二回中的四處「妙」評，以及第四十三回中的「好謔」之評，均是對《西遊記》語言詼諧之「趣」的評點。

此外，《新刻繡像批評金瓶梅評語》、《紅樓夢評》中的「趣」、「妙」等評點語也表幽默詼諧之意，茲舉例錄之如下：

新刻繡像批評金瓶梅評語（明）佚名

第二回

你既是撮合山，也與我做頭媒，說頭好親事。

崇夾 涎得有趣。〔註 121〕

那娘子是丁亥生，屬豬的，交新年卻九十三歲了。

崇夾 妙！妙！〔註 122〕

第五十七回

月娘笑道：「狗吃熱屎，原道是個香甜的，生血弔在牙兒內，怎生改得。」

〔註 118〕〔明〕吳承恩原著，〔明〕李卓吾評點，李卓吾先生批點西遊記〔M〕，天津：天津古籍出版社，2006：259。

〔註 119〕〔明〕吳承恩原著，〔明〕李卓吾評點，李卓吾先生批點西遊記〔M〕，天津：天津古籍出版社，2006：536。

〔註 120〕〔明〕吳承恩原著，〔明〕李卓吾評點，李卓吾先生批點西遊記〔M〕，天津：天津古籍出版社，2006：329。

〔註 121〕秦修容整理，金瓶梅：會評會校本〔M〕，北京：中華書局，1998：51。

〔註 122〕秦修容整理，金瓶梅：會評會校本〔M〕，北京：中華書局，1998：51。

崇眉　絕妙比方，更趣妙。〔註123〕

第七十六回

西門慶笑罵道:「賊天沒的狗才，你打窗戶眼兒內偷瞧的你娘們好。」

崇夾　應出，趣甚。〔註124〕

紅樓夢評（清）脂硯齋等

第二十一回　賢襲人嬌嗔箴寶玉　俏平兒軟語救賈璉

正經該叫「晦氣」罷了，什麼蕙香呢！

庚辰夾　好極，趣極！

那一個配比這些花，沒的玷辱了好名好姓。

庚辰夾　「花襲人」三〈子〉〔字〕在內，說的有趣。〔註125〕

第六十六回　情小妹恥情歸地府　冷二郎一冷入空門

你們東府裏除了那兩個石頭獅子乾淨，只怕連貓兒狗兒都不乾淨。我不做這剩忘八。

己卯夾　極奇之文，極趣之文。《金瓶梅》中有云「把忘八的臉打綠了」，已奇之至，此云「剩忘八」，豈不更奇？〔註126〕

上引《新刻繡像批評金瓶梅評語》中，第二回崇夾所評「涎得有趣」、「妙」，第五十七回崇眉所評「絕妙」、「趣妙」，第七十六回崇夾所評「趣甚」，以及《紅樓夢評》中，第二十一回庚辰夾評「趣極」、「說的有趣」，第六十六回己卯夾評「極趣」等，均是說小說語言詼諧幽默之「趣」。

三、「無句不真，無句不假」

「趣」建立在「真」的基礎上，「真」指的是藝術層面的真實性和惟妙惟肖。

如《西遊記》語言行文妙趣橫生，《西遊記》中的「人物」都是「假」的，即都不是現實生活中的「人物」，而是虛構想像出來的「人物」。但《西遊記》中「人物」的語言都是「真」的，符合具體「人物」的身份特徵。雨香《西遊

〔註123〕秦修容整理，金瓶梅：會評會校本〔M〕，北京：中華書局，1998：762。

〔註124〕秦修容整理，金瓶梅：會評會校本〔M〕，北京：中華書局，1998：1106。

〔註125〕朱一玄，紅樓夢脂評校錄〔M〕，濟南：齊魯書社，1986：312。

〔註126〕朱一玄，紅樓夢脂評校錄〔M〕，濟南：齊魯書社，1986：518。

記敘言》道:「《西遊記》無句不真,無句不假。假假真真,隨手拈來,頭頭是道……」〔註127〕如雨香所言,《西遊記》因是虛構,故沒有一句是真的,但卻句句符合「人物」形象的身份,具有藝術真實性,故沒有一句是假的。現實中的猴子是古靈精怪、調皮搗蛋、逗人發笑的。《西遊記》中的孫悟空便是以現實中的猴子作為參照,繼而昇華為小說中美猴王的形象。具有藝術真實性的孫悟空,其身上的「猴性」,充滿了「趣」。

如筆者在明清小說評點語言論系「聲口」範疇一節所引李贄《西遊記》評點中的大量「猴」評,這裡不再重複徵引,具體參見「聲口」範疇所論,孫悟空說話幽默風趣,行事鬼靈精怪,符合猴的特點,故李贄評其「猴」、「賊猴」、「乖猴」、「好猴」、「妙猴」、「趣猴」、「頑猴」、「惡猴」等等,猴言猴語,猴行猴態,充滿猴趣。

概言之,作為明清小說評點語言論系語言風格範疇的「趣」建立在藝術的「真」的基礎上,並須具有語言上的可理解性,「趣」主要顯示了幽默詼諧的語言風尚,「絕妙」、「妙」、「絕倒」、「謔」等等評點語都指稱或包含了「趣」的成分。

〔註127〕丁錫根編著,中國歷代小說序跋集(下)〔M〕,北京:人民文學出版社,1996:1381。

第八章 餘論：非對立而融通——
明清小說評點的中西對話

第一節 身體評點與身體批評

　　將「身體」概念納入文學與文學批評中並不新鮮，學界對於「身體」、「身體話語」、「身體寫作」、「身體敘事」、「身體美學」、「身體修辭學」、「身體批評」、「身體觀念」等等都有系統深入的探討。

　　現將圍繞「身體」展開的批評建構管窺一二，所引相關研究文章分涉上述「身體」諸概念：如牛學智《被規定的身體、欲望主體與文學批評的身體性話語》，指出身體性話語是在文學的「身體敘事」之內的批評與關照，身體批評應將個人身體與時代思想關聯。身體性批評不應被放大或減小，而應回歸到正常性的日常生活中去。〔註1〕可曉鋒《從「身體話語」到「身體寫作」》，梳理了「身體」的內涵，認為「身體」不單純指生理性的肉體，而且包含與社會倫理、生活道德、權利話語等密切關聯的文化意涵。「身體」相對於靈魂，一度被貶斥和壓抑，被視為靈魂的拖累，特別是在基督教文化中。羅蘭·巴特將身體引進到閱讀中，認為讀者在閱讀小說時，獲得的不是某種高大上的意義啟迪或思想精神的高層次交流，而是肉身與肉身之間碰撞的快感，即對小說的閱讀不是精神的，而是身體的。福柯更是從身體出發，對文化、歷史、

〔註1〕牛學智，被規定的身體、欲望主體與文學批評的身體性話語〔J〕，文藝理論研究，2013，（6）：39～49。

社會、文學等等進行重新考量。對身體的重視，顯示了對個體之人的推尊，對主觀價值的崇尚，對人之個性和感性的體認。身體批評啟示人們回到文學是什麼的原初問題上來，文學是人學，應回歸到人本身。〔註2〕段超《後現代主義視域中的身體政治批判研究》，指出身體是對心靈的反叛，是對感性的回歸。〔註3〕許德金、王蓮香《身體、身份與敘事──身體敘事學芻議》，指出生理學上的身體指人體整個的生理組織，即人的全身，哲學意義上的身體則是與人的精神、靈魂相對的肉體。文章認為，性別的身體是女性主義者倡言的將身體感官體驗納入文本寫作，用身體對抗男權社會的道德羈約。物理的身體會對寫作產生影響，如司馬遷遭受宮刑，把身體的痛苦轉化為文字的精妙。〔註4〕舒斯特曼、曾繁仁等《身體美學：研究進展及其問題──美國學者與中國學者的對話與論辯》，舒斯特曼認為，身體美學不只包含了完整的人，而且涵蓋了整個社會。曾繁仁等認為，對身體的關注是對人本身的存在問題的關注。〔註5〕鄭毅《身體美學視野下的〈淮南子〉研究》，以身體美學為理論依託，對《淮南子》進行了跨文化、學科的闡解。〔註6〕李鳳亮、孔銳才《身體修辭學──文學身體理論的批評與重建》，指出不應片面關注文學文本中對肉慾及其有關的身體敘述，這一做法是將文學身體研究片面化、狹窄化。〔註7〕唐健君《審美倫理視域中的身體問題研究》，梳理了中西方「身體」概念，認為中國傳統思想中「身體」概念本身包含精神和肉體兩個層面，西方「身體」還有「自我」的意思在內。〔註8〕王雯《舒斯特曼身體美學理論初探》，闡析了「身體美學」中的「身體」不是指純粹的物質性的肉，而是有感覺的、敏感的、帶

〔註2〕可曉鋒，從「身體話語」到「身體寫作」〔D〕，重慶：西南師範大學，碩士學位論文，2005。

〔註3〕段超，後現代主義視域中的身體政治批評研究〔D〕，濟南：山東師範大學，碩士學位論文，2009。

〔註4〕許德金，王蓮香，身體、身份與敘事──身體敘事學芻議〔J〕，江西社會科學，2008，(4)：28～34。

〔註5〕舒斯特曼，曾繁仁等，身體美學：研究進展及其問題──美國學者與中國學者的對話與論辯〔J〕，學術月刊，2007，39(8)：21～28。

〔註6〕鄭毅，身體美學視野下的《淮南子》研究〔D〕，成都：四川師範大學，博士學位論文，2012。

〔註7〕李鳳亮，孔銳才，身體修辭學──文學身體理論的批判與重建〔J〕，天津社會科學，2006，(6)：90～95。

〔註8〕唐健君，審美倫理視域中的身體問題研究〔D〕，西安：陝西師範大學，博士學位論文，2011。

有生命鮮活力的身體。「身體美學」，不僅將身體作為審美對象來考察，而且把身體看作感知、判斷、處理其他事物的重要感覺媒介。〔註9〕蘇文健《消費文化視閾中的身體批評》，總結了身體的兩種形態，生理的身體是對自我本能和欲望的張揚，社會的身體帶有歷史、文化、政治、生活等的色彩。身體受到政治權力的規約，身體的解放是非理性對理性的對抗。文章還總結出身體批評的三個維度，身體批評能夠將感性和理性結合起來，呼喚身體的直接審美體驗，直面真實的感覺，身體的感性層面的力量會對社會政治文化層面產生作用，可以與之相互制約而達到某種平衡。〔註10〕齊林華《中國古代文化中的身體觀念及其發展》，以時間為線索，系統論述了從先秦諸子到兩漢魏晉以至唐宋明清等各個時期的身體觀念，文章認為中國文化中的身體觀念極其豐富複雜，中國身體觀念最主要的思維範式是側重對天與人關係的討論與闡析，儒家的身體觀念是在身心合一的前提下偏重「心」，道家的身體觀念是在身心一體的基礎上注重「身」，佛家的身體觀念是既非身，亦非心，而是強調「佛性」。〔註11〕

　　本文「身體評點」的提出即以「身體批評」為依託，基於身體評點與身體批評某些內在成分的相通，獲得中西方批評、古代批評與現代批評互為融通的精神性啟示。

一、明清小說評點中的「身體」話語

　　明清小說評中出現了諸多與身體有關的詞彙，其「身體」意涵與「身體批評」中的「身體」有所區別，卻也有緊切關聯，無論是中國古代的「身體評點」，抑或是西方的「身體批評」，都離不開人體和人本身。

　　明清小說評中與身體有關的話語眾夥。如「首尾」，即用人或動物的首部和尾部借指文章的前文和後文。如毛宗崗《讀三國志法》：「《三國》一書，有首尾大照應……」〔註12〕毛宗崗所言「首尾大照應」即指《三國演義》前後

〔註9〕王雯，舒斯特曼身體美學理論初探〔D〕，濟南：山東大學，碩士學位論文，2010。

〔註10〕蘇文健，消費文化視閾中的身體批評〔J〕，溫州大學學報‧社會科學版，2011，24（4）：101～106。

〔註11〕〔德〕馬克思‧韋伯著，馮克利譯，學術與政治〔M〕，北京：三聯書店，1998：48。

〔註12〕〔元末明初〕羅貫中原著，〔清〕毛宗崗評點，毛批三國演義〔M〕，天津：天津古籍出版社，2006。

文的照應。又如毛宗崗《三國志演義回評》第一百十五回評道:「姜維四伐與三伐相連,而三伐勝,而四伐不勝。張翼所謂畫蛇添足者也。今八伐與七伐相連,而七伐勝而八伐不勝,是又畫蛇添足矣。而姜維之意,則以為不然。蓋畫蛇而既成,則蛇固可以無足;若畫蛇而未就,則蛇正不可無尾耳。」〔註13〕毛宗崗此處的評論即是用身體器官之足、尾說理闡事。類似之處,又如黃人《小說小話》所言:「語云:『神龍見首不見尾。』龍非無尾,一使人見,則失其神矣。此作文之秘訣也。我國小說名家能通此旨者,如《水滸記》……《石頭記》,如《金瓶梅》,如《儒林外史》,皆不完全,非殘缺也,殘缺其章回,正以完全其精神也。」〔註14〕如黃人所言,作文章小說者,如「見首不見尾」般神妙莫測,則會取得事半功倍的藝術效果。《水滸傳》、《紅樓夢》、《金瓶梅》、《儒林外史》等小說皆「見首不見尾」,「尾巴」的缺失,正使得小說的「神」得以保全。「身體」的殘缺,可以見到「精神」的延展。

　　「身體」批評話語,還包括人身體各種器官的入評。如金聖歎《水滸傳序三》:「何謂忠?天下因緣生法,故忠不必學而至於忠。天下自然無法不忠:火亦忠,眼亦忠,故吾之見忠;鐘忠、耳忠、故聞無不忠……眉猶眉也,目猶目也,鼻猶鼻,口猶口,而大兒非小兒,小兒非大兒者,何故?而不自知實與其妻親造作之也。」〔註15〕金聖歎認為,「忠」具於「身體」之「眼」、「耳」。在金聖歎看來,人身體的部位,彷彿和人之整體一般,亦具有鮮活的生命,也體現了人之天然本性。而只要是本性天然的,便乃自然之妙法,天下自然無法不忠。金聖歎在剖解「因緣生法」的意思時,用人體為譬喻,同父同母的兩個孩子,其眉、目、鼻、口卻各自不同,這便是「因緣生法」,主體的性質,以及所具有的成分,會產生不同的作用,「法」生有「因」,和合助「緣」,「因」與「緣」的和合而生出不同的法相。金聖歎以人身體各種器官入評,凸顯了「身體」話語的在場。

　　出現頻率頗高的「身體」話語如「眼」。李贄《西遊記評》共有一百三十三處使用了「著眼」的評點語。僅舉如李贄《西遊記評》第四十三回,原文:「行者道:『老師父,你忘了無眼、耳、鼻、舌、身、意。』」側評:「著眼!」

〔註13〕〔元末明初〕羅貫中原著,〔清〕毛宗崗評點,毛批三國演義〔M〕,天津:天津古籍出版社,2006:854。

〔註14〕朱一玄,劉毓忱編,水滸傳資料彙編〔M〕,天津:南開大學出版社,2012:357。

〔註15〕陳曦鍾,侯忠義,魯玉川輯校,水滸傳會評本〔M〕,北京:北京大學出版社,1981:9。

〔註16〕《西遊記評》第五十三回，原文：「洗淨口孽身乾淨，銷化凡胎體自然。」側評：「著眼！」〔註17〕又如「眼色」，脂硯齋等《紅樓夢評》第二十四回，原文：「那丫頭便忙迎去接。」庚辰側評：「好，有眼色。」〔註18〕再如「字眼」，《紅樓夢評》第二十八回，原文：「今兒見你才想起來。」甲戌側評道：「字眼。」〔註19〕

　　「口」亦為評點者所喜用。如「口角」，《新刻繡像批評金瓶梅評語》第二十回，原文：「只沒編這鬏髻。」崇夾：「口角妙甚。」〔註20〕又有《新刻繡像批評金瓶梅評語》第二十八回，原文：「大小姐為甚麼來投充了新軍，又掇起石頭來了？」崇眉：「開口便令人解頤。」〔註21〕又如「口齒」，《金瓶梅》文龍批本第四十五回，批語云：「……惟篾片有篾片之心思，有篾片之面目，有篾片之口齒。心思能測大老官之性，面目能討大老官之喜，口齒能動大老官之聽……」〔註22〕文龍此段批語中涉及到人身體器官之「面目」、「口齒」等等。再如「錦心繡口」亦是評點家慣用之語，臥閒草堂本《儒林外史回評》第四回，評道：「……及觀何美之渾家口中數語，只不過氣不分范太太。何其用筆之雅，直將功名富貴四字，寫入愚婦人胸中？吾不知作者之錦心繡口何等也！」〔註23〕批者通過賞鑒《儒林外史》中出人意料的用筆行文，由衷感佩《儒林外史》著者「錦心繡口」。又如脂硯齋等《紅樓夢評》第三十八回，戚序回後有評：「請看此回中，閨中兒女能作此等豪情韻事，且筆下各能自盡其性情，毫不乖舛，作者之錦心繡口無庸贅瀆……」〔註24〕《紅樓夢》評點者通過《紅樓夢》寫閨中兒女事節的文本，體會到《紅樓夢》著者用意深遠的「錦心繡口」。

　　「身體」性話語的使用，不只侷限於外部的身體器官，還包涉了內臟，如「心」、「胸」等等，甚或「膽」，如《新刻繡像批評金瓶梅評語》第二十六回，

〔註16〕〔明〕吳承恩原著，〔明〕李卓吾評點，李卓吾先生批點西遊記〔M〕，天津：天津古籍出版社，2006：329。
〔註17〕〔明〕吳承恩原著，〔明〕李卓吾評點，李卓吾先生批點西遊記〔M〕，天津：天津古籍出版社，2006：412。
〔註18〕朱一玄，紅樓夢脂評校錄〔M〕，濟南：齊魯書社，1986：357。
〔註19〕朱一玄，紅樓夢脂評校錄〔M〕，濟南：齊魯書社，1986：410。
〔註20〕秦修容整理，金瓶梅：會評會校本〔M〕，北京：中華書局，1998：283。
〔註21〕秦修容整理，金瓶梅：會評會校本〔M〕，北京：中華書局，1998：393。
〔註22〕朱一玄編，金瓶梅資料彙編〔M〕，天津：南開大學出版社，2012：614。
〔註23〕〔清〕吳敬梓著，李漢秋輯校，儒林外史匯校匯評〔M〕，上海：上海古籍出版社，2010：70。
〔註24〕朱一玄，紅樓夢脂評校錄〔M〕，濟南：齊魯書社，1986：451。

原文：「吃金蓮向前，把馬鞭子奪了。」崇夾評：「金蓮頗有膽氣。」〔註25〕

　　明清小說評點中「身體」話語的使用與「身體批評」相通，顯示了與「精神」、「靈魂」相對的「物質」、「肉體」指向，與「虛無」的「幻渺」相對，昭明了「本真」的「實在感」。

二、「身體」符號的形上意蘊

　　明清小說批評中的「身體評點」與西方「身體批評」的對話性還體現在評點中「身體」話語的符號性及深藏其中的社會、歷史、政治、文化、生活等意涵的諸方面。

　　明清小說中「身體評點」語類似一個個「符號」，這「符號」指向不同的意義。如李贄《西遊記評》共計一百三十三處使用了「著眼」的評點語，「著眼」一語便彷彿化為了一個「符號」，且此符號指向的意涵不盡相同。茲列舉、歸總原文評批如下：

　　其一，「著眼」，有意為提醒讀者特別注意之處。如李贄《西遊記評》第一回，原文：「『你父母原來姓什麼？』猴王道：『我也無父母。』」側評：「著眼！『無父母』，就是自家做祖了。」〔註26〕《西遊記評》第四回，總評言：「齊天大聖府內，設安靜、寧神兩司，極有深意。若能安靜、寧神，便是齊天大聖；若不能安靜、寧神，還是個猴王。讀者大須著眼！」〔註27〕《西遊記評》第七回，總評：「妖猴刀砍斧剁，雷打火燒，一亭不能傷損，亦有微意……蓋不啻詳哉其言之，只要讀者著眼耳。」〔註28〕《西遊記評》第十一回，原文：「見那陰司裏，不忠不孝，非禮非義，作踐五穀，明欺暗騙，大斗小秤，奸盜詐偽，淫邪欺罔之徒，受那些磨燒舂銼之苦，煎熬弔剝之刑。」側評：「著眼！」〔註29〕《西遊記評》第十五回，回末總評：「篇中云：『那猴頭，專倚自強，那肯稱讚別人？』這是學者第一個魔頭。讀者亦能著眼否？『心

〔註25〕秦修容整理，金瓶梅：會評會校本〔M〕，北京：中華書局，1998：372。
〔註26〕〔明〕吳承恩原著，〔明〕李卓吾評點，李卓吾先生批點西遊記〔M〕，天津：天津古籍出版社，2006：7。
〔註27〕〔明〕吳承恩原著，〔明〕李卓吾評點，李卓吾先生批點西遊記〔M〕，天津：天津古籍出版社，2006：31。
〔註28〕〔明〕吳承恩原著，〔明〕李卓吾評點，李卓吾先生批點西遊記〔M〕，天津：天津古籍出版社，2006：52。
〔註29〕〔明〕吳承恩原著，〔明〕李卓吾評點，李卓吾先生批點西遊記〔M〕，天津：天津古籍出版社，2006：84。

猿歸正，意馬收韁。』此事便有七八分了。著眼！著眼！」〔註30〕《西遊記評》第三十六回，總評道：「說月處，大須著眼……八戒之語曰：『他都伶俐修來福，我自愚癡積下緣。』直說因果，乃大乘之言，非玄門小小修煉已也。著眼！著眼！」〔註31〕《西遊記評》第四十四回，原文：「誰知那和尚不中用，空念空經，不能濟事。」側評：「和尚著眼！」〔註32〕《西遊記評》第五十六回，總評：「此回極有微意。吾人怒是大病，乃心之奴也，非心之主也。一怒，此心便要走漏懲忿。不遷怒，此聖學之所拳拳也。讀者著眼。」〔註33〕《西遊記評》第七十一回，總評道：「識得生災乃是消災，苦海中俱極樂世界也。此《西遊》度人處。讀者著眼！」〔註34〕《西遊記評》第八十回，總評道：「篇內云：『只把工夫捱他。終須有個到之之日。』是極到家語。著眼，著眼！」〔註35〕《西遊記評》第九十回，總評：「『頓脫群思』，乃此回之本意也。急著眼！急著眼！」〔註36〕所引李贄《西遊記》評點語中「著眼」處，均為評點者有意提醒讀者特別注意之處。

其二，「著眼」，意為對書中觀點的體認，評點者認為作者所言深具道理。如李贄《西遊記評》第八回，原文：「古人云：『若要有前程，莫做沒前程。』」側評：「著眼！」〔註37〕第十六回，原文：「正是那無情火發，怎禁這有意行兇。」側評：「著眼！」〔註38〕第十九回，原文：「禪師道：『路途雖遠，終須

〔註30〕 〔明〕吳承恩原著，〔明〕李卓吾評點，李卓吾先生批點西遊記〔M〕，天津：天津古籍出版社，2006：119。

〔註31〕 〔明〕吳承恩原著，〔明〕李卓吾評點，李卓吾先生批點西遊記〔M〕，天津：天津古籍出版社，2006：280。

〔註32〕 〔明〕吳承恩原著，〔明〕李卓吾評點，李卓吾先生批點西遊記〔M〕，天津：天津古籍出版社，2006：338。

〔註33〕 〔明〕吳承恩原著，〔明〕李卓吾評點，李卓吾先生批點西遊記〔M〕，天津：天津古籍出版社，2006：432。

〔註34〕 〔明〕吳承恩原著，〔明〕李卓吾評點，李卓吾先生批點西遊記〔M〕，天津：天津古籍出版社，2006：535。

〔註35〕 〔明〕吳承恩原著，〔明〕李卓吾評點，李卓吾先生批點西遊記〔M〕，天津：天津古籍出版社，2006：603。

〔註36〕 〔明〕吳承恩原著，〔明〕李卓吾評點，李卓吾先生批點西遊記〔M〕，天津：天津古籍出版社，2006：671。

〔註37〕 〔明〕吳承恩原著，〔明〕李卓吾評點，李卓吾先生批點西遊記〔M〕，天津：天津古籍出版社，2006：58。

〔註38〕 〔明〕吳承恩原著，〔明〕李卓吾評點，李卓吾先生批點西遊記〔M〕，天津：天津古籍出版社，2006：120。

有到之日。』」側評：「著眼！」〔註39〕第二十回，原文：「三藏聞之道：『悟能，你若是在家心重時，不是個出家的了。』」側評：「著眼！」〔註40〕第二十一回，原文：「那怪道：『這潑猴著實無禮，再不伏善。』」側評：「著眼！」〔註41〕第二十四回，原文：「只要你見性志誠，念念回首處，即是靈山。」側評：「著眼！」〔註42〕第三十回，原文：「古人云：『與人方便，自己方便。』」側評：「著眼！」〔註43〕第三十二回，原文：「但只是掃除心上垢，洗淨耳邊塵。」側評：「著眼！」〔註44〕第四十三回，原文：「這師父原來只是思鄉難息。」側評：「著眼！」〔註45〕第六十四回，原文：「為人誰不遭荊棘，那見西方荊棘長？」側評：「著眼！」〔註46〕第六十八回，原文：「醫門理法至微玄，大要心中有轉旋。」側評：「著眼！」〔註47〕第七十一回，原文：「有緣洗盡憂疑病，絕念無私心自寧。」側評：「著眼！」〔註48〕第七十六回，原文：「也教他受些苦惱，方見取經之難。」側評：「著眼！」〔註49〕第九十回，原文：「這一去頓脫群思，潛心正果。」側評：「著眼！」〔註50〕所引「著眼」

〔註39〕〔明〕吳承恩原著，〔明〕李卓吾評點，李卓吾先生批點西遊記〔M〕，天津：天津古籍出版社，2006：147。

〔註40〕〔明〕吳承恩原著，〔明〕李卓吾評點，李卓吾先生批點西遊記〔M〕，天津：天津古籍出版社，2006：154。

〔註41〕〔明〕吳承恩原著，〔明〕李卓吾評點，李卓吾先生批點西遊記〔M〕，天津：天津古籍出版社，2006：162。

〔註42〕〔明〕吳承恩原著，〔明〕李卓吾評點，李卓吾先生批點西遊記〔M〕，天津：天津古籍出版社，2006：182。

〔註43〕〔明〕吳承恩原著，〔明〕李卓吾評點，李卓吾先生批點西遊記〔M〕，天津：天津古籍出版社，2006：228。

〔註44〕〔明〕吳承恩原著，〔明〕李卓吾評點，李卓吾先生批點西遊記〔M〕，天津：天津古籍出版社，2006：243。

〔註45〕〔明〕吳承恩原著，〔明〕李卓吾評點，李卓吾先生批點西遊記〔M〕，天津：天津古籍出版社，2006：329。

〔註46〕〔明〕吳承恩原著，〔明〕李卓吾評點，李卓吾先生批點西遊記〔M〕，天津：天津古籍出版社，2006：482。

〔註47〕〔明〕吳承恩原著，〔明〕李卓吾評點，李卓吾先生批點西遊記〔M〕，天津：天津古籍出版社，2006：508。

〔註48〕〔明〕吳承恩原著，〔明〕李卓吾評點，李卓吾先生批點西遊記〔M〕，天津：天津古籍出版社，2006：528。

〔註49〕〔明〕吳承恩原著，〔明〕李卓吾評點，李卓吾先生批點西遊記〔M〕，天津：天津古籍出版社，2006：569。

〔註50〕〔明〕吳承恩原著，〔明〕李卓吾評點，李卓吾先生批點西遊記〔M〕，天津：天津古籍出版社，2006：666。

處，是李贄對《西遊記》中所表明觀點的體認，是評點者認為《西遊記》作者
所言極有道理之處。

其三，「著眼」，是評點者對書中幽默感會心一笑的附和。如李贄《西遊記
評》第二十五回，原文：「行者笑道：『你遇著我就該倒灶，干我甚事？』」側評：
「著眼！」〔註51〕第四十回，原文：「又請行者。行者笑道：『不瞞列位說，老
孫要做皇帝，天下萬國九州皇帝都做遍了。』」側評：「著眼！」〔註52〕第四十
二回，原文：「你這猴子，你便一毛也不拔，教我這善財也難捨。」側評：「著
眼！菩薩說趣話。」〔註53〕第四十六回，原文：「但說坐禪，我就輸了，我那裡
有這坐性？」側評：「著眼！」〔註54〕第四十八回，原文：「行者道：『你這呆
子，忒不長俊！出家人寒暑不侵，怎麼怕冷？』」側評：「著眼！」〔註55〕第五
十三回，原文：「行者道：『不瞞師父說，只因你不信我的圈子，卻教你受別人
的圈子。』」側評：「著眼！」〔註56〕第五十四回，原文：「我們和尚家，和你這
粉骷髏做甚夫妻？」側評：「著眼！」〔註57〕第六十八回，原文：「行者道：『他
如今是個病君，死了是個病鬼，再轉世也還是個病人。』」側評：「著眼！」〔註
58〕第九十八回，原文：「老孫雖走了幾遭，只是雲來雲去，實不曾踏著此地。
既有本路，還煩你送送。」側評：「著眼！」〔註59〕所引「著眼」，表達了評點
者李贄對《西遊記》中所體現出的幽默感會心一笑的附和。

〔註51〕〔明〕吳承恩原著，〔明〕李卓吾評點，李卓吾先生批點西遊記〔M〕，天津：
　　　　天津古籍出版社，2006：189。

〔註52〕〔明〕吳承恩原著，〔明〕李卓吾評點，李卓吾先生批點西遊記〔M〕，天津：
　　　　天津古籍出版社，2006：304。

〔註53〕〔明〕吳承恩原著，〔明〕李卓吾評點，李卓吾先生批點西遊記〔M〕，天津：
　　　　天津古籍出版社，2006：321。

〔註54〕〔明〕吳承恩原著，〔明〕李卓吾評點，李卓吾先生批點西遊記〔M〕，天津：
　　　　天津古籍出版社，2006：353。

〔註55〕〔明〕吳承恩原著，〔明〕李卓吾評點，李卓吾先生批點西遊記〔M〕，天津：
　　　　天津古籍出版社，2006：369。

〔註56〕〔明〕吳承恩原著，〔明〕李卓吾評點，李卓吾先生批點西遊記〔M〕，天津：
　　　　天津古籍出版社，2006：405。

〔註57〕〔明〕吳承恩原著，〔明〕李卓吾評點，李卓吾先生批點西遊記〔M〕，天津：
　　　　天津古籍出版社，2006：413。

〔註58〕〔明〕吳承恩原著，〔明〕李卓吾評點，李卓吾先生批點西遊記〔M〕，天津：
　　　　天津古籍出版社，2006：508。

〔註59〕〔明〕吳承恩原著，〔明〕李卓吾評點，李卓吾先生批點西遊記〔M〕，天津：
　　　　天津古籍出版社，2006：716。

其四，「著眼」，意指評點者對小說裏精彩之處拍案叫絕的讚歎。如李贄《西遊記評》第四十四回，原文：「那大聖徑至沙灘上，使個神通，將車兒曳過兩關，穿過夾脊，提起來捽得粉碎。」側評：「著眼！」〔註60〕第六十一回，原文：「哪吒道：『既惜身命，快拿扇子出來！』」側評：「著眼！」〔註61〕第七十八回，原文：「待老孫將先天之要旨，化他皈正。」側評：「著眼！」〔註62〕第八十回，原文：「師徒正自閒敘，又見一派黑松大林。」側評：「著眼！」〔註63〕第八十二回，原文：「我若把真陽喪了，我就身墮輪迴，打在那陰山背後，永世不得翻身。」側評：「著眼！」〔註64〕所引「著眼」，表達了評者對《西遊記》精彩之處拍案叫絕的讚歎之情。

其五，「著眼」，代指了評點者有感於原文字句而發自肺腑的由衷感歎。如李贄《西遊記評》第四十九回，原文：「萬望老師父到西天，與我問佛祖一聲，看我幾時得脫本殼，可得一個人身。」側評：「著眼！人身這樣難得！」〔註65〕第五十六回，原文：「只是這世裏做得好漢，那世裏變畜生哩！」側評：「著眼！」〔註66〕第六十四回，原文：「悟者，洗心滌慮、脫俗離塵是也。」側評：「著眼！」〔註67〕第六十六回，原文：「人未傷心不得死，花殘葉落是根枯。」側評：「著眼！」〔註68〕第七十回，原文：「那時我等佔了他的城池，大王稱帝我等稱臣，雖然也有個大小官爵，只是天理難容也。」側

〔註60〕〔明〕吳承恩原著，〔明〕李卓吾評點，李卓吾先生批點西遊記〔M〕，天津：天津古籍出版社，2006：338。

〔註61〕〔明〕吳承恩原著，〔明〕李卓吾評點，李卓吾先生批點西遊記〔M〕，天津：天津古籍出版社，2006：460。

〔註62〕〔明〕吳承恩原著，〔明〕李卓吾評點，李卓吾先生批點西遊記〔M〕，天津：天津古籍出版社，2006：585。

〔註63〕〔明〕吳承恩原著，〔明〕李卓吾評點，李卓吾先生批點西遊記〔M〕，天津：天津古籍出版社，2006：598。

〔註64〕〔明〕吳承恩原著，〔明〕李卓吾評點，李卓吾先生批點西遊記〔M〕，天津：天津古籍出版社，2006：610。

〔註65〕〔明〕吳承恩原著，〔明〕李卓吾評點，李卓吾先生批點西遊記〔M〕，天津：天津古籍出版社，2006：377。

〔註66〕〔明〕吳承恩原著，〔明〕李卓吾評點，李卓吾先生批點西遊記〔M〕，天津：天津古籍出版社，2006：426。

〔註67〕〔明〕吳承恩原著，〔明〕李卓吾評點，李卓吾先生批點西遊記〔M〕，天津：天津古籍出版社，2006：482。

〔註68〕〔明〕吳承恩原著，〔明〕李卓吾評點，李卓吾先生批點西遊記〔M〕，天津：天津古籍出版社，2006：495。

評：「著眼！」〔註69〕第九十六回，原文：「常言道：『長安雖好，不是久戀之
家。』」側評：「著眼！」〔註70〕第一百回，原文：「此時八戒也不嚷茶飯，也不
弄諢頭，行者沙僧，個個穩重。只因道果完成，自然安靜。」側評：「著眼！」
〔註71〕所引「著眼」，指代評點者李贄有感於《西遊記》文句而發出的由衷感歎。

　　其六，「著眼」，指向了深層的哲理之思。如李贄《西遊記評》第二回，
原文：「你從那裡來，便從那裡去就是了。」側評：「著眼！」〔註72〕第十三
回，原文：「三藏孤身無策，只得放下身心，聽天所命。」側評：「著眼！人
能常時如此，則近道矣。」〔註73〕第十六回，原文：「這正是星星之火，能
燒萬頃之家。」側評：「著眼！」〔註74〕第四十三回，原文：「且只捱肩磨擔，
終須有日成功也。」側評：「著眼！」〔註75〕第五十九回，原文：「有徑處有
火，無火處無徑。」側評：「著眼！」〔註76〕第六十九回，原文：「守道須除
受噁心。」側評：「著眼！」〔註77〕第七十六回，原文：「閻王注定三更死，
誰敢留人到四更？」側評：「著眼！」〔註78〕第七十七回，原文：「六惡六根
綠六欲，六門六道賭輸贏。」側評：「著眼！」〔註79〕第八十一回，原文：

〔註69〕〔明〕吳承恩原著，〔明〕李卓吾評點，李卓吾先生批點西遊記〔M〕，天津：
　　　　天津古籍出版社，2006：520。
〔註70〕〔明〕吳承恩原著，〔明〕李卓吾評點，李卓吾先生批點西遊記〔M〕，天津：
　　　　天津古籍出版社，2006：702。
〔註71〕〔明〕吳承恩原著，〔明〕李卓吾評點，李卓吾先生批點西遊記〔M〕，天津：
　　　　天津古籍出版社，2006：732。
〔註72〕〔明〕吳承恩原著，〔明〕李卓吾評點，李卓吾先生批點西遊記〔M〕，天津：
　　　　天津古籍出版社，2006：10。
〔註73〕〔明〕吳承恩原著，〔明〕李卓吾評點，李卓吾先生批點西遊記〔M〕，天津：
　　　　天津古籍出版社，2006：96。
〔註74〕〔明〕吳承恩原著，〔明〕李卓吾評點，李卓吾先生批點西遊記〔M〕，天津：
　　　　天津古籍出版社，2006：120。
〔註75〕〔明〕吳承恩原著，〔明〕李卓吾評點，李卓吾先生批點西遊記〔M〕，天津：
　　　　天津古籍出版社，2006：329。
〔註76〕〔明〕吳承恩原著，〔明〕李卓吾評點，李卓吾先生批點西遊記〔M〕，天津：
　　　　天津古籍出版社，2006：446。
〔註77〕〔明〕吳承恩原著，〔明〕李卓吾評點，李卓吾先生批點西遊記〔M〕，天津：
　　　　天津古籍出版社，2006：514。
〔註78〕〔明〕吳承恩原著，〔明〕李卓吾評點，李卓吾先生批點西遊記〔M〕，天津：
　　　　天津古籍出版社，2006：569。
〔註79〕〔明〕吳承恩原著，〔明〕李卓吾評點，李卓吾先生批點西遊記〔M〕，天津：
　　　　天津古籍出版社，2006：578。

「山中有個洞，叫做無底洞。」側評：「著眼！」〔註80〕第八十五回，原文：「人人有個靈山塔，好向靈山塔下修。」側評：「著眼！」〔註81〕第九十二回，原文：「行者道：『師父怪你為嘴，誤了路程。』」側評：「著眼！」〔註82〕第九十三回，原文：「起念斷然有愛，留情必定生災。」側評：「著眼！」〔註83〕所引「著眼」，代表了評者所感到的《西遊記》文章字句中所蘊藉的深層哲理之思。

除以上所歸舉，「著眼」作為一個符號，指向的批評意義還有許多，「身體話語」所待揭出的是包藏深遠的「精神之域」。

「身體評點」與「身體批評」的另一相似是「身體」所裹挾的感性力量，及其日常生活的能量攫取場。「身體」評點話語充滿著與理性相對的非理性的感性成分，且與日常生活密切相關。如《新刻繡像批評金瓶梅評語》第二回，原文：「自家骨肉，又不服事了別人。」崇夾評言：「語俱有味。」〔註84〕評點語「味」雖不直接屬於「身體」的部分，卻與「身體」有間接關聯，是「身體」的感覺，舌能知味，評點者點評小說中人物的語言有味道，彷彿能像咀嚼食物一般咀嚼出文字的滋味來，將對文字的批評訴諸於新鮮的感覺與感性，貼之於人之身體與日常生活，非理性的文字表述超脫於理性之上，達到一種熱烈的原生感。又如《新刻繡像批評金瓶梅評語》第二回，原文：「那一雙積年招花惹草、慣覷風情的賊眼，不離這婦人身上。」崇眉評道：「傳神在阿堵中。」〔註85〕「阿堵」即人的眼睛，人之神氣的傳達不需要理性邏輯上的分析索解，而只需要身體上的一個眼神，這種經驗的獲得則來自於日常生活的經驗。又如《新刻繡像批評金瓶梅評語》第二十八回，原文：「樓上沒人，你上來。」崇夾評言：「冷甚。」〔註86〕原文又有：「看見婦人黑油般頭髮，手

〔註80〕〔明〕吳承恩原著，〔明〕李卓吾評點，李卓吾先生批點西遊記〔M〕，天津：天津古籍出版社，2006：604。

〔註81〕〔明〕吳承恩原著，〔明〕李卓吾評點，李卓吾先生批點西遊記〔M〕，天津：天津古籍出版社，2006：632。

〔註82〕〔明〕吳承恩原著，〔明〕李卓吾評點，李卓吾先生批點西遊記〔M〕，天津：天津古籍出版社，2006：678。

〔註83〕〔明〕吳承恩原著，〔明〕李卓吾評點，李卓吾先生批點西遊記〔M〕，天津：天津古籍出版社，2006：684。

〔註84〕朱一玄編，金瓶梅資料彙編〔M〕，天津：南開大學出版社，2012：191。

〔註85〕秦修容整理，金瓶梅：會評會校本〔M〕，北京：中華書局，1998：49。

〔註86〕秦修容整理，金瓶梅：會評會校本〔M〕，北京：中華書局，1998：393。

挽著梳，還拖著地兒。」崇眉評道：「寫得花光鬢影，蕩人心魄。」〔註87〕再如《新刻繡像批評金瓶梅評語》第八十四回，原文：「老師不受，說：『貧僧只化你親生一子，作個徒弟，你意下何如？』」崇眉評道：「似說破，又似不說破，此書妙處，只是一冷。」〔註88〕肢體的冷熱，光影的流轉，心旌的搖擺，來源於人體的感覺，充滿了感性的魅惑之力，透露著豐饒的生活氣氛。又如《新刻繡像批評金瓶梅評語》第八十四回，原文：「小生殷天錫，乃高太守妻弟，久聞娘子乃官豪宅眷，天然國色，思慕如渴……」崇眉評道：「沒頭沒腦，說得親親切切，亦大可笑。想見一輩交淺言深者，與此相類。」〔註89〕評點語「沒頭沒腦」的身體語彙，形容生動，鮮明可感，基於日常生活的生命場，充滿感性的鮮活氣。

此外，「身體」評點語與「身體批評」相似，同樣包含有社會生活、政治權力等在內的文化意涵。

「身體」不只包含實在的物質層面，此不過於冰山之一角。相對於「意識」而言，「無意識」之域更為廣泛。與「意識」和「無意識」之間的關係相類，相對於「身體」此物質實體而言，未開掘的隱秘之地則更為寬大。如李贄《水滸傳回評》第二十一回所言：「此回文字逼真，化工肖物。摩寫宋江、閻婆惜並閻婆處，不惟能畫眼前，且畫心上；不惟能畫心上，且並畫意外。顧虎頭、吳道子安得到此……」〔註90〕李贄評點語中的「眼前」、「心上」、「意外」境界之大依次遞增，「眼前」是後二者的基準，有了形象的描摹，物質的實感，才深入到包藏隱秘之域。又有如金聖歎《水滸傳序一》所道：「心之所至，手亦至焉，心之所不至，手亦至焉；心之所不至，手亦不至焉。心之所至手亦至焉者，文章之聖境也；心之所不至手亦至焉者，文章之神境也；心之所不至手亦不至焉者，文章之化境也。」〔註91〕「身體」的「在場」與否與「在場」的程度造成了文章境界的不同，「聖境」、「神境」、「化境」是文章三種不同的境界，「心」與「手」的調配所造成的是不同的形上效果。

〔註87〕秦修容整理，金瓶梅：會評會校本〔M〕，北京：中華書局，1998：393。
〔註88〕秦修容整理，金瓶梅：會評會校本〔M〕，北京：中華書局，1998：1250。
〔註89〕秦修容整理，金瓶梅：會評會校本〔M〕，北京：中華書局，1998：1248。
〔註90〕〔明〕施耐庵集撰，〔明〕羅貫中纂修，〔明〕李贄批評，《古本小說集成》編委會編，李卓吾批評忠義水滸傳〔M〕，上海：上海古籍出版社，1992：662。
〔註91〕陳曦鍾，侯忠義，魯玉川輯校，水滸傳會評本〔M〕，北京：北京大學出版社，1981：5。

「身體」代表著某種政治言說，是評點者藉以表達自身政治觀點的鮮明旗幟。如五湖老人《忠義水滸傳全傳序》道：「……試稽施、羅兩君所著，凡傳中諸人，其鬚眉眼耳鼻，寫照畢肖，不獨當年之盧面蒙愧，李笑口醜，蘇舌受慚，即以較今日之偽道學，假名士，虛節俠，妝醜抹淨，不差莫夜泣而甘東郭饜者，萬萬迥別，而謂此輩可易及乎！茲余於梁山公明等，不勝神往其血性。總血性發忠義事，而其人足不朽。至如血性不朽矣，而鬚眉眼耳鼻，或不經於著述，如是者易湮……此傳一日留宇宙間，即公明輩一日不死宇宙間，披借而得其如虬如戟之鬚；似蛾似黛之眉；或青白，或慈或慧，或逃之眼；若儋若白，若矚垣之耳；為隆準，為截筒之鼻。讀半則而笑罵聲宛然，讀全則而怒癡狀宛然，及讀上下相關處，而細作者冠冕其胸，奴隸者英雄其膽，僕人漁老，販子輿夫，每每潛天潛地，忽鬼忽蜮者，又狂豪情烈其肝膈，寓於編不少遺焉。」〔註 92〕五湖老人此段言論，所涉「身體」性話語頗多，如「鬚」、「眉」、「眼」、「耳」、「鼻」、「口」、「舌」、「胸」、「膽」、「肝」、「膈」等等。人之精神通過人之身體器官傳達出來，精神境界不同之人，其顯現於身體各部位的形貌則迥然有別。人之形貌既已鑄就，其精神便可藉以綿延不朽。五湖老人所激賞的書中之人的「鬚」、「眉」、「眼」、「耳」、「鼻」即象徵了某種形而上的精神，具有政治戰鬥性，與污染社會的「偽道學」、「假名士」、「虛節俠」等諸類人形成了某種抗爭和對峙，五湖老人所呼喚的是一種正義不偽的政治氛圍，治世之中，人人赤膽忠心，而不是虛與委蛇，口蜜腹劍。「身體」在五湖老人口中，便代表著某種政治言說，打上了鮮明的政治色彩，五湖老人借之來傳達自身的政治觀點。

《西遊記》是一部形上的小說，其中的一事一物都具有深刻的文化內涵。單舉李贄《西遊記評》第九十八回，即可窺之。原文：「匾上有凌雲渡三字，原來是一根獨木橋。」側評：「著眼！」〔註 93〕原文：「必須從此橋上走過方成。」側評：「著眼！」〔註 94〕原文：「原來是一隻無底的船兒。」側評：「著眼！」〔註 95〕原文：「行者笑道：『師父莫怕，那個原來是你。』」側

〔註 92〕丁錫根編著，中國歷代小說序跋集（下）〔M〕，北京：人民文學出版社，1996：1469～1470。

〔註 93〕〔明〕吳承恩原著，〔明〕李卓吾評點，李卓吾先生批點西遊記〔M〕，天津：天津古籍出版社，2006：717。

〔註 94〕〔明〕吳承恩原著，〔明〕李卓吾評點，李卓吾先生批點西遊記〔M〕，天津：天津古籍出版社，2006：717。

〔註 95〕〔明〕吳承恩原著，〔明〕李卓吾評點，李卓吾先生批點西遊記〔M〕，天津：天津古籍出版社，2006：717。

評：「著眼！」〔註96〕原文：「行者道：『兩不相謝，彼此皆扶持也。』」側評：「著眼！」〔註97〕原文：「白本者，乃無字真經，倒也是好的。」側評：「著眼！」〔註98〕所引，李贄共有六處所評「著眼」之處，每處都指示了深層的形上意蘊。所謂「凌雲渡」卻是一根「獨木橋」，「獨木橋」難走卻必須要走，還有那「無底的船兒」、目中所見的「自我」、彼此為對方的扶持、「無字真經」等等，均暗藏「玄機」，昭明「大道」，須透過「金睛火眼」，方可明瞭此中真義。《西遊記》中「物」、「身」相應相成，形上、形下和合混融，真境、幻境消弭共生，顯示了大道為一的至高理想。含晶子《西遊記評注自敘》言：「人能備此三才之秀，再得先天真一之氣，以為一心主宰，故行者必用金箍棒。金者，先天之氣；棒者，一心主宰也。」〔註99〕又有王韜《新說西遊記圖像序》道：「《西遊記》一書，出悟一子手，專在養性修真，煉成內丹，以證大道而登仙籍。所歷三災八難，無非外魔。其足以召外魔者，由於六賊；其足以制六賊者，一心而已。一切魔劫，由心生，即由心滅。此其全書之大旨也。」〔註100〕可見，「身體」之「六賊」招致「外魔」相侵，「金箍棒」的物質重量佔據著重要地位，作為「先天之氣」、「一心主宰」的象徵，它承接了天人之精，促使人與天和融為一，擁有制「六賊」之力。所以說，「身體」不只是「六賊」，還包容了一統「六賊」之心；「身體」不只啟迪著創造的激情，還包囊了破壞的力量；「身體」不只代表形而下的物質實在，還昭示著形而上的空靈蘊藉。

三、「文學是人學」──「身體批評」是「人的批評」

明清小說的身體評點是對人的復歸，是文學乃「人學」的應有之義，「身體評點」與「身體批評」本質上均為「人的批評」。

〔註96〕〔明〕吳承恩原著，〔明〕李卓吾評點，李卓吾先生批點西遊記〔M〕，天津：天津古籍出版社，2006：717。

〔註97〕〔明〕吳承恩原著，〔明〕李卓吾評點，李卓吾先生批點西遊記〔M〕，天津：天津古籍出版社，2006：718。

〔註98〕〔明〕吳承恩原著，〔明〕李卓吾評點，李卓吾先生批點西遊記〔M〕，天津：天津古籍出版社，2006：722。

〔註99〕丁錫根編著，中國歷代小說序跋集（下）〔M〕，北京：人民文學出版社，1996：1385。

〔註100〕丁錫根編著，中國歷代小說序跋集（下）〔M〕，北京：人民文學出版社，1996：1362～1363。

　　復以李贄《西遊記》評點為例，其「著眼」之評實乃對人的批評，觸碰到人性的根本。主要包括以下幾個方面。

　　其一，斥人性之浮躁。如李贄《西遊記評》第一回，原文：「那一個有本事的鑽進去，尋個源頭出來，不傷身體者，我等即拜他為王。」側評：「著眼！今世上那一個有本事鑽進去，討出個源頭來？可歎！可歎！」〔註101〕原文：「正是猴性頑劣，再無一個寧時。」側評：「著眼！」〔註102〕猴性不定，正是人心不寧，躁動不安，沒有定性，失掉耐心，無法心平氣和，一心一意，故難成大事。第二回，原文：「世上無難事，只怕有心人。」側評：「著眼！」〔註103〕欲想成功，並不艱難，只恨人心太躁，無有定時。

　　其二，人之自私，損人害己。第十五回，原文：「菩薩道：『那猴頭，專倚自強，那肯稱讚別人？』」側評：「著眼！」〔註104〕第十六回，原文：「那天王笑道：『這猴子，還是這等起不善之心，只顧了自家，就不管別人。』」側評：「著眼！」〔註105〕第十七回，原文：「原來是騰雲駕霧的神聖下界！怪道火不能傷！恨我那個不識人的老剝皮，使心用心，今日反害了自己！」側評：「著眼！」〔註106〕孫悟空自私自大、目中無人，熊羆怪貪圖己利，最終害人害己，而這些妖魔鬼怪均是現實當中人之寫照。

　　其三，口舌生非，言語誤人。如第二回，原文：「修行的人，口開神氣散，舌動是非生。」側評：「著眼！」〔註107〕是非引起，禍端發生，往往源於人之言語缺乏克制，惡與論伺機而起，造成星火燎原之害。

　　其四，外物歪纏，名利累人。如第三十六回，原文：「你看那裡山勢崔巍，

〔註101〕〔明〕吳承恩原著，〔明〕李卓吾評點，李卓吾先生批點西遊記〔M〕，天津：天津古籍出版社，2006：4。

〔註102〕〔明〕吳承恩原著，〔明〕李卓吾評點，李卓吾先生批點西遊記〔M〕，天津：天津古籍出版社，2006：4。

〔註103〕〔明〕吳承恩原著，〔明〕李卓吾評點，李卓吾先生批點西遊記〔M〕，天津：天津古籍出版社，2006：10。

〔註104〕〔明〕吳承恩原著，〔明〕李卓吾評點，李卓吾先生批點西遊記〔M〕，天津：天津古籍出版社，2006：113。

〔註105〕〔明〕吳承恩原著，〔明〕李卓吾評點，李卓吾先生批點西遊記〔M〕，天津：天津古籍出版社，2006：120。

〔註106〕〔明〕吳承恩原著，〔明〕李卓吾評點，李卓吾先生批點西遊記〔M〕，天津：天津古籍出版社，2006：129。

〔註107〕〔明〕吳承恩原著，〔明〕李卓吾評點，李卓吾先生批點西遊記〔M〕，天津：天津古籍出版社，2006：10。

須是要仔細堤防，恐又有魔障侵身也。」側評：「著眼！」〔註108〕崔巍的青山
峰巒層疊，好似人間事物迷亂人心，而如果被外物歪纏，無法在正途上下工
夫，便會走向迷徑。人容易被金錢、名利等所誘惑，而忘記初衷，失掉本心，
如第三十八回，原文：「這正是青酒紅人面，黃金動道心。」側評：「著眼！」
〔註109〕又如第四十八回，原文：「三藏道：『世間事，惟名利最重。』」側評：
「著眼！」〔註110〕均言金錢、名利之負累。

　　其五，人心若正，六賊無影。如第七十九回，原文：「假僧將那些心，血
淋淋的一個個撿開，與眾觀看，卻都是些紅心、白心、黃心、慳貪心……更無
一個黑心。」側評：「著眼！」〔註111〕《西遊記》中，「心」是作者所著力闡
發的，心若不正，人就不定，事終不成，道亦難達。一心若定，便是無悔。如
第十四回，原文：「龍王道：『這等真是可賀！可賀！這才叫做改邪歸正，懲
創善心。』」側評：「著眼！」〔註112〕原文：「龍王道：『大聖自當裁處，不可
圖自在，誤了前程。』」側評：「著眼！」〔註113〕原文：「我願保你，再無退悔
之意。」側評：「著眼！」〔註114〕總評又道：「『心猿歸正，六賊無蹤』。八個
字已分明說出，人亦容易明白。但篇中尚多隱語，人當著眼。不然，何異癡人
說夢？卻不辜負了作者苦心！今特一一拈出，讀者須自領略：『是你的主人
公。』『你的東西全然沒有，轉來和我等要分東西！』『我若不打死他，他就要
打死你。』『莫倚旁人自主張。』『東邊不遠，就是我家，想必往我家去了。』
『這才叫做改邪歸正。』『不可圖自在，誤了前程。』『趕早去，莫錯過了念
頭。』『再無退悔之意了。』此等言語，豈是尋常，可略不加之意乎？著眼！

〔註108〕〔明〕吳承恩原著，〔明〕李卓吾評點，李卓吾先生批點西遊記〔M〕，天津：
　　　　　天津古籍出版社，2006：274。
〔註109〕〔明〕吳承恩原著，〔明〕李卓吾評點，李卓吾先生批點西遊記〔M〕，天津：
　　　　　天津古籍出版社，2006：288。
〔註110〕〔明〕吳承恩原著，〔明〕李卓吾評點，李卓吾先生批點西遊記〔M〕，天津：
　　　　　天津古籍出版社，2006：369。
〔註111〕〔明〕吳承恩原著，〔明〕李卓吾評點，李卓吾先生批點西遊記〔M〕，天津：
　　　　　天津古籍出版社，2006：592。
〔註112〕〔明〕吳承恩原著，〔明〕李卓吾評點，李卓吾先生批點西遊記〔M〕，天津：
　　　　　天津古籍出版社，2006：111。
〔註113〕〔明〕吳承恩原著，〔明〕李卓吾評點，李卓吾先生批點西遊記〔M〕，天津：
　　　　　天津古籍出版社，2006：111。
〔註114〕〔明〕吳承恩原著，〔明〕李卓吾評點，李卓吾先生批點西遊記〔M〕，天津：
　　　　　天津古籍出版社，2006：112。

著眼！方不枉讀了《西遊記》也。」〔註115〕此諸多引文說明，改邪歸正，脫離外物之累，一心之中只具一意，便不會有退悔，走上光明正途。

明清小說中的「身體評點」與西方「身體批評」一致，均體現了「身體」為文學藝術創造的原動力，實現了對原始本真的復歸。「身體」的介入訴諸於感性的直觀、感覺的體驗、感情的流瀉，真切地用「身體」感之析之、明之悟之，「非理性」的情感力量將理性的邏輯說理包融裏挾，形成了一股扣人心弦、直達人心的合力，入骨三分。如評點家在闡明道理時，所使用的「冷熱」範疇，透過肢體的感覺，表明文中及人世的道理，譬若張竹坡《竹坡閒話》所說：「富貴，熱也，熱則無不真；貧賤，冷也，冷則無不假。不謂冷熱二字，顛倒真假一至於此！然而冷熱亦無定矣。今日冷而明日熱，則今日真者假，而明日假者真矣。今日熱而明日冷，則今日之真者，悉為明日之假者矣。悲夫！本以嗜欲故，遂迷財色，因財色故，遂成冷熱，因冷熱故，遂亂真假。」〔註116〕又如哈斯寶《〈新譯紅樓夢〉回批》「總錄」所言：「富貴是熱，熱則莫不成真，其真即是假。貧賤是冷，冷則莫不成假，其假中亦有真。不唯熱冷二字可將真假顛倒到如此地步，且那熱冷本身亦是無定的。今日冷而明日熱，則今日之真便成假，明日之假便成真。今日熱而明日冷，則今日之真全是明日之假。咳，自來是欲業使人迷於財色，由財色生冷熱，冷熱攪亂真假。彼輩作偽，為行其奸詭，使我輩之真皆致貽害。所以一展卷便論真假，結尾又講冷熱。」〔註117〕張竹坡與哈斯寶的評論極為相似，雖是對不同小說即《金瓶梅》與《紅樓夢》的評言，但均闡明了同一個道理，即財色生冷熱，冷熱亂真假。誠哉斯言！富貴為熱，貧賤是冷，人之肢體的感覺，可與現實人生相聯結，亦與外部的情感物質世界相關切，人體本身、人與人之間、人與外部社會，形成了數個交互作用的能量場，這個能量場既是物質的實體，又是精神的虛體，虛實本一體，顯示著生命的本真。

「身體評點」與「身體批評」都啟示了人本主義的重要性，肉體的在場，本身就是快感的獲得，對個體人身、生命的禮讚顯示了個性的解放和自我的

〔註115〕〔明〕吳承恩原著，〔明〕李卓吾評點，李卓吾先生批點西遊記〔M〕，天津：天津古籍出版社，2006：112。

〔註116〕〔明〕蘭陵笑笑生著，〔清〕張道深評，王汝梅、李昭恂、於鳳樹校點，張竹坡批評金瓶梅〔M〕，濟南：齊魯書社，1991：9。

〔註117〕〔清·蒙古族〕哈斯寶著，亦鄰真譯，《新譯紅樓夢》回批〔M〕，呼和浩特：內蒙古人民出版社，1979：134。

回歸。《新刻繡像批評金瓶梅評語》第二十八回，原文：「那敬濟只是笑不做聲。」崇眉：「眉眼俱有勾挑意，妙甚。」﹝註118﹞又《新刻繡像批評金瓶梅評語》第二十八回，原文：「等我把淫婦剁作幾截子，掠到毛司裏去。」崇眉：「又一波。寫要強婦人邪心癡妒入骨三分，疑有思神供其筆墨。」﹝註119﹞無論是勾挑著的「眉眼」，抑或是癡妒的「入骨」，訴諸「身體」的評點語和文學批評，都是躍動的生命音符，其所譜出的必定不是乾枯衰朽的醜陋怪調，而是鮮活迷人的青春美樂。

第二節　比喻式評點與印象派

　　印象派一般指十九世紀後半期誕生於法國的繪畫流派，印象派繪畫的風格特點是畫家們捕捉專屬於一己主觀的瞬間印象入畫，在作畫過程中，並不摻入過多客觀、理性、邏輯上的思考。不拘細謹、不重小節的看似草率、粗放的作畫方式，在整體美學觀感上卻登峰造極，達到了出乎意料的美的極致。印象派文學是印象主義在十九世紀七十年代以後進入文學領域的產物，與印象派畫作類似，印象派文學家們不做邏輯嚴密、客觀理性的解剖分析式的表達描繪，而是深入內心世界，將倏爾即逝的印象與感覺形諸文字。明清小說批評與西方印象主義在一定程度上，存在某種相似性和融通成分。明清小說評中比喻式評點方式與印象派美術作品、文學作品等，底色相生相契，和諧融通，其誠摯的感性情懷，飽含創造的原力激情，不屑於在精雕細琢的乾枯學理層面浪費精力，跳躍著鮮活的生命力量。

　　中西文學批評的融通乃是一個大議題，從一個小的切口來探入，通過考究明清小說評點中的比喻式評點與印象主義文藝批評的契合相似之處，可對中西文學批評的融通提供一個關照點。

　　研究者關注到與此議題有關的諸方面。如許伯卿《比喻式文學批評初探》，即梳理了比喻式文學批評發展的歷史脈絡與進程，指出比喻式文學批評這種獨特的文學批評體式之所以產生並得到不斷發展是與人類發展歷史初期的類比性思維方式、傳統儒家思想方式以及譬喻比類自在的魅力特質等有千絲萬

﹝註118﹞　秦修容整理，金瓶梅：會評會校本〔M〕，北京：中華書局，1998：393。
﹝註119﹞　秦修容整理，金瓶梅：會評會校本〔M〕，北京：中華書局，1998：397～398。

縷的聯繫。〔註120〕彭俐《法國印象派與中國唐詩》，揭櫫了法國印象派畫作與中國唐詩兩個不同國家迥異的藝術門類之間的相互映照，法國印象派畫作與中國唐詩在精神氣質上相互契合，印象派將眼中心中的自然景觀光色日影揮灑流瀉，而唐詩亦將心中眼中的山川河流日月光景現諸筆端，印象派提倡以人為本、鼓勵創造新建、追求自由自主，而唐詩亦著眼人生、張揚自我、勇於創造。〔註121〕陳伯海《李賀與印象派》，挖掘出李賀印象派文學之間的共同關係，包括表達主觀體驗，捕捉事物景象帶給人的瞬時印象，善用隱喻暗示等手法來烘托氛圍，給讀者觀感上新異獨特的刺激，開啟跳躍的想像之域，荒誕頹廢的內心世界，怪誕離奇的意象表現將景象或文本的完整性撕成碎片。〔註122〕倪梁敏《論金聖歎的意象批評》，提出意象批評是用形象性、情感性的譬喻式語言進行文學批評，而不是用乾枯的理論學理、邏輯概念定義剖析，故而生動形象，充滿韻味。意象批評不重視評語的科學性、概念性、準確性，而致力於用感性、隨意、直截的形式表達自身對文學文本的體認和感念，並引發閱評者的情感共鳴。意象批評包含明顯主觀文學性創作成分在內，但卻是把感性體驗升騰出的理性觀點再用感性的方式形象生動地傳達出來。〔註123〕

明清小說評在譬喻中從側面透露出不同藝術門類的「互文」現象。如解弢《小說話》所言：「《名伶小傳》論徽劇鬚生分三派。以小說況之，《紅樓》似譚叫天，《水滸》似孫菊仙，《儒林外史》似汪大頭。」〔註124〕又道：「有以禪喻書法者，吾則以禪喻小說。《儒林外史》如來禪也；《金瓶梅》菩薩禪也；《綠野仙蹤》祖師禪也。至《紅樓》則兼有之矣。」〔註125〕說明戲劇與小說可以互做類比，禪、書法、小說這些不同文學藝術宗教門類均有精神氣質上的相似、相通之處。

〔註120〕許伯卿，比喻式文學批評初探〔J〕，東南大學學報（哲學社會科學版），2000，2（4）：115。

〔註121〕彭俐，法國印象派與中國唐詩〔J〕，群言，2004，（11）：39。

〔註122〕陳伯海，李賀與印象派〔J〕，上海師範大學學報（哲學社會科學版），1981，（4）：37。

〔註123〕倪梁敏，論金聖歎的意象批評〔D〕，上海：華東師範大學，碩士學位論文，2008。

〔註124〕朱一玄編，明清小說資料彙編（下）〔M〕，天津：南開大學出版社，2012：809。

〔註125〕朱一玄編，明清小說資料彙編（下）〔M〕，天津：南開大學出版社，2012：809。

　　明清小說評點與西方印象派的契合併非出之偶然，人類發展的歷史是個人性獲得確認、創造性得到發揮的歷史，對陳規的打破是存在於個體體內的固有基因，縱使經過長久的約束和壓抑，破立的種子終會在某個或難預料的時機衝出地表，開啟又一個新紀元。這種表達和確立的衝動是明清小說評點與西方印象派共有的。

一、比喻中一己情感的流瀉

　　明清小說評多採用生動形象的比喻。出現頻次較高的譬喻有，將文字比喻為「牛毛」。如劉廷璣《在園雜誌》：「若深切人情世務，無如《金瓶梅》，真稱奇書……其中家常日用，應酬世務，奸詐貪狡，諸惡皆作，果報昭然，而文心細如牛毛繭絲。」〔註126〕世情小說，奇書《金瓶梅》，深入描寫人情世務，將家常之事、日用之具、應酬周旋、世務交接、奸詐之人、貪狡之輩、諸般惡事、報應不爽等等盡收筆底，劉廷璣將《金瓶梅》的細微文心比喻成「牛毛繭絲」。又如脂硯齋等《紅樓夢評》第三回，原文：「那一年我三歲時，聽得說來了一個癩頭和尚。」甲戌側評：「文字細如牛毛。」〔註127〕甲戌側評反映出《紅樓夢》文字之細有如「牛毛」。又譬如哈斯寶《新譯紅樓夢》「序」中有：「這部書的作者，文思之深有如大海之水，文章的微妙有如牛毛之細，絡脈貫通，針線交織。」〔註128〕哈斯寶將《紅樓夢》文思之深邃比作大海之水，將《紅樓夢》文章微妙比作牛毛的微末。哈斯寶又在《〈新譯紅樓夢〉回批》第三十三回評道：「本書前言後語，都有呼應交代，毫不散落，真是有如牛毛之細。」〔註129〕這裡哈斯寶又將《紅樓夢》文思之細膩喻作「牛毛」。此類例證，似難窮盡。明清小說評語中只將文字比喻為「牛毛」之例，便不可盡數，遑論其他。

　　明清小說評點不僅善用比喻，更重要的是，比喻不僅純粹是主體、喻體的交互呈現，而且滲透了小說評者的主觀性、個人性情感。類似批評文字，

〔註126〕〔清〕劉廷璣撰，張守謙點校，在園雜誌〔M〕，卷二，北京：中華書局，2005：84。

〔註127〕朱一玄，紅樓夢脂評校錄〔M〕，濟南：齊魯書社，1986：47～48。

〔註128〕〔清·蒙古族〕哈斯寶著，亦鄰真譯，《新譯紅樓夢》回批〔M〕，呼和浩特：內蒙古人民出版社，1979：21。

〔註129〕〔清·蒙古族〕哈斯寶著，亦鄰真譯，《新譯紅樓夢》回批〔M〕，呼和浩特：內蒙古人民出版社，1979：115。

舉之不勝。如玉屏山人《三國志傳引》:「……中間若隱若顯,若諷若刺,且又如怨如慕,如泣如憐者,一段不朽真精神,略表而出之,使千載下不可謂無知心云。」﹝註130﹞「若隱若顯」、「若諷若刺」、「如怨如慕」、「如泣如憐」等等應指著者蘊藏在作品中的情感,這種情感被閱書者玉屏山人開掘出來,玉屏山人對著書者所著之書意涵的解釋並不是絕對客觀的,而是融入了其自身情感在內。讀者不同,對文本的解釋不盡相同,並不存在一個完美準確、客觀無誤的解釋,而只是解釋者混合了其主觀感受的相對合理的解釋。

明清小說評者在對各類小說進行比喻式批評的話語裏滲透著自身各種各樣的情感體驗。雖不能一一盡數,但可稍總結出幾類以供評析。

其一,滿心厭惡或鄙夷貶斥。

如石庵言:「自《七俠五義》一書出現後,世之效顰學步者不下百十種,《小五義》也,《續小五義》也,再續、三續、四續《小五義》也。更有《施公案》、《彭公案》、《濟公》、《海公案》,亦再續、重續、三續、四續之不止。此外復有所謂《七劍十三俠》、《永慶升平》、《鐵仙外史》,皆屬一鼻子出氣。尤可惡者,諸書以外,有一《續兒女英雄傳》,亦滿紙賊盜捕快,你偷我拿,鬧嚷喧天,每閱一卷,必令人作嘔吐三日……蓋以此等書籍最易於取悅於下等社會,稍改名字,即又成為一書,故千卷萬卷,同一鄉下婦人腳,又長又臭,堆街塞路,到處俱是也。」﹝註131﹞在此段批評文字中,石庵已點明自身對《七俠五義》的效顰之書如《小五義》、《續小五義》、《施公案》、《彭公案》、《濟公》、《海公案》、《七劍十三俠》、《永慶升平》、《鐵仙外史》等等一眾小說的厭惡,甚至達到每閱讀一卷《續兒女英雄傳》便會「嘔吐三日」的地步。石庵將上述小說比作鄉下女性的腳,又長又臭,令人退避三舍,不忍直視。

又如張譽《北宋三遂平妖傳敘》:「嘗辟諸傳奇:《水滸》,《西廂》也;《三國志》、《琵琶記》也;《西遊》則近日《牡丹亭》之類矣。他如《玉嬌麗》、《金瓶梅》如慧婢作夫人,只會記日用帳簿,全不曾學得處分家政;效《水滸》而窮者也。《七國》、《兩漢》、《兩唐》、《宋》如弋陽劣戲,不味鑼鼓了事;效《三國志》而卑者也。《西洋記》如王巷金家神說謊乞布施;效《西遊》而愚者也。

﹝註130﹞丁錫根編著,中國歷代小說序跋集(中)﹝M﹞,北京:人民文學出版社,1996:893。
﹝註131﹞朱一玄編,明清小說資料彙編(上)﹝M﹞,天津:南開大學出版社,2012:365。

王緤山先生每稱《三遂平妖傳》堪與《水滸》頡頏。余昔見武林舊刻本止二十回，首如暗中聞炮，突如其來；尾如餓時嚼蠟，全無滋味……」〔註132〕張譽此段評論以各式比喻結構而成，先將小說與傳奇「互文」比類，繼而將《玉嬌麗》、《金瓶梅》比擬作當不得夫人的聰慧婢女，將《七國》、《兩漢》、《兩唐》、《宋》等小說喻作劣質的戲曲等，最後認為《三遂平妖傳》起首似暗中聽炮響，結尾似肚譏而嚼蠟，令人不爽。表示了對除《水滸傳》之外提及的其他小說作品的鄙夷不滿。

　　此外，小說評點家對小說中人物的貶抑也會用令人生厭的比喻表現出來，表達了評點者自身滿心厭棄的情感體驗。

　　如《金瓶梅》文龍批本第二十五回：「宋惠蓮，蟹也，一釋手便橫行無忌。潘金蓮，蠍也，一挨手便掉尾螫人。西門慶，蛆也，無頭無尾，翻上翻下，只知一味亂鑽，仍是毫無知覺，此刻直如傀儡，任人撮弄。」〔註133〕評者將宋惠蓮比為橫行無忌的螃蟹，將潘金蓮比作一靠近便螫人的蠍子，將西門慶比作令人作嘔的蛆蟲，又比作任人擺弄的傀儡。這些比喻易引發人情感上的不快，使人作嘔，反映了評點者內心厭惡至極的情感體驗。又如《金瓶梅》文龍批本第二十八回：「潘金蓮者，專於吸人骨髓之妖精也……」〔註134〕評點者將潘金蓮比喻為專門吸食人骨髓的妖精，可厭可憎。把人比喻為蛆蟲不止《金瓶梅》文龍批本，還有如臥閒草堂本《儒林外史回評》第四十五回，評言：「俗語云：『吃了自己的清水白，去管別人家的閒事。』如唐三痰輩，日日在縣門口說長論短，究竟與自己穿衣吃飯有何益處，而白首為之而不厭耶？此如溷廁中蛆蟲，翻上翻下，忙忙急急，若似乎有許多事者，然究竟日日如此，何嘗翻出廁坑之外哉？」〔註135〕評點者將唐三痰此類吃飽了沒事幹專愛管別人家閒事的人物，比喻為髒臭無比、混天聊日、無頭無腦、令人噁心的蛆蟲，滿目瘡痍，一無可取。

　　其二，激憤滿懷，一吐為快。

　　明清小說比喻式評語裏，還隱藏著評點家的激憤之情。如李贄《讀〈忠

〔註132〕丁錫根編著，中國歷代小說序跋集（下）〔M〕，北京：人民文學出版社，1996：1347。
〔註133〕朱一玄編，金瓶梅資料彙編〔M〕，天津：南開大學出版社，2012：598。
〔註134〕朱一玄編，金瓶梅資料彙編〔M〕，天津：南開大學出版社，2012：601。
〔註135〕〔清〕吳敬梓著，李漢秋輯校，儒林外史匯校匯評〔M〕，上海：上海古籍出版社，2010：496。

義水滸全傳〉序》：「太史公曰：『《說難》、《孤憤》，賢聖發憤之所作也。』由此觀之，古之聖賢，不憤則不作矣。不憤而作，譬如不寒而顫，不病而呻吟也，雖作何觀乎！《水滸傳》者，發憤之所作也。」〔註136〕「憤」即因不滿而忿怒或怨恨。「發憤」，是因為不滿意而情緒激動，精神受到刺激，產生向上的內在動力。李贄用司馬遷的話作引證，認為聖賢著書不憤激，便不會產生出感人至深的傳世之作。在「不憤」的狀態下著書，就像身體沒有感到寒冷卻打寒顫，沒有生病卻呻吟不止，矯揉造作的行為失卻了真實，就不會產生出打動人的情感力量。李贄指出，《水滸傳》便是發憤之作，便是說《水滸傳》著者是有感而發，如鯁在喉，不吐不快，憤激之情，傾瀉如注，具有感人心魄的藝術魅力。李贄對《水滸傳》有如此解讀，亦是自身之「憤」的映照，李贄將其心中所「憤」透過對《水滸傳》的評批文字顯現出來。

又如《金瓶梅》文龍批本第八十七回中有：「自第一回至此回，已隔八十六回，殺之不已晚乎？不知愈晚人心乃愈快。譬如旋陰旋晴，勿病勿愈，人轉忘陰雨連綿之苦惱，輾轉床褥之煩難；屈久而伸，鬱極而散，豁然於一旦，手舞足蹈，有發於不自覺者。金蓮被殺不為晚，亦如西門慶之死不為遲矣。」〔註137〕評點者指出，從《金瓶梅》第一回至第八十七回，已隔八十六回之久，西門慶與潘金蓮才被就地正法。這八十六回彷彿是著者、閱者憤激的厚積過程，一旦噴發出來，偉力不可想像，勢必人心大快。這便好比委屈至極而終得舒展，陰鬱至極而雲散天清，令人拍案叫絕。評點者的「憤」亦是讀者普遍具有的「憤」，評點者通過評語將其內心之「憤」疏泄出來，便也是代天下讀者陳說。

其三，輕鬆喜悅、熱烈歡暢的評者心境。

縱使處境如何險惡，現世何等荒涼，人生萬般苟且愁煩，愛書之人手捧一部心怡之作，便會暫時從擾人的塵世間脫身而出，進入小說文本提供給閱讀者的美妙幻境。閱者彷彿忘卻了人間煩惱，沉浸在評閱小說的狂喜之中，盡情享受靈魂的饕餮之宴。

如金聖歎《水滸傳回評》第二十三回評道：「上篇寫武二遇虎，真乃山搖地撼，使人毛髮倒卓；忽然接入此篇，寫武二遇嫂，真又柳絲花朵，使人心魂

〔註136〕陳曦鍾，侯忠義，魯玉川輯校，水滸傳會評本〔M〕，北京：北京大學出版社，1981：28。

〔註137〕朱一玄編，金瓶梅資料彙編〔M〕，天津：南開大學出版社，2012：646。

蕩漾也。吾嘗見舞槃之後，便欲搦管臨文，則殊苦手顫；鐃吹之後，便欲洞簫清囀，則殊苦耳鳴；馳騎之後，便欲入班拜舞，則殊苦喘急；罵座之後，便欲舉唱梵唄，則殊苦喉燥。何耐庵偏能接筆而出，嚇時便嚇殺人、憨時便憨殺人，並無上四者之苦也。」〔註138〕金聖歎將《水滸傳》的行文比作使人毛髮盡豎的「山搖地撼」、使人心魂蕩漾的「柳絲花朵」，兩種感受都是使人激動、使人沉醉的，腎上腺素的激生、心旌搖曳的快感如過山車般愉悅刺激，如春風拂面般怡然自在。感覺的過渡自然而然，源於書中的文字自然而然，沒有絲毫的矯揉造作，發於真摯的情感，渾然天成。金聖歎在此回又評道：「寫西門慶接連數番輾轉，妙於疊，妙於換，妙於熱，妙於冷，妙於寬，妙於緊，妙於瑣碎，妙於影借，妙於忽迎，妙於忽閃，妙於有波摺，妙於無意思：真是一篇花團錦湊文字。」〔註139〕金聖歎批閱《水滸傳》，恰似一場精神沐浴的享受，心靈可以隨意飛馳舒展，胸襟囊括天地，如此情懷心境，眼光也銳利敏感，隨時準備發現小說中語言、人物、結構、技藝之美，並將小說中各式各樣的美再以美的形式呈現出評批的美，小說似花團錦湊，金聖歎的批文亦是錦簇花圍。又如金聖歎《水滸傳回評》第七十回所評：「一部書七十回，可謂大鋪排。此一回，可謂大結束。讀之，正如千里群龍，一齊入海，更無絲毫未了之憾。笑殺羅貫中橫添狗尾，徒見其醜也。」〔註140〕「千里群龍，一齊入海」的場面多麼震撼人心，如同觀看一場「多D」大片，並非置身事外，而是身臨其境，被心靈的震顫之喜緊緊鎖裹。笑羅貫中狗尾之添，好似插科打諢，批閱者輕鬆喜悅的心理狀態可以切切實實地感覺得到。

其四，化身作書中人物，感同己受。

小說評者在評批小說時，既會投入小說所幻設的環境當中，也會深入小說人物的內心，與小說人物同呼吸共命運，仿若已是書中人物的化身。

如張竹坡《金瓶梅回評》第四十回，評道：「……蓋金蓮之憤，何止此日起。然金蓮，西門乃在玉皇廟宿。玉皇廟，卻是為瓶兒生子。則金蓮此夕，已二十分不快。乃抱孩兒時，月娘之言，西門之愛，俱如針刺眼，爭之不得，為

〔註138〕陳曦鍾，侯忠義，魯玉川輯校，水滸傳會評本〔M〕，北京：北京大學出版社，1981：431。

〔註139〕陳曦鍾，侯忠義，魯玉川輯校，水滸傳會評本〔M〕，北京：北京大學出版社，1981：431。

〔註140〕陳曦鍾，侯忠義，魯玉川輯校，水滸傳會評本〔M〕，北京：北京大學出版社，1981：1262。

無聊之極思，乃妝丫鬟以邀之也。」〔註141〕李瓶兒生子，潘金蓮憤恨無比。西門慶為李瓶兒生子在玉皇廟宿歇，後又有月娘的話語，西門慶對其子疼愛有加，張竹坡將這些形象地比作刺入眼睛的針，那種痛楚可以想見，這種痛切可感的比喻彷彿評點者自己有深入獨到的體會，好似和潘金蓮感同身受。

又譬如謝鴻申《答周同甫書》所云：「《紅樓夢》作者精神全注黛玉，譬諸黛玉花也，紫鵑護花籬也，寶玉水也，賈母瓶也，岫煙、寶琴、湘雲、三春、香菱、平兒諸人蜂蝶也，寶釵、襲人淫雨狂風也，鳳姐剪刀也，無根無葉，本難久延，況復風妒雨摧，正欲開時，陡然一剪，命根斷矣。然顰卿之意，甘使風妒雨摧，陡然一剪，必不可插在糞窖中，各種《續紅樓夢》皆糞窖也。」〔註142〕謝鴻申將黛玉比作花，將紫鵑比作護花籬，將寶玉比作養花的水，將賈母比作插花的瓶，將岫煙、寶琴、湘雲、三春、香菱、平兒等人比作圍繞花兒左右的蜜蜂蝴蝶，將寶釵、襲人比作摧殘花兒的狂風暴雨，將鳳姐比作殺害花朵的剪刀，黛玉花本就無根葉，身嬌體弱，何況又忍受風雨的摧殘，正要開花之時，剪刀一揮，黛玉花便命喪黃泉。謝鴻申體貼黛玉的意思，似感黛玉所感，其冰清玉潔的秉性會促使她甘願殞命，亦不可將自身玷污在糞窖之中，這是謝鴻申化為黛玉為其作的判斷。

又如哈斯寶《〈新譯紅樓夢〉回批》第三十四回所評：「……奉王命而來的，好似綿裏藏針，外柔內剛，說話句句入骨；奉聖旨前來的，有如明瓷盛冰，內外徹寒，直透骨髓。」〔註143〕哈斯寶此評是站在聽命者、聽旨者的角度切身感受，接到王命，雖來者表面客套，但其話語綿裏藏針，故所說之語，句句深入骨髓，頗具威懾力，而跪接聖旨之時，傳聖旨之人不再如傳王命之人那般客氣，而是表裏如一，給人徹徹底底的嚴寒之感，冰涼透骨，令人戰慄。

比喻式小說評點方式與印象派畫作、文學或批評相似，均是捕捉客觀對象帶給自身的獨特主觀感受和體驗，在此過程中，個人的各種情感也得到充分釋放。

〔註141〕〔明〕蘭陵笑笑生著，〔清〕張道深評，王汝梅、李昭恂、於鳳樹校點，張竹坡批評金瓶梅〔M〕，濟南：齊魯書社，1991：598。

〔註142〕朱一玄編，聊齋誌異資料彙編〔M〕，天津：南開大學出版社，2012：499～500。

〔註143〕〔清·蒙古族〕哈斯寶著，亦鄰真譯，《新譯紅樓夢》回批〔M〕，呼和浩特：內蒙古人民出版社，1979：117～118。

二、新鮮跳躍、轉瞬即逝的畫面感

　　明清小說評點中所運用的比喻式評點方式與印象派第二個相似之處，在於小說評點家通過譬喻營造出新鮮躍動、可觀可感的動態圖畫，具有電影鏡頭似的流動變幻感，而印象派亦讓人捉摸不定，不論是畫作抑或是文學和文學批評都是對瞬時感覺、即時畫面的禮讚，對刻板、正統、整體、永恆的背棄。

　　其一，變化多端的進行時動圖態勢。

　　明清小說比喻式評點所呈現出的畫面充滿變化的動感，恍若動態圖片，一楨楨跳動的電影畫面，不只給人空間感，還使人感覺到時間的流動。

　　如陳忱《水滸後傳序》言：「……夫水發源之時，僅可濫觴；漸而為溪，為澗，為江，為湖，汪洋巨浸而放乎四海。當其衝決，懷山襄陵，莫可禦遏，真為至神至勇也！及其恬靜，浴日沐月，澄霞吹練，鷗鳧浮於上，魚龍潛其中，漁歌擁枻，越女採蓮，又為至文至弱……文章亦然。蘇端明云：我文如萬斛泉是也。《水滸》更似之。其序英雄，舉事實，有排山倒海之勢；曲畫細微，亦見安瀾文漪之容；故垂四百餘年，耳目常新，流覽不廢。」〔註144〕陳忱將文章小說比作水，水的樣態千變萬化，令人不可名狀，可有小溪、大江、大河、湖水以至汪洋恣肆的大海，水是不斷變化的，正如行文沒有固定的形態，總是處於不斷變化之中。

　　又如素政堂主人《定情人序》：「雖然，情豈易定者耶？試思情之為情，雖非心而彷彿似心，近乎性而又流動非性，觸物而起，一往而深，繫之不住，推之不移，柔如水，癡如蠅，熱如火，冷如冰。當其有，不知何生；及其無，又不知何滅。」〔註145〕素政堂主人對情的比喻彷彿不斷變化的幻燈片，情亦本是流動之物，從起到滅，無法預知，且處於不斷運動變化之中，忽而似水柔情，忽而癡傻如蠅，忽而熱情似火，忽而冷淡如冰。

　　再如馮鎮巒《讀聊齋雜說》所言：「《聊齋》短篇……譬諸遊山者，才過一山，又問一山，當此之時，不無借徑於小橋曲岸，淺水平沙，然而前山未遠，魂魄方收，後山又來，耳目又費。雖不大為著意，然正不致遂敗人意。又

〔註144〕丁錫根編著，中國歷代小說序跋集（下）〔M〕，北京：人民文學出版社，1996：1509。

〔註145〕丁錫根編著，中國歷代小說序跋集（下）〔M〕，北京：人民文學出版社，1996：1258。

況其一橋、一岸、一水、一沙,並非一望荒屯絕徼之比……」〔註146〕馮鎮巒
將閱讀《聊齋誌異》的感受比作遊山,在遊玩的過程中,腳步不停歇,眼目亦
不停止,一山走過,又有一座山呈現在遊者眼前,途中小橋流水,岸邊美景,
形成一幅流動的圖畫,令人目不暇接。

　　將閱讀小說譬作遊山者,還有如但明倫評《聊齋誌異》卷五《西湖主》:
「前半幅生香設色,繪景傳神,令人悅目賞心,如山陰道上行,幾至應接不
暇……時而逆流撐舟,愈推愈遠;時而蜻蜓點水,若即若離。處處為驚魂駭
魄之文,卻筆筆作流風回雲之勢。」〔註147〕但明倫的此段批評富於動感,將
閱讀的感受譬作遊山,又將《聊齋誌異》的行文比為在逆流中行船,又似蜻
蜓點水,忽遠忽近,若即若離,筆致恰如遊動的雲、穿行的風一般。雨香《西
遊記敘言》亦將閱小說譬若遊山:「《西遊記》無句不真,無句不假。假假真
真,隨手拈來,頭頭是道。看之如山陰道上,應接不暇;思之如抽繭剝蕉,層
出不窮。」〔註148〕雨香認為,《西遊記》沒有一句是真的,卻又沒有一句是假
的,假假真真,真真假假,令閱者彷彿行走在山陰道上,旅途美景不住地映
入眼簾。如果仔細思考其中蘊藏的深刻意涵,又像剝蕉抽繭,難以停息。同
樣的,還有張竹坡《金瓶梅回評》第一回所評:「文章能事,至《金瓶梅》,真
山陰道上,應接不暇,七通八達,八面玲瓏,批之不盡也。」〔註149〕張竹坡
認為,《金瓶梅》在小說中已登峰造極,閱者看《金瓶梅》,恍若置身於秀麗山
景之中,移一步而換一景,周遭景色層見迭出,不可窮盡。

　　在比喻式評點中可見到流動圖景的,還有如金聖歎,其在《水滸傳回評》
第五十一回評道:「此是柴進失陷本傳也。然篇首朱仝欲殺李逵一段,讀者悉
誤認為前回之尾,而不知此已與前了不相涉,只是偶借熱鐺,趁作煎餅,順
風吹花,用力至便者也。」〔註150〕為說明朱仝欲殺李逵一段在前後文中所佔
持的位置,金聖歎用了形象的比喻,將之比為借用熱餅鐺,趁勢作煎餅,又
喻為借著風勢吹花等,這些比喻都富有動感,令人讀之,便在眼前腦海形成

〔註146〕張友鶴輯校,聊齋誌異會校會注會評本〔M〕,北京:中華書局,1962:16。
〔註147〕張友鶴輯校,聊齋誌異會校會注會評本〔M〕,北京:中華書局,1962:654。
〔註148〕丁錫根編著,中國歷代小說序跋集(下)〔M〕,北京:人民文學出版社,1996:
　　　　1381。
〔註149〕〔明〕蘭陵笑笑生著,〔清〕張道深評,王汝梅、李昭恂、於鳳樹校點,張
　　　　竹坡批評金瓶梅〔M〕,濟南:齊魯書社,1991:3。
〔註150〕陳曦鍾,侯忠義,魯玉川輯校,水滸傳會評本〔M〕,北京:北京大學出版
　　　　社,1981:948。

一串串流動的圖景。金聖歎又在《水滸傳回評》第六十九回評道：「古亦未聞有以石子臨敵者。自耐庵翻空出奇，忽然撰為此篇，而遂令讀者之心頭眼底，真覺石子之來，星流電掣，水泊之人，鳥駭獸竄也……讀一部七十回篇必謀篇、段必謀段之後，忽然結以如卷、如掃、如馳、如撒之文，真絕奇之章法也。」〔註 151〕金聖歎將讀者閱讀《水滸傳》的獨特體驗生動形象地表述出來，根據金聖歎的描述，看過 3D 影片的人更加能夠體會到金聖歎評點文字中所形容的閱讀感受，讀及《水滸傳》的文字章節，彷彿置身於 3D 觀影片場，當看到影片中有石子飛來的鏡頭時，觀看者便真覺石子飛馳而來，好似要砸到自己臉上一般，星流電掣，畫面逼真，給人以強烈的感官刺激。金聖歎將《水滸傳》的文筆喻作「卷」、「掃」、「馳」、「撒」，四個字均為動詞，動作性強，動感十足。

在評點中，注重文筆變化流動的還如張竹坡。張竹坡《金瓶梅回評》第一回評道：「……一筆千萬用，如神龍天際，變化不測的文字。」〔註 152〕張竹坡將《金瓶梅》一筆當千萬筆用的文字喻為神龍天際，變化多端。張竹坡又在《金瓶梅回評》第十回評言：「……文字如行雲冉冉，流水潺潺，無一沾滯死住，方是絕世妙文。」〔註 153〕張竹坡認為好的小說文字應是具有流動性的，不是死板、固定、沒有變化的，流動性的文字好似遊動的行雲、行進的水流，富有動態的生命力。

將小說文字比作「行雲流水」的還如陳其泰，其在《紅樓夢回評》第九十二回有評：「甄家抄沒，雨村陞擢，都借馮紫英閒話中帶出，有行雲流水之妙。」〔註 154〕陳其泰認為，在馮紫英的閒話中便帶出諸多繁雜瑣事，可見《紅樓夢》文字不黏滯、不呆板，巧妙清晰的敘事文風具有行雲流水的靈動。

其二，富有意境和故事性的醉人畫面。

明清小說評點中所用比喻像是有意在營造帶有故事性的動人意境，這擴大了小說文本的意涵，使得有限的小說文本得以延展。這種富有深度意義的

〔註 151〕陳曦鍾，侯忠義，魯玉川輯校，水滸傳會評本〔M〕，北京：北京大學出版社，1981：1252。
〔註 152〕〔明〕蘭陵笑笑生著，〔清〕張道深評，王汝梅、李昭恂、於鳳樹校點，張竹坡批評金瓶梅〔M〕，濟南：齊魯書社，1991：3。
〔註 153〕〔明〕蘭陵笑笑生著，〔清〕張道深評，王汝梅、李昭恂、於鳳樹校點，張竹坡批評金瓶梅〔M〕，濟南：齊魯書社，1991：155。
〔註 154〕〔清〕陳其泰評，劉操南輯，桐花鳳閣評《紅樓夢》輯錄〔M〕，天津：天津人民出版社，1981：275。

比喻好似印象派藝術，帶有強烈主觀性，能夠調動讀者的聯想和想像，使讀者收穫小說文本之外的意義和美。

如解弢《小說話》所評：「《水滸》如燕市屠狗，慷慨悲歌；《封神》如倚劍高峰，海天長嘯；《紅樓》如紅燈綠酒，女郎談禪；《聊齋》如梧桐疏雨，蟋蟀吟秋；《桃花扇》如流水高山，漁樵閒話；《七俠五義》如五陵裘馬，馳騁康莊；《儒林外史》如板橋霜跡，茅店雞聲；《茶花女》如巫峽哀猿，三聲淚下；《品花寶鑒》如玉壺春醉，曉院鶯歌；《新齊諧》如劇場三花，插科打諢。」〔註155〕解弢將每一部小說用不同的意境畫面去作比附，讀者用對不同意境圖畫的構圖去聯繫特定的小說，這種互文的映照，豐富了小說的內涵和美。每種意境，每幅圖畫又好似一個別具特色的美麗故事，惹人沉醉，引人遐思。解弢又道：「陳眉公謂《西廂》是一幅豔妝美人，《琵琶》是一幅白衣大士；吾謂《水滸》是一幅關西大漢，《封神》是一幅硃砂鍾馗。」〔註156〕解弢將小說傳奇喻作人物肖像畫，更突出了小說的畫面感，而人是靈動、複雜、具有生命力的，以書喻人，亦將書寫活，使其具有了內蘊豐厚的生命。

又如陶家鶴《綠野仙蹤序》所道：「試觀其起伏也，如天際神龍；其交割也，如驚弦脫兔；其緊溜也，如鼓聲爆豆；其散去也，如長空風雨；其豔麗也，如美女簪花；其冷淡也，如狐猿嘯月；其收結也，如群玉歸笥；其插串也，如千珠貫線……」〔註157〕「天際神龍」、「驚弦脫兔」、「鼓聲爆豆」、「長空風雨」、「美女簪花」、「狐猿嘯月」、「群玉歸笥」、「千珠貫線」……陶家鶴將《綠野仙蹤》的行文之美用幾楨各具特色、意境不同的圖景表現出來，將讀者帶入故事性的想像之中。

還如脂硯齋等《紅樓夢評》第七十五回，戚序回後又評：「看聚賭一段，宛然宵小群居終日圖。看賞月一段，又宛然望族序齒燕毛錄……」〔註158〕評點者將《紅樓夢》中的故事情節以頗具韻味的圖畫形式描述出來，生動形象，可知可感。不僅小說故事情節可用富有意境故事性的圖畫呈現出來，甚至小

〔註155〕朱一玄編，明清小說資料彙編（上）〔M〕，天津：南開大學出版社，2012：492。

〔註156〕朱一玄編，明清小說資料彙編（上）〔M〕，天津：南開大學出版社，2012：492。

〔註157〕丁錫根編著，中國歷代小說序跋集（下）〔M〕，北京：人民文學出版社，1996：1424。

〔註158〕朱一玄，紅樓夢脂評校錄〔M〕，濟南：齊魯書社，1986：542。

說中的一個字、一個詞、一個句子，人物的語言，人物之間的對話等，也能用極具美感的故事性畫面傳達出來。比如《紅樓夢評》第七十七回，戚序回後評：「看晴雯與寶玉永絕一段，的是消魂文字。看寶玉幾番呆論，真是至誠種子。看寶玉給晴雯斟茶，又真是呆公子。前文敘襲人奔喪時，寶玉夜來吃茶先呼襲人，此又夜來吃茶先呼晴雯。字字龍跳天門，虎臥鳳闕；語語嬰兒戀母，稚鳥尋巢。」〔註159〕評者道出，《紅樓夢》的語言文字，小說人物的說話用語，字字句句都飽含深蘊，「龍跳天門」、「虎臥鳳闕」、「嬰兒戀母」、「稚鳥尋巢」，四個比喻，四幅圖景，將人物的情態展現得淋漓盡致。

其三，可有多種解讀的引人遐思的啟示性神秘圖景。

印象派藝術的特點之一便是主觀不確定性，它杜絕任何固定的循規蹈矩的唯一解答，每個人在面對一幅圖畫、一首樂曲、一部作品時，都能在客觀存在的對象身上找到自我的投射，得到屬於自己的理解、闡釋和美的享受。在明清小說評點中，比喻式評點語句所構設的畫面有時並不是確切的，而是保有神秘感，啟示讀者找尋其中所包含的多種答案和意義。

如張竹坡《金瓶梅回評》第十回所評：「……穿插之妙，又如鳳入牡丹，一片文錦，其枝枝葉葉，皆脈脈相通，卻又一絲不亂，而看者乃又五色迷離，不能為之分何者是鳳，何者是牡丹，何者是枝是葉也。」〔註160〕張竹坡欣賞《金瓶梅》文字的穿插之妙，好似鳳入牡丹，文字與文字是各自獨立的，但文字與文字的組合卻產生了多重意涵，這種迷離的幻象好似鳳入牡丹，鳳還是鳳，牡丹依舊是牡丹，但對於讀者來講，卻分不清何者為鳳，何者為牡丹，不同的讀者會有千差萬別的感受，這便是讀者對小說文本的「印象」。

又如脂硯齋等《紅樓夢評》第七回，原文：「後來還虧了一個禿頭和尚。」甲戌側評道：「奇奇怪怪，真如雲龍作雨，忽隱忽見，使人逆料不到。」〔註161〕評點者指出，《紅樓夢》行文不遵循一定的成規定理，像風雨雷電，變化莫測，使人無法預料。同樣的，還有如哈斯寶《〈新譯紅樓夢〉回批》第七回所評：「秋夜觀天，薄雲油然延伸一片，另一朵飛雲雜入其間，似續似斷，看了令人神往……此前，湘雲雖出現，只像晨星；此後，嬤嬤雖還來，已如暮

〔註159〕朱一玄，紅樓夢脂評校錄〔M〕，濟南：齊魯書社，1986：548～549。
〔註160〕〔明〕蘭陵笑笑生著，〔清〕張道深評，王汝梅、李昭恂、於鳳樹校點，張竹坡批評金瓶梅〔M〕，濟南：齊魯書社，1991：155～156。
〔註161〕朱一玄，紅樓夢脂評校錄〔M〕，濟南：齊魯書社，1986：121。

靄……可是寫這兩者並不相連，中間插進賈環一段故事，使兩者似連非連，似斷非斷，恰如畫出秋空長雲，我又為之神往。」〔註162〕哈斯寶根據自身日常生活中的實際體驗，將《紅樓夢》的行文比作「秋空長雲圖」，看去兩片雲像是連在一起的，再看時，兩片雲又像是彼此分開的，在連接與斷續中，觀者浮想聯翩，為之著迷。

其四，炫麗耀目的色彩感。

除了「牛毛」、「行雲流水」等等，「花」亦是明清小說比喻式評點方式中常常使用的重要意象。繁花似錦、春暖花開、百花爭妍、花好月圓，花給人的感覺是撲面而來的芬芳豔麗、五彩繽紛、耀人眼目。正如印象派畫作所慣於使用明亮的色彩，描繪眼裏心中大自然的光景印象。

如張竹坡《金瓶梅回評》第三十二回評道：「此回上半幅之妙……一路情節，遂花團錦簇之妙……而開宴之熱鬧，止用諸妓樂工一襯，便有寒谷生春，花添錦上之致……」〔註163〕張竹坡將小說之行文，故事情節的發展變化，形容作「花團錦簇」、「花添錦上」等，其顏色之豔麗奪目可以想見。

又如臥閒草堂本《儒林外史回評》第四十六回評言：「……文心如春盡之花，發洩無遺，天工之巧，更不留餘也。」〔註164〕《儒林外史》摹寫人情事理如盛放的春花，沒有一絲保留，大片的花瓣肆意地開著，明豔的色彩盡情地塗抹，濃墨重彩地繪景，不留餘地地摹人，二者相映成趣。

三、陰鬱獨特、幽深宛渺的心景互映

「一切景語皆情語」，畫作的語言便是人心的圖景。印象主義的圖畫是明豔的，其映像的心境卻不是洞照澄明似的簡單。印象派向整體的、一絲不苟的正統挑戰，將幽深奧渺的心境蘊藉在迷離惝恍的零碎的文學藝術作品中。每一個作品，都能看到作者獨特的內心。

其一，獨特的主觀心境與獨特的畫景相映相融。

不同小說有不同的整體畫景，其所對應的作者心境亦千差萬別。如眷秋

〔註162〕〔清·蒙古族〕哈斯寶著，亦鄰真譯，《新譯紅樓夢》回批〔M〕，呼和浩特：內蒙古人民出版社，1979：41。

〔註163〕〔明〕蘭陵笑笑生著，〔清〕張道深評，王汝梅、李昭恂、於鳳樹校點，張竹坡批評金瓶梅〔M〕，濟南：齊魯書社，1991：476。

〔註164〕〔清〕吳敬梓著，李漢秋輯校，儒林外史匯校匯評〔M〕，上海：上海古籍出版社，2010：507。

《小說雜評》所道：「《水滸》與《石頭記》，其取境絕不同。《水滸》簡樸，《石頭記》繁麗；《水滸》剛健，《石頭》旖旎；《水滸》雄快，《石頭》縹緲。《水滸》寫山野英夫，《石頭》寫深閨兒女；《水滸》忿貧民之失所，故為豪傑吐氣；《石頭》痛風俗之奢靡，故為豪戚貴族箴規。其相反如此。然兩書如華嶽對峙，並絕千古。故小說必自闢特別境界，始足以動人。後世作者，輒以蹈襲前人門徑為能，自謂善於摹仿，宜其平庸無味，不值一顧。」〔註165〕如眷秋指出，《水滸傳》形成的圖景是簡樸、剛健、雄快的，《紅樓夢》呈現的畫面是繁麗、旖旎、縹緲的，意境不同所對應的心境亦各異。《水滸傳》為平民伸張，為英雄吐氣，雄懷偉力，慷慨激昂。《紅樓夢》為閨中兒女立傳，歎富貴不常，人事有變，蘊藉幽鬱。無論是《水滸傳》，抑或是《紅樓夢》，都是作者獨特的創造，都是小說家自己所開闢的足以感動人心的特別境界，作者之心與文中之景的互映是唯一的、別具一格的、獨此一家的印象派圖畫。而模仿、蹈襲者則會墮入平庸之流，不論是文學作品，抑或是美術畫作，概莫能外。

　　眷秋《小說雜評》又言：「小說中之《水滸》、《石頭記》，於詞中可比周、辛。《石頭記》之境界惝怳，措語幽咽，頗類清真。其敘黛玉之滿懷幽怨，抑鬱纏綿，便不減美成《蘭陵王》、《瑞鶴仙》諸作。《水滸》之雄暢沉厚，直逼稼軒。讀《北固亭懷古》及《別茂嘉十二弟》之詞，乃令人憶及林武師、武都頭。」〔註166〕如眷秋所言，小說與詞可作「互文」比對，眷秋將詞之境界移用於小說，《紅樓夢》心幽語咽，所對應的「說境」自然是迷離惝怳，《水滸傳》心態豪邁，器宇軒昂，所呈現出的畫面理應是雄放壯偉，具有丈夫氣。

　　其二，景隨心轉。

　　小說比喻式評點中所呈現的畫面是不斷變換的，圖景的變化是隨著小說人物心境以及隨之連動的閱者心境的變化而產生。

　　如張竹坡《金瓶梅回評》第三十八回評道：「潘金蓮琵琶，寫得怨恨之至，真是舞殿冷袖，風雨凄凄。而瓶兒處互相掩映，便有春光融融之象。」〔註167〕潘金蓮弄琵琶，其心境是充滿怨恨的，閱者的閱讀體會也心生戚感，所以所

〔註165〕朱一玄編，明清小說資料彙編（上）〔M〕，天津：南開大學出版社，2012：333。

〔註166〕朱一玄，劉毓忱編，水滸傳資料彙編〔M〕，天津：南開大學出版社，2012：370。

〔註167〕〔明〕蘭陵笑笑生著，〔清〕張道深評，王汝梅、李昭恂、於鳳樹校點，張竹坡批評金瓶梅〔M〕，濟南：齊魯書社，1991：569。

呈現的畫面是風雨淒涼冷落美人圖。而鏡頭轉換到李瓶兒處，則是春光融融美人歡悅圖，是因為心景發生了改變，導致周圍環境也產生了變化。

又如《金瓶梅》文龍批本第五十九回中有：「上一回與下一回，均是半苦半樂，一喜一憂。如天時一日之間，半天晴日皎潔，後半天陰雨淒涼。又如地方百里之內，前五十山路崎嶇，後五十大道平坦，漸有滄桑景象。」〔註168〕如評點者所言，閱者閱讀小說文字而產生的心境如果是喜悅的，那麼文中所顯示出的圖景便也彷彿晴空萬里；反之，小說文字致使讀者心境哀愁，文中所呈現出的圖景給人的感受便也如同陰雨連綿，所以說，景是隨著心而產生變化的。

但需要注意的是，景與心有時不是單純的正相關關係，心與景有時是呈反比例的反襯相對。

例如張竹坡《金瓶梅回評》第八十九回所評：「夫西門，乃作者最不得意之人也。故其愈鬧熱，卻愈不是作者意思。今看他於出嫁玉樓之先，將春光極力一描，不啻使之如錦如火，蓋云前此你在鬧熱中，我卻寒冷之甚，今日我到好時，你卻又不堪了。」〔註169〕根據張竹坡評語可知，《金瓶梅》著者將西門慶寫得愈開心、愈得意、愈熱鬧，便反襯得作者之心與讀者之心愈陰鬱、愈悲涼、愈冷清。西門慶一時的極樂與最終的慘景形成鮮明對比，仿若那建在地獄上的天堂，變得更為不實而醜陋。

其三，奇險怪特，陰鬱恐怖的意象。

印象派是隨著西方資產階級走向衰落而誕生出的藝術。印象派藝術強調隱喻，注重氣氛的烘染，如印象主義代表詩人波德萊爾，其代表作《惡之花》，用陰森恐怖、怪怪奇奇的意象，表示了自身頹然抗拒的態度。

與印象派相似，明清小說比喻式評點所選取的喻體大多為奇特怪怖的事物。

比如鬼神。如浴血生《小說叢話》：「讀《儒林外史》者，蓋無不歎其用筆之妙，如神禹鑄鼎，**魑魅魍魎**，莫遁其形。」〔註170〕「神禹鑄鼎，**魑魅魍魎**」的神鬼意象令人毛髮倒豎。又如金聖歎《水滸傳回評》第十回所評：「……至

〔註168〕朱一玄編，金瓶梅資料彙編〔M〕，天津：南開大學出版社，2012：625。

〔註169〕〔明〕蘭陵笑笑生著，〔清〕張道深評，王汝梅、李昭恂、於鳳樹校點，張竹坡批評金瓶梅〔M〕，濟南：齊魯書社，1991：1409。

〔註170〕朱一玄編，明清小說資料彙編（下）〔M〕，天津：南開大學出版社，2012：808。

後半寫林武師店中飲酒，筆筆如奇鬼，森然欲來搏人。雖坐閨閣中讀之，不能不拍案叫哭也。」〔註171〕金聖歎把《水滸傳》的文字比作欲來與人搏鬥的奇鬼，恐怖怪異，令人心驚肉跳。又如王希廉《紅樓夢回評》第八回所評《紅樓夢》的文筆：「靈變含蓄，文心如鬼工。」〔註172〕王希廉將《紅樓夢》文筆的靈活巧妙、變化多端比為鬼魅所為之，令人不免森森。又如紫琅山人《妙復軒評石頭記序》所道：「……著之於書，俾見者聞者，恍然神山之上，巨石洞開，睹列仙真面目……」〔註173〕意為讀作書者在書中所寫，觀者彷彿置身於神山之上，見到眾位仙人的真面目，諸如此類畫面，想像奇特。

　　第二類令人可怖的常用意象是龍蛇之物。如脂硯齋等《紅樓夢評》第七十三回，戚序回前評：「一波未平，一波又起，勢如怒蛇出穴，蜿蜒不就捕。」〔註174〕《紅樓夢》一波未平、一波又起的敘事方式被評點者比為一條忿怒的蛇遊走出洞穴，蜿蜿蜒蜒不易被捕捉，這種意象給人一種驚悚之感。又如張新之《紅樓夢讀法》所言：「……觀其通體結構，如常山蛇首尾相應，安根伏線，有牽一髮全身動之妙……」〔註175〕張新之將《紅樓夢》的結構比作首尾映照、牽一髮而動全身的「常山蛇」。又如工希廉《紅樓夢回評》第六十八回評道：「……此一段文字，隱隱躍躍，暗藏無限情事……如一片黑雲中微露金龍鱗爪。文人之筆，莫可端倪。」〔註176〕王希廉將《紅樓夢》難以意料的神妙筆觸比為黑雲之中時或露出一鱗半爪的金龍，卻難睹其全貌。

　　除了令人生懼的驚怖意象，還有令人生畏的宏大壯偉景觀。如脂硯齋等《紅樓夢評》第七十四回，戚序回前評道：「司棋一事……文氣如黃河出崑崙，橫流數萬里，九曲至龍門，又有孟門、呂梁峽束不得入海，是何等奇險怪特文字，令我拜服。」〔註177〕評點者將《紅樓夢》的文氣形容為黃河出崑崙，

〔註171〕陳曦鐘，侯忠義，魯玉川輯校，水滸傳會評本〔M〕，北京：北京大學出版社，1981：219。
〔註172〕馮其庸纂校訂定，陳其欣助纂，八家評批紅樓夢〔M〕，北京：文化藝術出版社，1991：209。
〔註173〕丁錫根編著，中國歷代小說序跋集（中）〔M〕，北京：人民文學出版社，1996：1167。
〔註174〕朱一玄，紅樓夢脂評校錄〔M〕，濟南：齊魯書社，1986：529。
〔註175〕馮其庸纂校訂定，陳其欣助纂，八家評批紅樓夢〔M〕，北京：文化藝術出版社，1991：76。
〔註176〕馮其庸纂校訂定，陳其欣助纂，八家評批紅樓夢〔M〕，北京：文化藝術出版社，1991：1693。
〔註177〕朱一玄，紅樓夢脂評校錄〔M〕，濟南：齊魯書社，1986：534。

經過數萬里的流淌，曲曲折折，最後奔流入海，大氣滂沱，奇特險怪。此類宏偉意象，除黃河之外，還有日、月之屬等。如毛宗崗《三國志演義回評》第三回評言：「天子者，日也。日而借光於螢火，不成其為日矣。後人以孔明在蜀，耿耿如長庚之照一方。夫長庚則固盛於熒光百倍也。」〔註178〕毛宗崗此是以日喻天子，以長庚星喻諸葛孔明。日與長庚星皆屬於宏偉意象。又比如李贄《西遊記評》第一回原文：「此山叫做靈臺方寸山。」夾批：「『靈臺方寸』，心也。」〔註179〕又原文：「山中有座斜月三星洞。」夾批：「『斜月』像一勾，『三星』像三點也，是心。言學仙不必在遠，只在此心。」〔註180〕此是以山譬心，以星月之組合譬心，喻體之意象皆宏闊偉麗，奇特無比。

其四，心戚戚景淒淒的主導性悲感畫面。

明清小說比喻式評點所構置的心景相映圖雖有冷有暖，有喜有哀，但其主導性畫面仍是心悲景慘的傷感畫面。究其原因，大致在於中國小說所呈現了中國文化悲的底色，縱然有表面的喜樂也逃不過底裏的悲涼，悲劇意識滲透在小說行文之中，也貫穿於小說評點家的評批文字裏邊。

以《金瓶梅》評批文字為例。如張竹坡《金瓶梅回評》第七回評道：「然則《金瓶梅》何言之？予又因玉樓而知其名《金瓶梅》者矣。蓋言雖是一枝梅花，春光爛熳，卻是金瓶內養之者。夫即根依土石，枝撼煙雲，其開花時亦為日有限，轉眼有黃鶴玉笛之悲。奈之何折下殘枝，能有多少生意，而金瓶中之水，能支幾刻殘春哉？明喻西門之炎熱，危如朝露，飄忽如殘花，轉眼韶華，頓成幻景，總是為一百回內，第一回中色空財空下一頂門針。而或謂如《檮杌》之意，是皆欲強作者為西門開帳簿之人，烏知所謂《金瓶梅》者哉？」〔註181〕張竹坡認為，用一片哀心去體味《金瓶梅》寓意，方得《金瓶梅》作書之旨。梅花雖好，卻是瓶內寄養，就算生長在土壤之中的梅花，其花開的時日也有限，轉眼便枝殘葉敗，何況插在瓶內的殘枝死水，梅花命殞香消的時日便更加迅速。此悲涼景象預示西門慶之樂極盛極只在一時，轉眼便如朝

〔註178〕〔元末明初〕羅貫中原著，〔清〕毛宗崗評點，毛批三國演義〔M〕，天津：天津古籍出版社，2006：16。

〔註179〕〔明〕吳承恩原著，〔明〕李卓吾評點，李卓吾先生批點西遊記〔M〕，天津：天津古籍出版社，2006：6。

〔註180〕〔明〕吳承恩原著，〔明〕李卓吾評點，李卓吾先生批點西遊記〔M〕，天津：天津古籍出版社，2006：6。

〔註181〕〔明〕蘭陵笑笑生著，〔清〕張道深評，王汝梅、李昭恂、於鳳樹校點，張竹坡批評金瓶梅〔M〕，濟南：齊魯書社，1991：110。

露般蒸發殆盡，如殘花死於金瓶之內，再大的富貴也終化為烏有。又如劉厚生譯漢《滿文譯本金瓶梅序》：「西門慶臨死之時，有喊叫的，有逃走的，有詐騙的，不啻燈吹火滅，眾依附者亦皆如花落木枯而敗亡。」〔註182〕西門慶之死好似燈吹火滅，眾多依附於西門慶的各色人等也紛紛像花落木枯般敗亡。又有《金瓶梅》文龍批本第四回評言：「此刻西門慶，早已忘記武松；此刻潘金蓮，但知防備武松；此刻王婆子，惟有借金蓮之貨，以騙西門之財，是三人者，正是利令智昏，色迷心竅，如入茫茫大海，實有不能自主者。」〔註183〕色迷心竅對應的景象是茫茫不可預知的大海，大海具有吞噬一切的力量，正如人心之欲望般可怕，洪水猛獸，銷蝕一切，一時的喜樂卻包藏著永恆的悲戚。

四、析理中寓直感

明清小說比喻式評點方式並不是對於理論的背棄，而是對理論的超越，這種印象派式的批評方式經歷了感性到理性，再由理性到感性的深刻發展歷程。正如印象派繪畫並非不懂繪畫的傳統技法，而是在精熟舊的技藝之後，所創造出的新的屬於自己的表達方式，印象主義的文學藝術也並不是不諳理論，而是在透析了理論之後，選擇以一種更直觀、更感性、更容易被人所理解和接受的話語形式表述出來，以達到事半功倍的藝術成效。

如金聖歎《讀第五才子書法》在總結《水滸傳》寫作技法時便以直觀可感，便於讀者理解感悟的語言形式來概括他的一番理論：「有草蛇灰線法、有大落墨法、有綿針泥刺法、有背面鋪粉法、有獺尾法、有橫雲斷山法、有鸞膠續弦法……」〔註184〕除此之外，明清小說評點中以直感的方式將理論生動形象地析明出來的例子還涵蓋了諸多方面。

其一，將小說中作者的說理議論以感性直觀之喻形容而出。

小說是「文備眾體」的文學體裁，小說中也包含有作者的議論，評點者點評小說中作者議論不是用乾巴巴的理論描述，而是出之以具體可感、貼近生活的譬喻。如馮鎮巒《讀聊齋雜說》：「……第一議論醇正，準理酌情，毫無可駁。如名儒講學，如老僧談禪，如鄉曲長者讀誦勸世文……」〔註185〕馮鎮

〔註182〕朱一玄編，金瓶梅資料彙編〔M〕，天津：南開大學出版社，2012：559。
〔註183〕朱一玄編，金瓶梅資料彙編〔M〕，天津：南開大學出版社，2012：582。
〔註184〕陳曦鍾，侯忠義，魯玉川輯校，水滸傳會評本〔M〕，北京：北京大學出版社，1981：20。
〔註185〕張友鶴輯校，聊齋誌異會校會注會評本〔M〕，北京：中華書局，1962：11。

巒指出，《聊齋誌異》中的議論性文字如同名儒講學，老僧談禪，鄉曲裏面的年長之人讀誦勸世文章，幾個具體例子，就能使讀者充分體味到《聊齋誌異》議論文字的特色。

其二，文章風格論的感性言說。

如《聊齋誌異》的文章風格善於變化翻新，並非似流水帳般死板著臉一成不變地敘述下來。馮鎮巒《讀聊齋雜說》就有關於此種文章風格的生動剖析：「《聊齋》之妙，同於化工賦物，人各面目，每篇各具局面，排場不一，意境翻新，令讀者每至一篇，另長一番精神。如福地洞天，別開世界；如太池未央，萬戶千門；如武陵桃源，自闢村落。不似他手，黃茅白葦，令人一覽而盡。」〔註186〕文章風格如何變化，需要符合何等規程，並無需索解，告訴讀者別開福地洞天之新世界，不傍他人，自己獨立開闢新天地，卻有醍醐灌頂之功效。而福地洞天的新世界、萬戶千門的太池未央、自闢村落的武陵桃源與一覽而盡、枯索乏味的黃茅白葦則帶給人以感性直觀的視覺衝擊力。

其三，文章結構理論的直觀表述。

明清小說評點者在說明小說的寫作結構時也訴諸直觀。如臥閒草堂本《儒林外史回評》第三十三回評言：「……凡作一部大書，如匠石之營宮室，必先具結構於胸中，孰為廳堂，孰為臥室，孰為書齋灶廄，一一布置停當，然後可以興工。此書之祭泰伯祠，是宮室中之廳堂也。」〔註187〕評者將寫作長篇小說比為建造一棟房屋，先將房屋的整體構架形成於頭腦之中，哪裏建造廳堂，哪裏建造臥室，哪裏建造書房，哪裏建造廚房，先有一個具體構想，然後再進行具體的搭建即具體的文章寫作，有了整體的規劃，再把握好重要的文章節點，是做好一部書的訣竅。

又如哈斯寶《〈新譯紅樓夢〉回批》第十六回評道：「……開卷以來一一寫出的人物在本回已經齊全……下一回又把十二釵出齊。這兩回便是全書的結紐，用衣服作比喻便是腰帶，拿四季打比方就好比夏天，熱極盛極。」〔註188〕如哈斯寶所指出，在小說結構中，每一部分的地位是不盡相同的，有的文章段落佔據重要的結紐地位，有的文章段落雖也不可或缺，但卻在全書結構

〔註186〕張友鶴輯校，聊齋誌異會校會注會評本〔M〕，北京：中華書局，1962：13。
〔註187〕〔清〕吳敬梓著，李漢秋輯校，儒林外史匯校匯評〔M〕，上海：上海古籍出版社，2010：377。
〔註188〕〔清·蒙古族〕哈斯寶著，亦鄰真譯，《新譯紅樓夢》回批〔M〕，呼和浩特：內蒙古人民出版社，1979：64。

位次中未顯突出。哈斯寶將小說中較為顯眼的「結紐」章節形容為人體著衣的腰帶位置和一年四季的夏天的時段，地位的顯赫熱烈便一目了然。

還譬如曾樸《孽海花代序——修改後要說的幾句話》對其所著《孽海花》與《聊齋誌異》的結構相異所作的形象比喻：「……但他說我的結構和《儒林外史》等一樣，這句話，我卻不敢承認，只為雖然同是聯綴多數短篇成長篇的方式，然組織法彼此截然不同。譬如穿珠，《儒林外史》等是直穿的，拿著一根線，穿一顆算一顆，一直穿到底，是一根珠練；我是蟠曲迴旋著穿的，時收時放，東西交錯，不離中心，是一朵珠花。譬如植物學裏說的花序，《儒林外史》等是上升花序或下降花序，從頭開去，謝了一朵，再開一朵，開到末一朵為止。我是傘形花序，從中心幹部一層一層的推展出各種形象來，互相連結，開成一朵球一般的大花。」〔註189〕曾樸在解釋其小說作品《孽海花》與《聊齋誌異》的異同時，如果用純理論的辯證方式既會費掉很大力氣，又辨得不明，且不容易被讀者所理解，所以，曾樸巧妙地將理論上的事理用生動形象的具體事物闡明出來，令讀者讀之輕鬆親切，一看便明。

其四，小說人物論的生動形象性。

小說中描寫人物的特點一般不會通過理論的科學分析，而是用感性形象繪聲繪色地描摹。小說評點者分析人物特點的巧妙之處正在於其將小說作者的人物寫作方式借用過來，得心應手地用在小說評點中。如哈斯寶《〈新譯紅樓夢〉回批》第九回評道：「賈母將荔枝比作猴子，因為她自己就是一個猴子。賈政用硯打謎，因他本身是用它來弄虛作假的。元春暴興暴亡，正如爆竹。迎春夫婦不睦，好像算盤。探春遠嫁千里，何異風箏。寶玉見什麼人變什麼樣，活像一面鏡子。黛玉以更香作詩，是自述。寶釵用蓮蓬打謎，則是斷言自己的結局。」〔註190〕賈母似猴子，賈政如硯臺，元春像爆竹，迎春似算盤，探春像風箏，寶玉如鏡子，人物與物象的連接，化抽象為具體，化複雜為簡單，可使讀者對人物本質有更深切的感悟和體察。

其五，敘事方式的藝術性傳達。

小說有多種敘事方式，盛時彥《閱微草堂筆記姑妄聽之跋》言：「敘述剪

〔註189〕朱一玄編，明清小說資料彙編（下）〔M〕，天津：南開大學出版社，2012：869。

〔註190〕〔清·蒙古族〕哈斯寶著，亦鄰真譯，《新譯紅樓夢》回批〔M〕，呼和浩特：內蒙古人民出版社，1979：45～46。

裁，貫穿映帶，如雲容水態，迴出天機，則文章亦見焉。」〔註191〕盛時彥將小說巧妙的敘事，譬喻為水的姿態、雲的容貌，變化多端，美妙可感。

又如脂硯齋等《紅樓夢評》第十六回，甲戌回前評：「……所謂由小及大，譬如登高必自卑之意。細思大觀園一事，若從如何奉旨起造，又如何分派眾人，從頭細細直寫將來，幾千樣細事，如何能順筆一氣寫清，又將落於死板拮据之鄉。故只用璉、鳳夫妻二人一問一答，上用趙嫗討情作引，下文蓉、薔來說事作收，餘者隨筆順筆略一點染，則耀然洞徹矣。此是避難法。」〔註192〕《紅樓夢》「由小及大」的「避難法」敘事手法，批者譬喻為「登高必自卑」，人只有處在低處，才有可能向高處進發，小說為敘大的情節故事須從小處著手，由小到大，方是竅訣。而不是採用死板蠢笨的流水帳寫法，既耗墨太多，又難以將事情全部敘述清楚。

再如王希廉《紅樓夢總評》所言：「……或夾敘別事，或補敘舊事，或埋伏後文，或照應前文，禍福倚伏，吉凶互兆，錯綜變化，如線穿珠，如珠走盤，不板不亂……」〔註193〕王希廉指明，《紅樓夢》中「夾敘」、「補敘」、「埋伏」、「照應」等種種敘事手法縱然變化多端，但各種敘事方式的轉換使用卻自然而然，好似散落的珠子用一根牢牢的線穿起來，就像一顆珠子在盤子中滾動，順滑無比。

還如哈斯寶《〈新譯紅樓夢〉回批》第二回所評：「村肆沽飲一段，好比把一絡長髮盤在頭頂，榮寧二府那麼多的事，那麼多的人，一時間絲毫不紊，一件件一樁樁，由冷子興口中道出，聽起來這不就像把千絲萬縷攏到一起，用繩結起來一樣麼？」〔註194〕哈斯寶將從小說人物口中側面敘出複雜人情事態的敘事方式喻為將千絲萬縷聚攏在一起，用繩子結起來，將繁複的頭緒捋清，將複雜的問題化簡單。

其六，文字應講求變化。

小說寫作要有曲折，注重變化，方能引人入勝，評點當中對文字的變化並沒有做邏輯上的分析，提出一種精確、萬全的理論，實際也很難做到如此，

〔註191〕朱一玄編，聊齋誌異資料彙編〔M〕，天津：南開大學出版社，2012：497。

〔註192〕朱一玄，紅樓夢脂評校錄〔M〕，濟南：齊魯書社，1986：211。

〔註193〕馮其庸纂校訂定，陳其欣助纂，八家評批紅樓夢〔M〕，北京：文化藝術出版社，1991：2。

〔註194〕〔清·蒙古族〕哈斯寶著，亦鄰真譯，《新譯紅樓夢》回批〔M〕，呼和浩特：內蒙古人民出版社，1979：29～30。

更有效的方式是將小說文字的變化用藝術性的語言闡述出來，訴諸心中的直感，引發讀者的共鳴。

　　如臥閒草堂本《儒林外史回評》第三回評言：「於閱范進文時，即順手夾出一個魏好古，文字始有波折。譬如古人作書，必求筆筆有致，不肯作蒜條巴子樣式也。」〔註195〕古人作書，文字上應講求變化，不能如「蒜條巴子」似的一成不變，韻致的取得在於知變，旁逸斜出方顯得獨特而有生趣。此條比喻借助生活中常見的喻體，生動形象，帶有濃鬱的生活氣息。此回又評：「……作者之筆，其為文也如雪，因方成珪，遇圓成璧；又如水，盂圓則圓，盂方則方。」〔註196〕吳敬梓寫作《儒林外史》筆底變化百端，用雪與水兩種意象形容之，再適切不過。雪從天而降，遇到方形器皿，便變成珪，遇到圓形器皿，便變成玉璧的模樣。水流動靈巧，隨物賦形，流至圓形地塊便形成一汪圓潭，流至方形地塊又變成方形的水窪。

　　文字變化速疾，可將現實中數日數年發生的事濃縮成小說的一個章節一個片段，一年四季的更替，人來人往的輪換，在小說文人的筆下自然流轉，如哈斯寶《〈新譯紅樓夢〉回批》第二十三回所評：「這一回裏，因為寫了一篇《桃花行》，忽而想起海棠社，要改作桃花社，忽而說舅太太來了，忽而次日又成了探春生日，把建社改在初五，忽而又有賈政書信到，忽而寶玉又作起功課，忽而賈政歸期推遲，忽而成了填柳絮詞，這都寫出世間事速緩成敗無定，又顯出作者筆鋒神速，有如鳥驚兔奔。」〔註197〕如哈斯寶所評，《紅樓夢》在其有限的文字中囊括數目繁多的事節，其轉換之速，哈斯寶將之形容作鳥驚兔奔，自然而然地發生，卻又令人猝不及防。

　　其七，與現實生活緊密結合的創作境界和追求。

　　臥閒草堂本《儒林外史回評》第三回，用藝術性的表述揭櫫出《儒林外史》現實主義創作手法：「輕輕點出一胡屠戶，其人其事之妙一至於此，真令閱者歡賞叫絕，余友云：『慎毋讀《儒林外史》，讀竟乃覺日用酬酢之間，無往

〔註195〕〔清〕吳敬梓著，李漢秋輯校，儒林外史匯校匯評〔Ｍ〕，上海：上海古籍出版社，2010：59。

〔註196〕〔清〕吳敬梓著，李漢秋輯校，儒林外史匯校匯評〔Ｍ〕，上海：上海古籍出版社，2010：60。

〔註197〕〔清‧蒙古族〕哈斯寶著，亦鄰真譯，《新譯紅樓夢》回批〔Ｍ〕，呼和浩特：內蒙古人民出版社，1979：85～86。

而非《儒林外史》。」此如鑄鼎象物，魑魅魍魎，毛髮畢現。」〔註198〕《儒林外史》因以現實為模本，其中的人物故事都脫胎於現實生活，所以《儒林外史》中的人看起來與現實生活中的人並無二致，《儒林外史》中發生的事情也與現實生活中的事情鮮有出入，評點將小說中人事與現實中人事之契合比作「鑄鼎象物」，各類事物，分毫不爽。

以上，明清小說評點中比喻式評點的特點和方式與印象主義文學藝術的特點和內質進行了一定的比對、分析和舉例說明。互文性的基點，東西方人類藝術共通相融的本質，破舊立新、回歸自我本性的追求，此三點，使得中國比喻式評點與西方印象派有了對話的可能。

第三節　空白意境與接受美學

明清小說評點與西方文學批評對話的達成還體現在其與西方接受理論的契合與融通方面。

學界對中國古代文論中接受美學的因子已有系統探析。如樊寶英《接受美學與中國古代文論研究》，指出德國學者堯斯與伊瑟爾於二十世紀六十年代創立接受美學，梳理了以接受美學研究中國古代文論所經歷的不同階段，包括移植、嘗試、系統探討等等。〔註199〕與此議題相關的研究論文頗豐，如劉健《接受美學視野下的中國古代文論》，指出接受美學的核心理論主要包括「期待視野」、「召喚結構」、「隱含的讀者」。作者指出，在中國古代文論中同樣存在與西方接受理論相似的文學觀念，如虛實、形神、言意、滋味、妙悟、意境等等，並提出了中西接受理論的四點相同，即文學作品的價值基於文學作品本身的結構，文學作品價值之實現基於讀者的欣賞，文學作品價值的生成受制於讀者欣賞文本的水平，讀者自身的素養閱歷影響其對文學作品的欣賞水準。〔註200〕陳昕《中國古代文論中的「接受美學」》，探討了中國古代文論中的「知音」、「韻味」、「涵泳」、「妙悟」等等，並找尋了其與西方接受美學的契

〔註198〕〔清〕吳敬梓著，李漢秋輯校，儒林外史匯校匯評〔M〕，上海：上海古籍出版社，2010：60。
〔註199〕樊寶英，接受美學與中國古代文論研究〔J〕，學術研究，1997，（5）：67～68。
〔註200〕劉健，接受美學視野下的中國古代文論〔J〕，長城，2010，（8）：100～102。

合點。〔註 201〕樊鳳芝《中國古代文論中的接受理論》，以時間為縱軸線展開論述，總結了先秦時期儒家的接受思想，如孟子「知人論世」和「以意逆志」說，道家的接受思想，如老莊虛實哲學；魏晉南北朝時期的「言意之辨」，如荀粲「言不盡意」說，歐陽建「言盡意」說，王弼對莊子「得意忘言」思想的承襲，劉勰《文心雕龍》中「知音」等思想；唐代王昌齡《詩格》以「境」論詩，皎然《詩式》對「意境」的闡解，司空圖「味外之旨」、「思與境諧」的「意境」理論；宋代邵雍「以物觀物」說（與道家「虛靜」、叔本華「審美靜觀」似），朱熹「涵詠」說（似劉勰之「玩繹」），嚴羽「興趣」、「妙悟」之論；清代王夫之所推崇的「情景交融」的藝術至境；王國維「境界」說。作者指出，中國古代文論中的接受理論植根於「天人合一」、「和為貴」、「忠」（忠於文本）等中國傳統文化土壤中，並總結出其四個特點：感性直觀、注重客觀、呼喚知音、「三位一體」（作者、作品、讀者）。〔註 202〕

有的研究者注力於對中國古典詩論「意境」的接受美學探討，如李權《接受美學視域下中國古典詩論「意境」研究》，認為西方接受美學中「隱含的讀者」與中國古典詩學的「知音」相互契合，什克洛夫斯基提出的「陌生化」概念恰是「意境」創設的方法之一。文學文本中的「意境」處於虛渺、動態、變化之中，「意境」的創設有賴於文學文本與接受者之間的相互作用，共鳴、淨化（消除雜念、提升境界）和領悟是意境的體驗與期待視野相融所經歷的三階段。〔註 203〕

有的論文剖析了中國小說文本中的接受美學質素，如張倩《金庸小說接受意識與空白藝術》，分析了金庸小說對中國傳統文化以及俠義心理形成的召喚結構，通俗的娛樂文化和感性追求所形成的讀者期待視野，並從諸方面分析了金庸小說的「空白」構設：語義的多元化、語言的省略含混、比喻等修辭手法的運用，人物語言、肖像、動作等的變化處理，情節、環境的虛實相生等等。〔註 204〕

〔註 201〕陳昕，中國古代文論中的「接受美學」〔J〕，廣西社會科學，2004，（5）：96～98。

〔註 202〕樊鳳芝，中國古代文論中的接受理論〔D〕，長春：東北師範大學，碩士學位論文，2008。

〔註 203〕李權，接受美學視域下中國古典詩論「意境」研究〔D〕，湘潭：湘潭大學，碩士學位論文，2011。

〔註 204〕張倩，金庸小說接受意識與空白藝術〔D〕，齊齊哈爾：齊齊哈爾大學，碩士學位論文，2013。

　　關於明清小說評點與西方接受理論的交互，如張馨月《以接受美學視角看張竹坡的〈金瓶梅〉評點》，概述了張竹坡《金瓶梅》評點的生活期待視野和文學期待視野，參照接受美學代表人物姚斯提出的文本接受三階段，即初級審美感應、中級反思、歷史視野，總結分析了一級閱讀中的對語言、修辭、情感、審美的把握，二級閱讀中提出的「情理」說、「穿插」「掩映」的「空白」創設技巧以及「否定」（褒貶人物、皮裏陽秋）這一接受美學的範疇，三級閱讀中站在歷史的座標系上對《金瓶梅》作一評價。〔註205〕

　　明清小說評點與西方接受美學有頗多融通契合之點，這一尚未充分、系統開掘的場域，有可探的必要。

一、明清小說評點中的「期待視野」

　　「期待視野」是西方接受理論核心概念之一，指的是不同讀者在閱讀、賞鑒、批評文學作品時，由於其素質、興趣、閱歷、經驗、理想等等的不同，會表現出不同的閱讀水平，會對文學文本持有不同的審美期待。明清小說評中，便有圍繞「期待視野」所做的多方面探討。

　　首先，注重接受者接受的程度，倡言通俗，雅俗共賞。如蔡奡《東周列國志序》：「《東周列國》一書，稗官之近正者也。周自平轍東移，下逮呂政，上下五百有餘年之間，列國數十，變故萬端，事緒紛糾，人物龐雜，最為棘目聱牙，其難讀更倍於他史。而一變為稗官，則童稚無不可讀，夫至童稚皆可讀史，豈非大樂極快之事邪。」〔註206〕如蔡奡所言，像《東周列國志》此類的書，將上下五百多年的歷史風雲變幻、人物事件囊括其中，用淺顯的語言文字表出之，使得孩童都可以對歷史耳熟能詳，而不是空對著佶屈聱牙的史書望洋興歎。小說化難理解的史書為通俗易懂的文字，便於不同文化水平的人接受。又如金聖歎《三國志演義序》道：「今覽此書之奇，足以使學士讀之而快，委巷不學之人讀之而亦快，英雄豪傑讀之而快，凡夫俗子讀之而亦快也。」〔註207〕如金聖歎所言，不論是學士通儒、市井細民，還是英雄豪傑、

〔註205〕張馨月，以接受美學視角看張竹坡的《金瓶梅》評點〔D〕，長春：吉林大學，碩士學位論文，2008。

〔註206〕丁錫根編著，中國歷代小說序跋集（中）〔M〕，北京：人民文學出版社，1996：868。

〔註207〕〔元末明初〕羅貫中原著，〔清〕毛宗崗評點，毛批三國演義〔M〕，天津：天津古籍出版社，2006。

凡夫俗子，都可閱讀《三國志演義》，雅俗共賞。冰玉主人《平山冷燕序》言：
「夫文人遊戲之筆，最宜雅俗共賞。陽春白雪，雖稱高調，要之舉國無隨而
和之者，求其拭目而觀，與傾耳而聽，又烏可得哉。」〔註208〕冰玉主人認為，
「文人遊戲之筆」即小說最應做到通之於俗。稗官小說應從讀者接受角度考
慮，迎合不同讀者的「期待視野」，做到雅俗共賞。又如袁宏道《東西漢通俗
演義序》所敘：「里中有好讀書者，緘默十年，忽一日拍案狂叫曰：『異哉，卓
吾老子吾師乎！』客驚問其故，曰：『人言《水滸傳》奇，果奇。予每檢《十
三經》或《二十一史》，一展卷，既忽忽欲睡去，未有若《水滸》之明白曉暢、
語語家常，使我捧玩不能釋手者也。若無卓老揭出一段精神，則作者與讀者，
千古俱成夢境。』」〔註209〕袁宏道所說的好讀書之人，雖好讀書，卻也對古
奧的《十三經》、《二十一史》提不起興趣，一讀經史，便想要睡覺。而讀小說
則不一樣，如《水滸傳》，語言文字通俗易懂，看起來不費力氣，且又生動有
趣，令人興致盎然。可見，小說不同於經史，其「明白曉暢、語語家常」的特
點更容易抓住讀者，適合不同讀者對文本的審美期待。

其次，讀者因素養不同，對作品的審美期待和接受迥別。如弄珠客《金
瓶梅序》言：「……讀《金瓶梅》而生憐憫心者，菩薩也；生畏懼心者，君子
也；生歡喜心者，小人也；生效法心者，乃禽獸耳。」〔註210〕正如弄珠客所
言，不同讀者閱讀《金瓶梅》，有的會生發出憐憫之心，有的會生發出畏懼之
心，有的會生發出歡喜之心，有的會生發出效法之心，而對小說作品不同的
接受效果便是由於讀者素養不同所導致的。又如馮鎮巒《讀聊齋雜說》：「《聊
齋》一書，善讀之令人膽壯，不善讀之令人入魔。」〔註211〕善讀《聊齋誌異》
的讀者讀了《聊齋誌異》便會更壯其膽，而不善讀《聊齋誌異》的讀者讀了容
易入魔。又有劉廷璣《在園雜誌》卷二所言：「……在乎人之善讀與不善讀耳。
不善讀《水滸》者，狠戾悖逆之心生矣。不善讀《三國》者，權謀狙詐之心生
矣。不善讀《西遊》者，詭怪幻妄之心生矣。欲讀《金瓶梅》，先須體認前序

〔註208〕丁錫根編著，中國歷代小說序跋集（下）〔M〕，北京：人民文學出版社，1996：
　　　　1246。
〔註209〕丁錫根編著，中國歷代小說序跋集（中）〔M〕，北京：人民文學出版社，1996：
　　　　882～883。
〔註210〕丁錫根編著，中國歷代小說序跋集（中）〔M〕，北京：人民文學出版社，1996：
　　　　1079。
〔註211〕張友鶴輯校，聊齋誌異會校會注會評本〔M〕，北京：中華書局，1962：9。

內云:『讀此書而生憐憫心者,菩薩也;讀此書而生效法心者,禽獸也。』然今讀者多肯讀七十九回以前,少肯讀七十九回以後,豈非禽獸哉?」〔註212〕劉廷璣指出,文章既成,主要在於讀文章之人。就小說而言,不善於讀《水滸傳》的讀者,容易產生「狠戾悖逆之心」;不善於讀《三國演義》的讀者,容易產生「權謀狙詐之心」;不善於讀《西遊記》的讀者,容易產生「詭怪幻妄之心」。而對於《金瓶梅》這部小說而言,則應細細體會前序之語,讀《金瓶梅》心生憐憫者,可謂為菩薩,讀《金瓶梅》意欲效法者,委實是禽獸。可悲的是,如今的讀者喜好讀《金瓶梅》七十九回以前的文字,而鮮有肯讀七十九回以後的文字的,可見「禽獸」之多。劉廷璣《在園雜誌》卷二又道:「天下不善讀書者百倍於善讀書者。讀而不善,不如不讀;欲人不讀,不如不存。」〔註213〕「善讀」與「不善讀」便是讀者素養與欣賞水平的高下之別,這種差別有時是影響對文學作品審美的體驗,有時卻會導致閱讀結果的好壞。俠人《小說叢話》即言:「《紅樓夢》者……實其以大哲學家之眼識,摧陷廓清舊道德之功之尤偉者也。而世之人,顧群然曰:『淫書、淫書。』嗚呼!戴綠眼鏡者,所見物一切皆綠,戴黃眼鏡者,所見物一切皆黃。一切物果綠乎哉?果黃乎哉?《紅樓夢》非淫書,讀者適自成其為淫人而已。」〔註214〕在俠人看來,《紅樓夢》非但不是如一些讀者所說的所謂「淫書」,而且是一部偉大的經典巨著。《紅樓夢》的偉大表現在其寄寓了作者哲學家的眼識,對阻礙社會發展進步的舊道德具有摧陷廓清之功。而世上一些缺乏閱讀素養的讀者,卻大斥《紅樓夢》為「淫書」。而在俠人看來,《紅樓夢》不是「淫書」,說《紅樓夢》是「淫書」者實是「淫人」。世間之物是自然而然地存在著的,觀者戴上了綠色眼鏡,便道所見之物為綠色,戴上了黃色眼鏡,又道所見之物為黃色,實際不是客觀物體為綠為黃,而是觀者戴上了有色眼鏡罷了。讀者的素質低劣,鑒賞水平不佳便會影響閱讀效果,以至於埋沒作品,大為可憾。同樣意旨的批評,王鍾麟《論小說與改良社會之關係》中亦表明:「吾嘗謂《水滸傳》則社會主義之小說也;《金瓶梅》則極端厭世觀之小說也;《紅樓夢》則

〔註212〕 〔清〕劉廷璣撰,張守謙點校,在園雜誌〔M〕,卷二,北京:中華書局,2005:84。

〔註213〕 〔清〕劉廷璣撰,張守謙點校,在園雜誌〔M〕,卷二,北京:中華書局,2005:85。

〔註214〕 朱一玄編,紅樓夢資料彙編〔M〕,天津:南開大學出版社,2012:855～856。

社會小說也，種族小說也，哀情小說也。著諸書者，其人皆深極哀苦，有不可告人之隱，乃以委曲譬喻出之。讀者不知古人用心之所在，而以誨淫與盜目諸書，此不善讀小說之過也。」〔註215〕王鍾麟認為，《水滸傳》是社會主義小說，《金瓶梅》是極端厭世小說，《紅樓夢》是社會小說、種族小說、哀情小說兼而有之。這些書都是著者委曲用心之所在，並非所謂「獎盜」、「誨淫」之作。讀者不善讀，以至於與作者之意大相徑庭，究其根本，需在讀者自身尋求改變與進步的契機。

再次，明清小說評點中對讀者「期待視野」的期待。《金瓶梅》文龍批本第七十二回：「……若西門慶者，固不賢不善者也。其或思齊焉，其或自省焉，其或從之也，其或改之也，是在觀之者矣。」〔註216〕看一部頗具爭議的小說，讀者的「期待視野」便顯得尤為重要，因為讀者自身素質的差別所造成「期待視野」的迥異會對閱讀結果的優劣產生直接影響。故而，評點者對小說讀者提出了一系列要求。

其一，讀者應形成一定的「期待視野」，即具有相關的知識儲備，以了明本文意旨。如李贄《西遊記評》第一回總評：「讀《西遊記》者，不知作者宗旨，定作戲論。余為一一拈出，庶幾不埋沒了作者之意……余不必多為注腳，讀者須自知之。」〔註217〕《西遊記》字字藏意，讀者若沒有相關的知識儲備，便只是雲裏霧裏，不能了透文章意旨，因此評點者要求《西遊記》讀者應形成足以參閱此書的「期待視野」。

其二，評點者在評點中對讀者閱讀態度的要求，多為提醒讀者閱讀小說應用心仔細，不可大意馬虎。如脂硯齋等《紅樓夢評》第九回，原文：「只怨香、玉二人不在薛蟠前提攜幫補他。」靖藏眉批：「前有幻境遇可卿，今又出學中小兒淫浪之態，後文更放筆寫賈瑞正照，看書人細心體貼，方許你看。」〔註218〕批者要求閱讀《紅樓夢》之人應「細心體貼」，才有看書的資格。第十三回，原文：「鳳姐不敢就接牌。」戚序批道：「凡有本領者斷不越禮。接牌小事而必待命於王夫人者，誠家道之規範，亦天下之規範也。看是

〔註215〕朱一玄編，金瓶梅資料彙編〔M〕，天津：南開大學出版社，2012：671。
〔註216〕朱一玄編，金瓶梅資料彙編〔M〕，天津：南開大學出版社，2012：634。
〔註217〕〔明〕吳承恩原著，〔明〕李卓吾評點，李卓吾先生批點西遊記〔M〕，天津：天津古籍出版社，2006：9。
〔註218〕朱一玄，紅樓夢脂評校錄〔M〕，濟南：齊魯書社，1986：160。

書者不可草草從事。」〔註219〕批者提醒讀者細心體察文中細節所蘊之意涵，在微小事節處見出大事理。第二十二回，戚序回後評：「作者具菩提心……每於言外警人，再三再四，而讀者但以小說〈古〉[鼓]詞目之，則大罪過……其用心之切之誠，讀者忍不留心而慢忽之耶？」〔註220〕批者提醒讀者應對《紅樓夢》文本留心在意，對作者言外警人之處好好體察，而不應草草讀過，以純娛樂的無所謂態度對待。第四十二回，戚序回後評：「……而其中隱語，驚人教人，不一而足。作者之用心，誠佛菩薩之用心也，讀者不可因其淺近而渺忽之。」〔註221〕批者又提醒讀者認真對待《紅樓夢》文本，對《紅樓夢》意旨有所學習和受用，而不可走馬觀花，輕視怠慢。又如姚燮《紅樓夢回評》第三回所評：「按此回寧、榮二府房屋，中有花園隔住。東首為寧國府，賈赦、邢夫人所住也。稍西黑油大門，乃榮府之旁院。再西為榮國府大門。其正堂之東一院，賈政、王夫人所住也。其正堂之後，王夫人所住之西者，鳳姐之所住也。其自儀門內西垂花門進去，一所院落，賈母之所住也，出賈母所住後門，與鳳姐所住之院落相通，故鳳姐入賈母處，從後門來，路徑甚清晰，不得草草讀過，負作者之苦心。」〔註222〕姚燮作為一個細心的讀者，對《紅樓夢》文本深入、仔細研讀，甚至房屋居所也不放過，對榮國府、寧國府的房屋布局瞭如指掌。對賈赦、邢夫人、賈政、王夫人、王熙鳳、賈母等人所居位置仔細辨識，甚至房屋之大門的材質、顏色也不放過。只有熟知了小說人物活動的空間，才能對小說人物的活動態勢有一個宏觀全局式把握。姚燮深明此意，亦提醒讀者不能輕易略過，而應具有一絲不苟的閱讀態度。姚燮《紅樓夢回評》第十二回又評道：「前第三回黛玉入榮府，為入書正傳之第一年己酉。至第九回鬧書房，入第二年庚戌，至此回末，則第二年又盡矣。下自治秦氏喪起，為第三年之春辛亥。至第十八回元妃歸省，乃入第四年壬子之春。節次分明，不得草草讀過。」〔註223〕除了空間上的明瞭，姚燮還將小說時間進度了然於胸，明乎時間節氣，也需仔細閱讀小說文

〔註219〕 朱一玄，紅樓夢脂評校錄〔M〕，濟南：齊魯書社，1986：192。
〔註220〕 朱一玄，紅樓夢脂評校錄〔M〕，濟南：齊魯書社，1986：339。
〔註221〕 朱一玄，紅樓夢脂評校錄〔M〕，濟南：齊魯書社，1986：463。
〔註222〕 馮其庸纂校訂定，陳其欣助纂，八家評批紅樓夢〔M〕，北京：文化藝術出版社，1991：79。
〔註223〕 馮其庸纂校訂定，陳其欣助纂，八家評批紅樓夢〔M〕，北京：文化藝術出版社，1991：277。

本，不放過文中一言一語。以上所論，都是要求讀者在閱讀小說文本時，應秉持端正認真的閱讀態度。

其三，評點中對小說閱讀者鑒賞水準的期待。如陳其泰《紅樓夢回評》第四十四回評道：「……讀是書者，勿作矮人觀場，眼光只落在一處。」〔註224〕陳其泰提出對《紅樓夢》的欣賞應有全局概念，不可侷限視野，只看一處，不及其餘。陳其泰《紅樓夢回評》第四十一回又評道：「世俗之人，橫一團私欲於胸中，便處處以男女相悅之心，揣摩書中所敘之事。如妙玉之於寶玉，亦以為跡涉狎昵，真隔塵障千百層，無從與之領略此書旨趣也。此種筆墨，作者難，識者亦不易。余少時讀此回，亦不能無疑於妙玉，彼時只因未識得寶玉耳。及反覆尋繹，將寶玉之性情行事看透，方能處處領會作書者之旨趣。眼光稍一不到，不免冤枉殺妙玉，即是冤枉殺寶玉，且並黛玉亦冤枉殺也。」〔註225〕如陳其泰所評，世俗之人，由於私欲藏於胸中，其所形成的閱讀期待自然是帶有世俗的痕跡，容易以男歡女愛的眼光審視妙玉對寶玉的態度。故而陳其泰提出，應跳脫此種「期待視野」，可行的方法之一便是要反覆尋繹玩味書中意旨，提高自身鑒賞水準。留心考究、反覆思索是提高對小說文本閱讀、賞鑒乃至評批水平的有效方式之一，如哈斯寶《〈新譯紅樓夢〉讀法》所道：「……第一回裏說書中寫的是『親見親聞的這幾個女子』，不過是指松說柏的手法，並非其實。仁人君子應當品味他『我堂堂鬚眉』，『背父兄教育之恩，負師友規訓之德』這些話，切勿為他移花接木的手段瞞過了。這些不必我來絮叨，明哲之士留心讀下去，自會明白。」〔註226〕哈斯寶認為，讀者應留心閱讀，仔細辨析《紅樓夢》文本之意。因為《紅樓夢》著者採用了「移花接木」的寫作手法，其文本字面上的意思並非是作者所真要表達的意思。如賈寶玉的所謂「背父兄教育之恩，負師友規訓之德」，並非真如作者所言。讀者只有留心閱讀，方能提高賞鑒水平。又如哈斯寶《〈新譯紅樓夢〉回批》第八回所批：「說四兒是個『乖巧不過的丫頭』，是第二十五回的伏線。說滿箱金銀的那些話，是第三十四回的鍵子。讀者應當留心記

〔註224〕〔清〕陳其泰評，劉操南輯，桐花鳳閣評《紅樓夢》輯錄〔M〕，天津：天津人民出版社，1981：152。

〔註225〕〔清〕陳其泰評，劉操南輯，桐花鳳閣評《紅樓夢》輯錄〔M〕，天津：天津人民出版社，1981：145～146。

〔註226〕〔清·蒙古族〕哈斯寶著，亦鄰真譯，《新譯紅樓夢》回批〔M〕，呼和浩特：內蒙古人民出版社，1979：22。

住，去查那兩回。」〔註227〕哈斯寶要求讀者應留心記住文中關鍵性語句，並且要反覆查看，只有這樣，才能具有鑒賞《紅樓夢》的基本前提。哈斯寶《〈新譯紅樓夢〉回批》第三十六回又言：「鳳姐、劉老老二人這次談話，以及將巧姐『也交給你了』，都是巧姐聘給王天合的伏筆，讀者應當三思。」〔註228〕哈斯寶要求讀者對《紅樓夢》的具體文句反覆思考。又評道：「寶釵說鳳姐應了神簽，又說寶玉要應扶乩批語，這裡很有中的深義，明哲之士請自己去悟。」〔註229〕總之，讀者留心閱讀、留心記憶、多思多悟，便不會囿於自身的「期待視野」，而形成「期待視野」的不斷更新和改良，以使得自身對文學文本有更佳的接受效力。

二、明清小說評點中的「召喚結構」——「空白」「意境」

西方接受美學中的「召喚結構」，即指文學文本之中含有大量「空白」之處，等待讀者去「填補」和「再創造」。文學作品中的「空白」之處是對讀者參與本文之「創造」的召喚，中國的「意境」說亦是引發讀者對文本的想像，參與對本文的「創造」。〔註230〕王建珍《意境空白的創造——從接受美學的視角》，認為文學作品「意境」中所構設的「空白」是被作者納入到文學文本中的「暗隱的讀者」，作者採取了「求真」、「求新」的創作原則使得「暗隱的讀者」在現實讀者之處走向具體。〔註231〕

明清小說評點中亦有對「召喚結構」的指涉和討論。其中囊括了幾個重要方面，概舉如下。

其一，「於沒文字處生色」。陳其泰《紅樓夢回評》第十七回評道：「有造園林之才者，未必有寫園林之筆；而擅寫園林之筆者，不難兼造園林之才。胸中邱壑，腕下煙霞，作者殆兩擅長乎。若逐一填開，則是匠頭立承攬，白螞

〔註227〕〔清·蒙古族〕哈斯寶著，亦鄰真譯，《新譯紅樓夢》回批〔M〕，呼和浩特：內蒙古人民出版社，1979：44。

〔註228〕〔清·蒙古族〕哈斯寶著，亦鄰真譯，《新譯紅樓夢》回批〔M〕，呼和浩特：內蒙古人民出版社，1979：125。

〔註229〕〔清·蒙古族〕哈斯寶著，亦鄰真譯，《新譯紅樓夢》回批〔M〕，呼和浩特：內蒙古人民出版社，1979：125。

〔註230〕陳峻俊，「空白」的召喚——接受美學與傳播學「空白」觀比較〔J〕，社會科學動態，1998，（11）：60～62。

〔註231〕王建珍，意境空白的創造——從接受美學的視角〔J〕，河北大學學報（哲學社會科學版），2005，（4）：40～43。

蟻寫經賑耳。此回妙訣，全在從賈政眼中看出來，能參活法，讀之如在目前，可當臥遊。更妙在未曾遊畢，當有餘不盡之致。益見此園廣大，使人想像無窮。文字之妙，偏於沒文字處生色，尤奇……」〔註232〕陳其泰指出，有造園林之才的人，未必有寫園林之妙筆；而擅於描繪園林的人，卻不難具有造園林之才。《紅樓夢》第十七回，如果是庸人寫之，必是逐一鋪排，做出一個流水的帳目。而《紅樓夢》著者的巧妙，則是從賈政眼中寫出大觀園裏的布局構設、美妙風景，令讀者讀去像在眼前一般，可謂跟隨賈政之眼遊歷了一遍大觀園。文章之妙更妙在還沒有遊盡大觀園，而使人回味無窮。大觀園之大，給人帶來無窮的想像空間。陳其泰認為，使人想像無窮的文字的妙處，偏偏是在沒有文字的地方生發出魅力光彩。又如陳其泰《紅樓夢回評》第四十三回評道：「寶玉癡情，不忘金釧，寫來躍躍紙上，尤妙在絕不點出。讀者自能領會，文法巧妙異常。」〔註233〕文法的巧妙是在於不寫，「絕不點出」，留有「空白」，給讀者以充分的想像餘地。臥閒草堂本《儒林外史回評》第五回亦評言：「除夕家宴，忽然被貓跳翻蒐簍，掉出銀子來，因而追念逝者，漸次成病，此亦柴米夫妻同甘共苦之真情。覺中庭取冷，遺掛猶存，未如此之可傷可感也。文章妙處，真是在語言文字之外。」〔註234〕《儒林外史》批者亦體會到《儒林外史》行文的「寫一照萬」。批者所謂「意在言外」，文章的妙處，乃是在語言文字之外。又哈斯寶《〈新譯紅樓夢〉回批》第二十七回批道：「文章中，有筆至意盡的，這不足為奇。筆不至而意已盡，才是奇妙。為寫妙玉之妙，寫得筆至意盡。琴象寶琴，今雖未寫寶琴，猶如其人在場，這才是筆下至而意已盡。」〔註235〕「筆不至而意已盡」的意思亦是「於沒文字處生色」，小說文本中並沒有寫出，卻已將意欲表達的意思傳達出來。文章不應形容太過，細述過冗，而應不寫盡，留有「空白」，從「無」中生出「有」。如張冥飛《古今小說評林》即言：「《官場現形記》……實有詞多意少之弊……蓋官場中人

〔註232〕〔清〕陳其泰評，劉操南輯，桐花鳳閣評《紅樓夢》輯錄〔M〕，天津：天津人民出版社，1981：90。

〔註233〕〔清〕陳其泰評，劉操南輯，桐花鳳閣評《紅樓夢》輯錄〔M〕，天津：天津人民出版社，1981：150。

〔註234〕〔清〕吳敬梓著，李漢秋輯校，儒林外史匯校匯評〔M〕，上海：上海古籍出版社，2010：83。

〔註235〕〔清·蒙古族〕哈斯寶著，亦鄰真譯，《新譯紅樓夢》回批〔M〕，呼和浩特：內蒙古人民出版社，1979：98。

之鑽營奔競，擠排傾軋，其手術大略相同，惟施用微異而已。寫之不已，花樣必然簡單，事實必然重複，閱之乃索然興盡。至作者之筆墨，固極善於形容，而有時亦嫌形容太過，不留餘地，使閱者無有餘不盡之思。」〔註236〕《官場現形記》為晚清李伯元所著長篇章回小說。其由三十多個相對獨立的官場故事聯綴而成，小說文本中涉及到包括清政府中上自皇帝、下至小吏在內的各色人等，開近代小說批判現實風氣之先。張冥飛對《官場現形記》的批評，即是嫌作者描摹刻畫過於細緻，難以給讀者留下想像空間。脂硯齋等《紅樓夢評》第一回，原文：「如今雖已有一半落塵，然猶未全集。」甲戌側批：「若從頭逐個寫去，成何文字？《石頭記》得力處在此……」〔註237〕批點者認為《紅樓夢》的得力之處便在於不寫盡，留有「空白」。又如第九回，原文：「如此這般，調撥他幾句。」戚序批：「如此便好，不必細述。」〔註238〕簡單幾筆便帶過，留有大量「空白」，反而比「細述」達到更好的藝術效果。「無中生有」，恰是在「空白」中能見出所有豐富。又如第二回，甲戌回前批：「此回亦非正文本旨，只在冷子興一人，即俗謂冷中出熱、無中生有也。其演說榮府一篇者，蓋因族大人多，若從作者筆下一一敘出，盡一二回不能得明，則成何文字？故借用冷字一人，略出其大半，使閱者心中，已有一榮府隱隱在心，然後用黛玉、寶釵等兩三次皴染，則耀然於心中眼中矣。此即畫家三染法也。」〔註239〕如批者所言，此回採用了「冷中出熱」、「無中生有」的寫作手法。《紅樓夢》著者採用此法的客觀原因在於，榮國府族大人多，如果一一詳細言明，恐怕小說一兩回的回目是難以道清的。所以作者僅借用冷子興一人之口，省去大半文字。而通過冷子興之口，讀者心中，已構建起了榮國府的大致面貌，之後再用林黛玉、薛寶釵重做皴染，則榮國府的景象在讀者心中便愈益明晰。批點者所言「冷中出熱」、「無中生有」，即是說小說中的「空白」包蘊著無限，等待著讀者去「填補」。

其二，「虛處傳神」。使用「虛筆」是「空白」創設的重要手法之一。明清小說評點者對此多有評述。如毛宗崗《三國志演義回評》第三十五回評道：

〔註236〕朱一玄編，明清小說資料彙編（下）〔M〕，天津：南開大學出版社，2012：822。

〔註237〕朱一玄，紅樓夢脂評校錄〔M〕，濟南：齊魯書社，1986：13。

〔註238〕朱一玄，紅樓夢脂評校錄〔M〕，濟南：齊魯書社，1986：161。

〔註239〕朱一玄，紅樓夢脂評校錄〔M〕，濟南：齊魯書社，1986：25。

「此回為劉玄德訪孔明，孔明見玄德作一引子耳。將有南陽諸葛廬，先有南漳水鏡莊以引之；將有孔明為軍師，先有單福為軍師以引之。不特此也，前回有玉龍、金鳳，此卷有伏龍、鳳雛；前回有一雀一馬，此卷乃有一鳳一龍：是前回又為此回作引也。究竟一鳳一龍，未曾明指其為誰。不但水鏡不肯說龍、鳳姓名，即單福亦不肯自道其真姓名。『龐統』二字在童子口中輕輕逗出，而玄德卻不知此人之即為鳳雛；『元直』二字在水鏡語間輕輕逗出，而玄德卻不知此人之即為單福。隱隱躍躍，如簾內美人，不露全身，只露半面，令人心神恍惚，猜測不定。至於『諸葛亮』三字，通篇更不一露，又如隔牆聞環珮聲，並半面亦不得見。純用虛筆，真絕世妙文！」〔註240〕如毛宗崗所評，《三國演義》寫法隱隱約約。要出南陽諸葛廬，先用南漳水鏡莊作引；要出諸葛亮為軍師，先用單福為軍師作引。要寫伏龍、鳳雛，卻用玉龍、金鳳作引；要寫一鳳一龍，卻用一雀一馬作引。而一鳳一龍究竟指的是誰，文中又略之不提。水鏡不肯說龍、鳳為誰，單福亦不肯自道姓名。「龐統」在童子口中輕輕逗漏而出，劉備卻和讀者一同埋在鼓裏；「元直」在水鏡語中略微一提，劉備亦是對單福為誰無從知曉。《三國演義》的這種文章寫法像簾內美人，觀者所看到的只是其朦朧的身影，而對其具體面龐卻觀看不到。行文純用虛筆，創設了大量「空白」。毛宗崗又評道：「玄德於波翻浪滾之後，忽聞童子吹笛，先生鼓琴；於電走風馳之後，忽見石案香清，松軒茶熟。正在心驚膽戰，俄而氣定神閑。真如過弱水而訪蓬萊，脫苦海而遊閬苑，恍疑身在神仙境界矣！至於夜半聽水鏡與元直共語，彷彿王積薪聽婦姑弈棋。雖極分明，卻費猜度。可聞而不可知，可聽而不可見。尤神妙之至！」〔註241〕毛宗崗指出，《三國演義》作者行文讓讀者讀之，彷彿置身於神仙幻渺之境。劉備在波翻浪滾之後，又聽到了童子吹笛、先生彈琴的悠然之音；在風馳電掣過後，又見石案香清，松軒茶熟。一會兒心驚膽戰，一會兒氣定神閑。小說作者運用虛筆，隱隱約約，創設出大量「空白」，令讀者猜測不定，給讀者以充分的想像空間。又如《新刻繡像批評金瓶梅評語》第五十九回，原文：「到個人家，只半截門兒，都用鋸齒兒鑲了，門裏立個娘娘，打扮的花花黎黎的。」崇眉批：「若玳

〔註240〕　〔元末明初〕羅貫中原著，〔清〕毛宗崗評點，毛批三國演義〔M〕，天津：
　　　　　　天津古籍出版社，2006：257。
〔註241〕　〔元末明初〕羅貫中原著，〔清〕毛宗崗評點，毛批三國演義〔M〕，天津：
　　　　　　天津古籍出版社，2006：257。

安開口說破，有何趣味！妙在令春鴻隱隱約約畫個影子，似是而實非，涵養文情，真如生龍活虎。」〔註242〕「隱隱約約畫個影子」，便是用虛筆虛寫的方式，留有「空白」，引發讀者想像與聯想。又如臥閒草堂本《儒林外史回評》第九回所評：「……執中愈不來，而公子想慕執中之心愈濃、愈確。其中，如看門之老嫗，賣菱之童子，無心點逗，若離若合，筆墨之外，逸韻橫生。」〔註243〕又評道：「……且文字最嫌直率。假使兩公子駕一葉之扁舟，走到新市鎮，便會見楊執中，路上一些事也沒有，豈非時下小說庸俗不堪之筆墨，有何趣味乎？」〔註244〕正如評者所評，小說文字最沒趣的便是直率之文，如果行文不留有一絲「空白」，而是如流水帳似如實寫去，讀者讀之，便味同嚼蠟，一點趣味都沒有。只有在筆墨之外，方逸韻橫生。《儒林外史》著者行文「若離若合」，虛筆點化，新鮮奇特，在文本「空白」處生發出趣味。臥閒草堂本《儒林外史回評》第二十四回亦提到了「避實擊虛」的運用虛筆之妙法：「……兩虛一實，襯托妙無痕跡。寫向知縣是個通才，卻不費筆墨，只用一兩句點逗大略，又從鮑文卿口中傳述。行文深得避實擊虛之妙。」〔註245〕小說欲寫向知縣是通才，絲毫沒有浪費筆墨，而是用一兩句話點出大略，又從鮑文卿口中傳述出來，類似於《紅樓夢》著者借冷子興之口表出榮國府，此類敘事妙法便是「避實擊虛」。王希廉《紅樓夢回評》第六十八回亦言及文字「隱躍」的虛化之筆：「哭罵吵鬧後忽指著賈蓉道：『今日才知道你了。』臉上眼圈兒一紅，及賈蓉跪下，鳳姐扭過臉去，賈蓉說：『以後不真心孝順，天打雷劈。』鳳姐瞅了一眼，啐說：『誰信你！』又咽住不說。此一段文字，隱隱躍躍，暗藏無限情事。如金鼓震天時，忽有鶯啼燕語，又如一片黑雲中微露金龍鱗爪。文人之筆，莫可端倪。」〔註246〕王希廉敏感地捕捉到《紅樓夢》文本的隱含之意，從王熙鳳對賈蓉的態度，以及賈蓉在王熙鳳面前的表現，可以想見二

〔註242〕秦修容整理，金瓶梅：會評會校本〔M〕，北京：中華書局，1998：792。

〔註243〕〔清〕吳敬梓著，李漢秋輯校，儒林外史匯校匯評〔M〕，上海：上海古籍出版社，2010：125～126。

〔註244〕〔清〕吳敬梓著，李漢秋輯校，儒林外史匯校匯評〔M〕，上海：上海古籍出版社，2010：126。

〔註245〕〔清〕吳敬梓著，李漢秋輯校，儒林外史匯校匯評〔M〕，上海：上海古籍出版社，2010：283。

〔註246〕馮其庸纂校訂定，陳其欣助纂，八家評批紅樓夢〔M〕，北京：文化藝術出版社，1991：1693。

人之間的關係非同一般。《紅樓夢》作者的巧妙之處便在於不直接言說王熙鳳與賈蓉之間非同一般的關係，而是交由讀者去猜想，去填補文中的「空白」。又如陳其泰《紅樓夢回評》第二十回評道：「寶釵圖謀寶玉親事，只忌得一個黛玉，必欲離間之，排擠之，書中從不實寫一筆，只在對面、旁面描寫出來，使讀者於言外得之。靈妙絕倫。」〔註247〕陳其泰指出，《紅樓夢》從不實寫，而是採用旁敲側擊的虛寫手法，讀者從虛處想見實情。陳其泰《紅樓夢回評》第七十九回又評道：「姻事已定，故不便見面，卻將真事隱去，是以遮雲掩月，總要讀者言外得之也。」〔註248〕《紅樓夢》採用虛筆，從虛處傳神的「遮雲掩月」之法，讀者在「填補」「空白」中會得其意。

　　其三，「避繁就簡」。「意境」的生成，「空白」的寫就，還有賴於「避繁就簡」的妙法，文字含蓄蘊藉，韻致自然呈現。如《新刻繡像批評金瓶梅評語》第十四回，原文：「月娘見他二人吃得餳成一塊，言頗涉邪，看不上⋯⋯」崇眉批：「飲酒中不序一語，只用『餳成一塊』十一字包括，而當時嬉笑狎昵情景宛然。人知其煩，而不知其簡之妙如此。」〔註249〕批點者指出，「餳成一塊」等簡短的十一字卻包含了嬉笑狎昵的豐富情景，此是《金瓶梅》著者行文的「簡」之妙法。《新刻繡像批評金瓶梅評語》第二十一回，原文：「畔幃瞱枕，態有餘妍。」崇夾批：「八字銷魂。」〔註250〕如批點者所批，八字便足以魂銷。又如脂硯齋等《紅樓夢評》第二十一回，原文：「深可敬愛。」庚辰夾批：「四字包羅許多文章筆墨⋯⋯」〔註251〕化繁為簡，十一字、八字、四字之精練，包蘊萬千文章筆墨，「銷魂」之「意境」由此生成。又第三回，原文：「這林黛玉常聽得母親說過。」蒙府批道：「以『常聽見』等字省下多少筆墨。」〔註252〕又原文：「才剛帶著人到後樓上找緞子。」甲戌側批道：「接閒文，是本意避繁也。」〔註253〕批點者點出《紅樓夢》著者旨在「避繁」。第四回，原文：「寫馮淵英蓮一段。」甲戌眉批：「⋯⋯英、馮二人一段小悲歡幻景，從葫蘆僧口中補出，省

〔註247〕〔清〕陳其泰評，劉操南輯，桐花鳳閣評《紅樓夢》輯錄〔M〕，天津：天津人民出版社，1981：97。

〔註248〕〔清〕陳其泰評，劉操南輯，桐花鳳閣評《紅樓夢》輯錄〔M〕，天津：天津人民出版社，1981：229。

〔註249〕秦修容整理，金瓶梅：會評會校本〔M〕，北京：中華書局，1998：209。

〔註250〕秦修容整理，金瓶梅：會評會校本〔M〕，北京：中華書局，1998：299。

〔註251〕朱一玄，紅樓夢脂評校錄〔M〕，濟南：齊魯書社，1986：310。

〔註252〕朱一玄，紅樓夢脂評校錄〔M〕，濟南：齊魯書社，1986：44。

〔註253〕朱一玄，紅樓夢脂評校錄〔M〕，濟南：齊魯書社，1986：52。

卻閒文之法也……」〔註254〕又是從小說人物口中補敘出豐富的故事情節，即所謂「省卻閒文之法」。又有第十六回，原文：「因此眾人嘲他越發呆了。」甲戌夾批：「大奇至妙之文，卻用寶玉一人連用五『如何』，隱過多少繁華勢利等文。試思若不如此，必至種種寫到，其死板拮据、〈鎖〉［瑣］碎雜亂，何〈不〉［可］勝哉？故只借寶玉一人如此一寫，省卻多少閒文，卻有無限煙波。」〔註255〕評點中所言「省筆墨」、「避繁」、「省卻閒文之法」、「隱過多少繁華勢利等文」、「省卻多少閒文」等等，均為避繁就簡的省筆之法，省去筆墨的「空白」之處，卻生發出無限煙波浩渺，引人遐思。哈斯寶《〈新譯紅樓夢〉回批》第四十回亦批道：「賈赦等人回家，一語帶過，了結此事，可見筆下俐落。」〔註256〕繁冗的文字省去，只用一語便帶過，用筆乾淨利落，簡而不繁。「避繁就簡」便是含蓄蘊藉，語不說盡而留有餘地。《新刻繡像批評金瓶梅評語》第四十三回，原文：「不然，我就叫狼筋抽起來。」崇夾批：「下語絕有含蓄。」〔註257〕用語含蓄蘊藉，「空白」的「意境」乃可營造，正如浴血生《小說叢話》所言：「社會小說，愈含蓄愈有味。讀《儒林外史》者，蓋無不歎其用筆之妙，如神禹鑄鼎，魑魅魍魎，莫遁其形。然而作者固未嘗落一字褒貶也。今之社會小說夥矣，有同病焉，病在於盡。」〔註258〕浴血生認為，社會小說，貴在含蓄，含蓄越多，滋味越足。小說「含蓄」而不說盡，留有「空白」，方「有味」，這是一種尊崇客觀性的創作態度，作者遁形，將創造的主場交與讀者。

其四，「看官思量」。小說文本中的「召喚結構」，大量的「空白」「意境」等待讀者去「填補」和「再創造」。這種「再創造」活動不應是毫不費力、走馬觀花式的敷衍塞責，而需要認真用心思索考量。如脂硯齋等《紅樓夢評》第八回，原文：「你不去倒茶，也在這裡發呆作什麼？」甲戌夾批：「請諸公掩卷合目想其神理，想其坐立之勢，想寶釵面上口中，真妙！」〔註259〕原文：「一面又問寶玉從那裡來。」甲戌側評：「妙神妙理，請觀者自思。」〔註260〕

〔註254〕朱一玄，紅樓夢脂評校錄〔M〕，濟南：齊魯書社，1986：77。

〔註255〕朱一玄，紅樓夢脂評校錄〔M〕，濟南：齊魯書社，1986：213～214。

〔註256〕〔清·蒙古族〕哈斯寶著，亦鄰真譯，《新譯紅樓夢》回批〔M〕，呼和浩特：內蒙古人民出版社，1979：133。

〔註257〕秦修容整理，金瓶梅：會評會校本〔M〕，北京：中華書局，1998：580。

〔註258〕朱一玄，劉毓忱編，儒林外史資料彙編〔M〕，天津：南開大學出版社，2012：452。

〔註259〕朱一玄，紅樓夢脂評校錄〔M〕，濟南：齊魯書社，1986：141。

〔註260〕朱一玄，紅樓夢脂評校錄〔M〕，濟南：齊魯書社，1986：142。

小說文本中的情境、神理和諸般妙處，都需要讀者凝神細想，心無旁騖，全身心投入其「意境」的氛圍構設之中，發揮自身想像力，對小說文本進行填補「空白」的再創造。哈斯寶《〈新譯紅樓夢〉回批》第一回批道：「葫蘆廟是一奇。它真是以地勢為名的麼？我看勿寧說以它的名字來描述地勢。一開卷就是葫蘆廟，這正是不知他葫蘆裏賣的什麼藥的時候。讀者不要被他騙過了。」〔註261〕哈斯寶指出，葫蘆廟是《紅樓夢》中之「一奇」，而葫蘆廟之「奇」，「奇」在哪裏，是需要讀者仔細思索的。讀者不應被《紅樓夢》表面文字所騙過，而應在文本「空白」處下工夫。哈斯寶又批道：「此書始於一夢，以一睡收場，這值得看官思量。」〔註262〕讀者對小說文本進行「再創造」時，應細細思量文中真義，不能只看其表象，而應透徹其底裏。哈斯寶《〈新譯紅樓夢〉回批》第三十七回，又批道：「寶玉到太虛幻境，用『好像曾到過的』數字來指第五回中寶玉見警幻仙子一事，特地提醒讀者，以免忘卻。牌坊上的一副對聯，與第一回上甄士隱所見對聯似同而異。那幾副同同異異的對聯、橫幅都有微旨，明哲之士請自悟知。」〔註263〕哈斯寶認為，《紅樓夢》中有些特定的文句是蘊藉深厚，提示「空白」之處的。意思是讓讀者發揮主觀能動性去填補小說文本中未直截道出的部分。哈斯寶提醒讀者，《紅樓夢》中的言語均藏有微旨，讀者應仔細辨析、探尋其背後的意涵。哈斯寶又言：「作畫之人雖能繪花，卻畫不出花香，故在花旁畫蝴蝶飛舞，以示花香。這不是畫蝴蝶，仍是畫花。雖能畫雪，但畫不出雪寒，所以要畫個雪中烤火的人，以示其寒。這不是畫火，仍舊是畫雪。本書多用此法暗中烘托故事，讀者應細想。倘若不明畫花繪雪的妙用，誤會為畫蝶畫火，豈不辜負了作者用心？如此說來，可知今之寫紫鵑，依舊是寫瀟湘……」〔註264〕哈斯寶舉了幾個形象的例子作說明，如繪製一幅圖片，想要表達花香，卻無法直接出示花香，而是在花朵旁畫上翩翩起舞的蝴蝶，以示花香。而整幅圖

〔註261〕〔清‧蒙古族〕哈斯寶著，亦鄰真譯，《新譯紅樓夢》回批〔M〕，呼和浩特：內蒙古人民出版社，1979：28。

〔註262〕〔清‧蒙古族〕哈斯寶著，亦鄰真譯，《新譯紅樓夢》回批〔M〕，呼和浩特：內蒙古人民出版社，1979：28。

〔註263〕〔清‧蒙古族〕哈斯寶著，亦鄰真譯，《新譯紅樓夢》回批〔M〕，呼和浩特：內蒙古人民出版社，1979：126～127。

〔註264〕〔清‧蒙古族〕哈斯寶著，亦鄰真譯，《新譯紅樓夢》回批〔M〕，呼和浩特：內蒙古人民出版社，1979：127。

畫不是在畫蝴蝶，而是在畫花。又如畫雪，作畫之人難以直接標明雪之寒冷，而是畫一個雪中烤火的人，以示寒冷。整幅圖畫不是在畫火，而仍是在畫雪。小說也是一樣，在閱讀小說文本之時，讀者不應只看到小說表面所寫為何，而應充分聯想和想像，反思文中背後意蘊，小說中的每一細節，都有微旨，讀者應用心考索，填補「空白」。

「召喚結構」召喚讀者填補「空白」進行的「再創造」，不是沒有根基的胡編亂造，而是依託於文學本文的用心考量，思維情感的天馬行空，終是以作品為軸心所展開的精神征途。

三、明清小說評點與西方接受美學之「小交集點」舉隅

除以上所論，明清小說評點與西方接受美學的大的融通方面，二者之間的一些「小交集點」亦有單列出來予以說明的必要。

（一）「知音」（「隱含的讀者」）

西方接受美學中所謂「隱含的讀者」（或曰「暗隱的讀者」）在明清小說批評中亦有指涉。毛宗崗《三國志演義回評》第六十回評道：「文有隱而愈現者：張松之至荊州，凡子龍、雲長接待之禮，與玄德對答之言，明係孔明所教，篇中只寫子龍，只寫雲長，只寫玄德，更不敘孔明如何打點，如何指使，而令讀者心頭眼底，處處有一孔明在焉。真神妙之筆！」〔註265〕所謂「隱而愈現」，小說作者將本文自身設定的能夠把文本提供的可能性加以具體化的預想讀者即「暗隱的讀者」參與進來，隱的部分便顯現出來。又如王希廉《紅樓夢回評》第六回評道：「賈蓉借玻璃炕屏，何必寫眉眼、身材、衣服、冠帶？作者自有深意。鳳姐先假不允，賈蓉屈膝跪求，始允借給；賈蓉出去，又喚轉來，鳳姐出神半日笑說：『罷了，晚飯後你來再說，這會子有人』等語，神情閃爍飄蕩，慧眼人必當看破。」〔註266〕《紅樓夢》著者在文中所設定的人物、情節、故事、文本，是其腦中有一預想的讀者即「隱含的讀者」，此「隱含的讀者」明瞭作者所寫文字的意思，即使並不點破，也會根據文中已有信息，對「空白」進行補足和推測。

〔註265〕〔元末明初〕羅貫中原著，〔清〕毛宗崗評點，毛批三國演義〔M〕，天津：天津古籍出版社，2006：444。

〔註266〕馮其庸纂校訂定，陳其欣助纂，八家評批紅樓夢〔M〕，北京：文化藝術出版社，1991：165。

　　明清小說評點中的「知音」概念大致與「隱含的讀者」意義相近。小說作者在文本中構設了暗藏之意，預想有「隱含的讀者」來發掘和理解，明清小說著者亦是呼喚「知音」的出現，能夠了明其所著小說的意涵。黃富民《儒林外史回評》第五十五回評道：「一部儒林，終之一琴，滔滔天下，誰是知音？」〔註267〕放觀天下萬千讀者，誰才是那個真正的「知音」？表達了對「知音」的殷切呼喚。又如哈斯寶《〈新譯紅樓夢〉回批》第四十回批道：「曹雪芹先生是奇人，他為何那樣必為曹雪芹，我為何步他後塵費盡心血？明白了。步他後塵費盡心血，我也成了一個曹雪芹。那曹雪芹有他的心，我這曹雪芹也有我的心。但悲我已得知他的心，而誰又知我心……」〔註268〕哈斯寶推尊《紅樓夢》著者曹雪芹先生為「奇人」，感佩其人，深諳其心。哈斯寶自認已懂得了曹雪芹的心，即是曹雪芹的「知音」，那麼他費盡心血批評《紅樓夢》，誰又能真正讀懂他的批文，做他的「知音」呢？哈斯寶表達了自身對「知音」的呼喚和渴求。哈斯寶《〈新譯紅樓夢〉回批》「總錄」又進行了闡解：「有人說作者原意實為如此，還有人說實非如此。若實為如此，我便是作者世後的知音。若實非如此，則摘譯者是我，加批者是我，此書便是我的另一部《紅樓夢》。未經我加批的全文本則是作者自己的《紅樓夢》。」〔註269〕又言：「後世明哲讀此書，若以我的評論為是，則他便是我的知音。若另有所釋另有批評，那又是他的別一部《紅樓夢》，而非我今日之《紅樓夢》了，但他若另作批評，必是看出我批評的謬誤，所以我說他便是我師。」〔註270〕哈斯寶認為，如果自己所批的《紅樓夢》恰好符合作者曹雪芹的願意，那麼他便是曹雪芹的「知音」，但還有一種可能，便是他的批評並不符合作者本來要表達的意思，那麼哈斯寶便稱不上曹雪芹的「知音」，哈斯寶的《紅樓夢》批評便是其本人的「再創造」，而每個《紅樓夢》讀者對《紅樓夢》著者在小說文本中所要表達的意思的理解是不同的，以哈斯寶的批評為是的，便是哈斯寶的「知音」，不以之為然的，也可自創其自己的《紅樓夢》，這顯示了哈斯寶對「知音」通達豁朗的態度。

〔註267〕 〔清〕吳敬梓著，李漢秋輯校，儒林外史匯校匯評〔M〕，上海：上海古籍出版社，2010：594。

〔註268〕 〔清・蒙古族〕哈斯寶著，亦鄰真譯，《新譯紅樓夢》回批〔M〕，呼和浩特：內蒙古人民出版社，1979：133。

〔註269〕 〔清・蒙古族〕哈斯寶著，亦鄰真譯，《新譯紅樓夢》回批〔M〕，呼和浩特：內蒙古人民出版社，1979：134～135。

〔註270〕 〔清・蒙古族〕哈斯寶著，亦鄰真譯，《新譯紅樓夢》回批〔M〕，呼和浩特：內蒙古人民出版社，1979：135。

「共鳴」、「淨化」（消除雜念、提升境界）和「領悟」是「意境」的體驗與「期待視野」相融所經歷的三階段。「知音」者必對小說文本文字產生強烈「共鳴」。「共鳴」是為明清小說評點者所重視的「知音」表徵。如《金瓶梅》文龍批本第六回：「⋯⋯夫以潘金蓮之狠，西門慶之凶，王婆子之毒，凡有血氣者，讀至此未有不怒髮衝冠，切齒拍案，必須將此三人殺之而後快⋯⋯為此一部不平之書，使天下後世之人，咸有牢騷之色，憤激之情乎？然則看此書者，亦可冷眼觀之矣。」〔註271〕《金瓶梅》中潘金蓮的狠毒、西門慶的凶殘、王婆子的毒辣，都會引發讀者產生強烈「共鳴」，他們充滿了憤恨之情，怒髮衝冠、咬牙切齒、拍案而起，甚至想衝入書中將潘金蓮、西門慶、王婆子殺之而後快。人類普遍的情感如愛、恨、喜、樂等等是容易引起讀者共鳴的，如張文虎《儒林外史評》第十六回，原文：「一夜夢見你掉在水裏，我哭醒來。一夜又夢見你把腿跌折了。一夜又夢見你臉上生了一個大疙瘩，指與我看，我替你拿手掐，總掐不掉。一夜又夢見你來家，望著我哭，把我也哭醒了。一夜又夢見你頭戴紗帽，說做了官。我笑著說：『我一個莊農人家，那有官做？』傍一個人道：『這官不是你兒子，你兒子卻也做了官，卻是今生再也不到你跟前來了。』我又哭起來，說：『若做了官，就不得見面，這官就不做他也罷。』」張文虎評道：「讀此而不下淚者，無人心者也。」〔註272〕《儒林外史》此段文字，字字飽含著一位母親對兒子深深的疼愛、牽掛與不捨，愛並不需要明言，卻暗隱在這位母親的一字一句之中。正如張文虎所評，讀此段文字而不潸然淚下者，斷然是沒有心肝的冷血之人。凡是有人心的讀者閱之，自然會生發出強烈「共鳴」，由文中之慈祥、善良的母親，聯想到自己的母親對自己深深的疼愛和掛念，為之深深感動。又如張文虎《儒林外史評》第二十七回，原文：「鮑廷璽喜從天降。」張文虎評道：「讀者亦不覺眉飛色舞。」〔註273〕鮑廷璽的「喜」亦引發讀者「共鳴」，觸動了讀者的喜悅之情。又如脂硯齋等《紅樓夢評》第十五回，原文：「我難道手裏有蜜。」甲戌側批道：「一語畢肖，如聞其語，觀者已自酥倒，不知作者從何著想。」〔註274〕《紅樓夢》作者下語

〔註271〕朱一玄編，金瓶梅資料彙編〔M〕，天津：南開大學出版社，2012：583～584。
〔註272〕〔清〕吳敬梓著，李漢秋輯校，儒林外史匯校匯評〔M〕，上海：上海古籍出版社，2010：192。
〔註273〕〔清〕吳敬梓著，李漢秋輯校，儒林外史匯校匯評〔M〕，上海：上海古籍出版社，2010：309。
〔註274〕朱一玄，紅樓夢脂評校錄〔M〕，濟南：齊魯書社，1986：206。

銷魂，引發讀者強烈「共鳴」，進入到小說文本所幻設的境界當中，只有產生了「共鳴」，方能獲得美妙無比的「審美體驗」。

作者呼喚「知音」，「知音」乃有「共鳴」，「共鳴」只是成為「知音」的最基礎條件，真正的「知音」，還應通過閱讀文學本文，實現境界的提升和自我的「淨化」，以至進入到更高一級的「領悟」析理的層級。如哈斯寶《〈新譯紅樓夢〉回批》第三十四回所批：「任滿回家，親友歡慶之際，突然橫禍飛來，這是樂中生悲。抄家財消，束手無策之中，忽有賈母開箱出銀，這是悲中生喜。錦上添花的眾親友遠遠避去，幸災樂禍，這是熱中有寒。只有雪裏送炭的薛蝌鑽進來送信，這是寒中存熱。賈赦負罪遠差，眾人心碎之際，賈政又復襲公職，這是苦中雜甜。賈政獨自襲職心滿意足，邢夫人、尤氏又心下悲苦，這是甜中帶苦。呵，文章有如此之妙，明哲之士豈可無動於衷。」〔註275〕哈斯寶作為高層級的讀者，不僅侷限於對小說文本的簡單瞭解，還將文本仔細辨析、歸納總結，分出「樂中生悲」、「悲中生喜」、「熱中有寒」、「寒中存熱」、「苦中雜甜」、「甜中帶苦」等多種情狀。如哈斯寶一般，更高層級的讀者不僅能夠體悟到《紅樓夢》文本中的喜怒哀樂、悲歡離合、酸甜冷暖，而且還對《紅樓夢》文本進行深層的咀嚼和領悟，細緻地品味出其中所摻雜的豐富複雜的不同滋味，而如此用心的「知音」，卻是難覓的。

（二）「以物觀物」（叔本華「審美靜觀」）

與叔本華之「審美靜觀」相似，明清小說批評者所提倡的是一種「求實」、「客觀」的「以物觀物」的小說敘寫方式。「以物觀物」方能使得讀者以自身判斷去享受文學文本帶來的審美愉悅，去「填補」小說文本中的「空白」。

黃人《小說小話》言：「小說之描寫人物，當如鏡中取影，妍媸好醜令觀者自知。最忌攙入作者論斷……毫無餘味。故小說雖小道，亦不容著一我之見……寫社會中種種人物，並不下一前提語，而其人之性質、身份，若優若劣，雖婦孺亦能辨之，真如對鏡者之無遁形也。夫鏡，無我者也。」〔註276〕黃人認為，小說對人物的描摹，應秉持「以物觀物」的「無我」的客觀性原則，譬如將小說中的人物事節放在鏡子面前照出，讓讀者看到鏡子中的影像，對小說中人物美醜作出自己的判斷，而不應加入作者本身的議論，將人情事

〔註275〕〔清・蒙古族〕哈斯寶著，亦鄰真譯，《新譯紅樓夢》回批〔M〕，呼和浩特：內蒙古人民出版社，1979：118～119。

〔註276〕朱一玄編，明清小說資料彙編（上）〔M〕，天津：南開大學出版社，2012：324。

理一一說盡，不留一點「空白」，沒有一絲「餘味」。

哈斯寶《〈新譯紅樓夢〉回批》第二十六回批道：「讀諸才子書，見其每回之末定要故作驚人之語，以圖讀者必欲續讀下去。此法屢用，千篇一律，便朽俗無味了，怎及本書務求實事實理，生奇處果真有奇，驚人處確屬可驚。」〔註277〕哈斯寶讚歎《紅樓夢》「務求實事實理」的「求實」的創作原則，不為求驚人而失卻了文章根本。「以物觀物」反得「本真」，「無為而無不為」，「於無聲處聽驚雷」，不刻意為之，反取得好的審美效果。

（三）「三位一體」（作者、作品、讀者）

在接受美學看來，作者、作品、讀者三者處在一個互動的關係圈之中，三者互相影響，緊密相關。明清小說評中，亦論及到作者、作品、讀者三者之間的相互關聯。

首先，明清小說評將讀者對作品的接受擺在重要位置。南軒鸚冠史者《春柳鶯凡例》言：「……意在筆先，絕無斧痕。不似淺輩至中斷絕，另起一屋〔事〕，復說回頭話，使觀者意懶，聽者心燥。」〔註278〕南軒鸚冠史者所言，注重讀者對作品的接受狀態，即認為評定小說作品好壞的標準之一便是看其所寫故事讀者是否樂於觀閱。又如蘇潭道人《五鳳吟序》所言：「舉世之人，每見道義之書，則開卷交睫；若持風雅之章，則卷不釋手。何也？莊語辭嚴而意正，不克解人之悶，釋人之愁。惟綺語，事鄙而情真，易於留人之眼，博人之歡。有心世道者，苟能從風雅一途，醒人以處正之獲吉若斯，挾邪之得禍若斯，則細瑣俚鄙之談，未嘗無補於世道人心也。」〔註279〕蘇潭道人指出，讀者若見講道理的書籍，便思困睡，提不起閱讀興趣，而如果是饒有興味的小說故事，則會對之愛不釋手。蘇潭道人從讀者接受角度作論，認為應寓道義於娛目，以喜聞樂見的方式，對接受者施以潛移默化的作用以有補於世道人心。相似之論靜恬主人《金石緣序》亦有言明：「夫書之足以勸懲者，莫過於經史，而義理艱深，難令家喻而戶曉，反不若稗官野乘福善禍淫之理悉備，忠佞貞邪之報昭然，能使人觸目儆心，如聽晨鐘，如聞因果，其於世道人心

〔註277〕〔清·蒙古族〕哈斯寶著，亦鄰真譯，《新譯紅樓夢》回批〔M〕，呼和浩特：內蒙古人民出版社，1979：95。

〔註278〕朱一玄編，明清小說資料彙編（下）〔M〕，天津：南開大學出版社，2012：722。

〔註279〕丁錫根編著，中國歷代小說序跋集（下）〔M〕，北京：人民文學出版社，1996：1287。

不為無補也。」〔註280〕靜恬主人從讀者接受角度分析，認為稗官小說相較於經史，更加通俗易懂，可致家喻戶曉，以此來對人心風俗產生積極影響。

其次，讀者與作品的交互作用。「意境」的創設即有賴於文學文本與接受者之間的相互作用。如張文虎《儒林外史評》第二十八回，原文：「忽見道人走來說：『師公，那人又來了！』」張文虎評言：「讀者試猜下回是何等文章。」〔註281〕張文虎所言，便指讀者與作品之間的互動，讀者發揮自身想像，來猜測作品中的故事情節。又如脂硯齋等《紅樓夢評》第一回，原文：「他既下世為人，我也去下世為人，但把我一生所有的眼淚還他，也償還得過他了。」甲戌側批：「觀者至此，請掩卷思想，歷來小說可曾有此句？千古未聞之奇文。」〔註282〕原文：「一大石牌坊，上書四個大字，乃是『太虛幻境』。」甲戌側評：「四字可思。」〔註283〕又如第四回，原文：「寡母王氏乃現任京營節度使王子騰之妹，與榮國府賈政的夫人王氏是一母所生的姊妹，今年方四十上下年紀，只有薛蟠一子。」蒙府批：「非母溺愛，非家道殷實，非節度、榮國之至親，則不能到如此強霸。富貴者其思之。」〔註284〕評點者所言請觀者「掩卷思想」、「四字可思」、「富貴者其思之」等等，均是提醒讀者與作品的互動，積極參與到「填補」作品「空白」的「再創造」當中，完成對作品的接受，實現作品與讀者之間的交互。

再次，作者與讀者的互動。陳其泰《紅樓夢回評》第三十四回評道：「⋯⋯書中不見黛玉之跡，而寫襲人處，自令人知寶釵一面。猶恐讀者疏忽，故借薛蟠數語，大聲疾呼以喝破之⋯⋯」〔註285〕又評言：「自第二十九回至此回，是作書者慘淡經營最為著意之處。一部書中精神命脈，全在此六回書，讀者正須細心體會，勿草草翻過也。」〔註286〕根據陳其泰所指出，《紅樓夢》著者

〔註280〕丁錫根編著，中國歷代小說序跋集（下）〔M〕，北京：人民文學出版社，1996：1291。

〔註281〕〔清〕吳敬梓著，李漢秋輯校，儒林外史匯校匯評〔M〕，上海：上海古籍出版社，2010：322。

〔註282〕朱一玄，紅樓夢脂評校錄〔M〕，濟南：齊魯書社，1986：12。

〔註283〕朱一玄，紅樓夢脂評校錄〔M〕，濟南：齊魯書社，1986：13。

〔註284〕朱一玄，紅樓夢脂評校錄〔M〕，濟南：齊魯書社，1986：80。

〔註285〕〔清〕陳其泰評，劉操南輯，桐花鳳閣評《紅樓夢》輯錄〔M〕，天津：天津人民出版社，1981：134。

〔註286〕〔清〕陳其泰評，劉操南輯，桐花鳳閣評《紅樓夢》輯錄〔M〕，天津：天津人民出版社，1981：134。

唯恐讀者不察，特意設置故事情節以提示讀者，這正是作者和讀者的互動。作書者用心良苦，慘淡經營之處，讀書者若細心體會作書者之苦心，便是對作者的回饋，二者便形成了良性交互。

最後，作者、作品、讀者三者交相作用。明清小說評點中，體現出作者、作品、讀者三者之間緊切的交互關係。如《金瓶梅》文龍批本第六十九回：「……此回令人不願看，不忍看，且不好看，不耐看，真可不必看。此作者之過也。」〔註287〕讀者閱讀了作品，對作品進行了評價，與之產生了關聯，又通過作品，對作者進行了評價，與作者構建了聯繫，作者、作品、讀者處在一個統一體中，互相影響，互相作用。又如脂硯齋等《紅樓夢評》第三回，原文：「此即冷子興所云之史氏太君，賈赦、賈政之母也。」甲戌側評：「書中人目太繁，故明注一筆，使觀者省眼。」〔註288〕評點者看到，《紅樓夢》作者為讀者考慮，在作品中鮮明地將繁雜易混的部分點出，以使得讀者在閱讀文本時，獲得明晰的信息，這一過程，作者、作品、讀者三者都參與進來，體現了三者之間緊切的互動關係。應該看出，作者、作品、讀者三者之所以能夠構成「三位一體」的互動關係，是由於作品的存在，作品是三者之間關係的紐帶和不可或缺、必不可少的因素，故而作品的地位顯得尤為重要，因為三者之間的關係是圍繞作品這個中軸線展開的。但作者與讀者互動之時，作品並非恒定不變，而是隨著作者與讀者的交互，發生一定的變化，即讀者「填補」作者在作品中留有的「空白」之處，甚至有改弦更張的可能。如姚燮《紅樓夢回評》第二十一回評道：「……其最不合理，是鳳姐大姐兒種痘，賈璉獨睡半月後數語。如云果有半月，則此時當是二月初上矣。何以下回開卷，便說二十一日是某某生日耶？或疑當時是二月二十一日，則下文第二十三回，又明明說賈母擇二月二十二日，使諸姊妹搬入園中一事，則寶釵之生日，信乎在正月也。而此三四日之中，便云賈璉在外半月，何作者荒謬乃爾？此等處須酌改之。」〔註289〕姚燮作為《紅樓夢》的評者，當然也是《紅樓夢》的讀者，在閱讀《紅樓夢》文本時，認為作者敘事有「荒謬」欠考慮之處，故而提出作者應對之斟酌改正，體現了讀者和作者通過作品的「對話」。哈斯寶《〈新譯

〔註287〕朱一玄編，金瓶梅資料彙編〔M〕，天津：南開大學出版社，2012：633。
〔註288〕朱一玄，紅樓夢脂評校錄〔M〕，濟南：齊魯書社，1986：46。
〔註289〕馮其庸纂校訂定，陳其欣助纂，八家評批紅樓夢〔M〕，北京：文化藝術出版社，1991：481。

紅樓夢〉回批》第十二回批道：「米元章講畫石之法，說：秀、瘦、皺、透。文章也是如此。在借扇機一段中，寶釵說：『你便要去，也不敢驚動』，這是秀。『回想了一回，臉紅起來』，這是瘦。說『你要仔細，我和誰玩過！你來疑我』，這是皺。『你們博古通今，才知道負荊請罪』，這是透。這便是文章作者嘔盡心血之處。讀者看到這裡，理應肅立，向作者沏茶行禮。」〔註290〕哈斯寶認為，《紅樓夢》中看似不經意的語言，乃是作者嘔心瀝血的結果，讀者讀之，應感受到作者那滾燙的心、熱烈的情，對作者報以虔敬的感恩回饋。作者通過作品將思想感情傳達給讀者，讀者通過閱讀作品，領悟到讀者寫作作品時的心境，作者與讀者共同徜徉在作品所營造的意境當中，作品在作者與讀者的共同參與下，獲得了生命和昇華。

（四）「陌生化」

什克洛夫斯基所提出的「陌生化」概念恰恰是「意境」創設的方法之一。文學文本中的「意境」是處於虛渺、動態、變化之中。「掩映」幻化、「求新求變」等等便是製造「陌生化」，增添作品中的「空白」。

眷秋《小說雜評》言：「小說中之《水滸》、《石頭記》，於詞中周、辛。《石頭記》之境界惆悅，措語幽咽，頗類清真……後之作者，當知所取法也……《水滸》簡樸，《石頭記》繁麗；《水滸》剛健，《石頭》旖旎；《水滸》雄快，《石頭》縹緲……兩書如華嶽對峙，並絕千古。故小說必自闢特別境界，始足以動人。後世作者，輒以蹈襲前人門徑為能，自謂善於摹仿，宜其平庸無味，不值一顧。」〔註291〕眷秋歷數了不同小說所構設的意境，認為《紅樓夢》境界惆悅，取境繁麗、旖旎、縹緲，《水滸傳》雄暢沉厚，取境簡樸、剛健、雄快，兩部小說雖境界完全不同，卻各臻其美，各有千秋。眷秋認為，兩部書之所以能達到很高的境界，在中國小說史上佔據他書無法撼動的地位，其原因便在於小說能夠「自闢特別境界」，而不是蹈襲模仿他人，只有「創新」才能構設屬於自己特有的意境，才能夠新鮮有味，避免流於庸俗。

明清小說評點家認為，「求新」、「求變」是製造「陌生化」的重要手段。如毛宗崗《三國志演義回評》第十一回評道：「本是陶謙求救，卻弄出孔融求

〔註290〕〔清‧蒙古族〕哈斯寶著，亦鄰真譯，《新譯紅樓夢》回批〔M〕，呼和浩特：內蒙古人民出版社，1979：53～54。
〔註291〕朱一玄編，明清小說資料彙編（上）〔M〕，天津：南開大學出版社，2012：333。

救；本是太史慈救孔融，卻弄出劉玄德救孔融……種種變幻，令人測摸不出。」
〔註 292〕毛宗崗指出，《三國演義》行文敘事不按常理出牌，文勢不斷變幻，
令人捉摸不透，這種「陌生化」的效果，正能調動讀者的閱讀興趣，使得讀者
的想像力得以充分發揮。又如金聖歎《水滸傳回評》第八回評道：「……疑其
必說，則忽然不說；疑不復說，則忽然卻說。譬如空中之龍，東雲見鱗，西雲
露爪，具極奇極恣之筆也。」〔註 293〕《水滸傳》著者採用了「陌生化」的寫
作手法，用筆「極奇極恣」，求新求變，變幻莫測，令讀者捉摸不透。陳其泰
《紅樓夢回評》第一回評道：「作書本旨，欲脫盡陳言，獨標新義。開卷一回，
戞戞獨造，引人入勝，文心絕世。女媧煉石補天處，石破天驚逗秋雨。文境如
是，不識看書者能點頭否耶？」〔註 294〕《紅樓夢》「唯陳言之務去」，不用陳
詞濫調，而獨闢新徑，「獨標新義」，以新言新語，新人新事，以求新立新，採
用「陌生化」來創設獨特「意境」。

（五）「否定」（「褒貶人物」、「皮裏陽秋」）

西方接受美學中「否定」的概念類似於中國的「褒貶人物」、「皮裏陽秋」。

如哈斯寶《〈新譯紅樓夢〉回批》第三十八回批道：「全書那許多人寫起
來都容易，唯獨寶釵寫起來最難。因而讀此書，看那許多人的故事都容易，
唯獨看寶釵的故事最難。大體上，寫那許多人都用直筆，好的真好，壞的真
壞。只有寶釵，不是那樣寫的。乍看全好，再看就好壞參半，又再看好處不及
壞處多，反覆看去，全是壞，壓根兒沒有什麼好。一再反覆，看出她全壞，一
無好處，這不容易。但我又說，看出全好的寶釵全壞還算容易，把全壞的寶
釵寫得全好便最難。讀她的話語，看她行徑，真是句句步步都像個極明智極
賢淑的人，卻終究逃不脫被人指為最奸最詐的人，這又因什麼？史臣執法，
《綱目》臧否全在筆墨之外，便是如此。」〔註 295〕哈斯寶指出，《紅樓夢》一
書，許多人物寫起來都容易，唯獨薛寶釵最難描寫刻畫。對於讀者而言，《紅

〔註 292〕〔元末明初〕羅貫中原著，〔清〕毛宗崗評點，毛批三國演義〔M〕，天津：
　　　　　天津古籍出版社，2006：72。
〔註 293〕陳曦鍾，侯忠義，魯玉川輯校，水滸傳會評本〔M〕，北京：北京大學出版
　　　　　社，1981：187。
〔註 294〕〔清〕陳其泰評，劉操南輯，桐花鳳閣評《紅樓夢》輯錄〔M〕，天津：天津
　　　　　人民出版社，1981：45。
〔註 295〕〔清·蒙古族〕哈斯寶著，亦鄰真譯，《新譯紅樓夢》回批〔M〕，呼和浩特：
　　　　　內蒙古人民出版社，1979：129。

樓夢》中其他人物的事節都容易看明白，唯獨看薛寶釵的故事最有難度。原
因便在於，《紅樓夢》著者寫其他小說人物，大體上都是採用了「直筆」的寫
法，即寫人物的好，便是真的好，寫人物的壞，便是真的壞。而唯獨寫薛寶
釵，作者採用了與寫其他人物不一樣的寫法。讀者初讀寫寶釵的文字，便覺
寶釵此人是十全十美的真善之人，再讀，便覺寶釵好壞各占一半，又再讀，
便覺得壞處佔了絕大部分，待到反覆參看，便覺得薛寶釵一無是處，是個徹
頭徹尾的壞人。哈斯寶指出，讀者經過反覆閱讀，看出薛寶釵是個十足的壞
人，自然是不容易的。但更不容易的，是《紅樓夢》著者。《紅樓夢》著者將
全壞的寶釵寫得全好，表面上將其寫成賢淑明智的大家閨秀，而其根底則奸
詐無比。正所謂「臧否全在筆墨之外」，《紅樓夢》著者寫寶釵便採用了「皮裏
陽秋」的「否定」筆法，對寶釵明褒而實貶。又如哈斯寶《〈新譯紅樓夢〉回
批》第二回評道：「『這個學生雖是啟蒙，卻比一個舉業的還勞神』，『他祖母
溺愛不明』，這不明明是說，寶玉原是極好的，全是他祖母帶壞的麼？讀者須
知，這便是簾中顯花影之法。賈家出場之前就議論一通甄家，這是在虛褒榮
寧二府之前便作了實貶。讀者應當看到，本書的一字一語都不是平易寫出的。」
〔註 296〕哈斯寶提醒讀者了知，《紅樓夢》的一字一句都不是平常文字，對於
賈母、賈家，便是在虛褒中作了實貶，此即「否定」的寫作方法。

　　除以上所述明清小說評與西方接受美學之間互融共通的大小方面，值得
探知的地方還遠遠不止於此。文章出自於靈性，靈性也隨著文章產生。無論
古今中外，人之靈性都是恒久相通的，而文章乃人之靈性的結晶，這，便是
中西對話、古今交接最基礎、最原初的依據。

第四節　格物細參與文本細讀

　　明清小說評點與西方文學批評的融通，還體現在中國式的「格物細參」
與英美新批評的「文本細讀」的遙相對話方面。

　　研究者們對於「格物」的探討頗為深廣。如羅安憲《「格物致知」還是「致
知格物」？——宋明理學對於「格物致知」的發揮與思想分歧》，概述了程頤、
朱熹、王陽明等人的「格物」觀，並對之進行了比對闡發。程頤、朱熹認為

〔註 296〕〔清·蒙古族〕哈斯寶著，亦鄰真譯，《新譯紅樓夢》回批〔M〕，呼和浩特：
　　　　內蒙古人民出版社，1979：30。

「格物致知」乃「格物窮理」之意。王陽明認為,「致知」乃「致良知」。〔註297〕專注於對「格物之辨」探討的還如白靜《試論王陽明的「格物」正心說》,說明了王陽明反對「心」、「理」二分的「格物」以「窮理」的說法,認為「格物」的宗旨在於修養身心。〔註298〕彭國翔《中晚明陽明學的格物之辨》,指出宋明理學是「忘內求外」的「逐物」之「格物」,以王艮等人為代表的陽明學派是「務內遺外」的「絕物」之「格物」,以王龍溪為代表的陽明學派方乃既非「逐物」又非「絕物」的「合內外」之「格物」。〔註299〕在文學批評特別是明清小說評點領域,最為學界所關切的要屬金聖歎的「格物」之論。如陳飛《金聖歎「格物」的要意》,指出「格物」最早見於《禮記‧大學》:「……致知在格物,物格而後知至……」〔註300〕金聖歎的「格物」,邏輯嚴密,總體特徵為「以一心所運」,方法路徑是「澄懷格物」(「忠恕為門」)和「因緣生法」,具體要求是「十年格物」。〔註301〕林春虹《金聖歎小說理論溯源》,認為金聖歎的「格物說」以「心」為旨歸,輔以窮物之理。〔註302〕龔兆吉《略論金聖歎的「格物」、「因緣生法」說的得失》,認為金聖歎的「格物」之論是一種唯心主義創作論,脫離了社會生活和現實積累,打上了佛教、心學色彩。〔註303〕

　　英美新批評派「文本細讀」的概念被引入中國後,打上了鮮明的「中國化」色彩。研究者在中國大語境下,考察「文本細讀」,尋找「文本細讀」法與中國文學與批評的契合之處。如王翠爽《「細讀法」與中國語境下的細讀》,指出「文本細讀」應擯棄他人的批評,從自身出發,親身感受文本。〔註304〕陳思和《文本細讀在當代的意義及其方法》,認為「文本細讀」是心靈與心靈

〔註297〕羅安憲,「格物致知」還是「致知格物」?——宋明理學對於「格物致知」的發揮與思想分歧〔J〕,中國哲學史,2012,(3):72～77,63。

〔註298〕白靜,試論王陽明的「格物」正心說〔D〕,太原:山西大學,碩士學位論文,2006。

〔註299〕彭國翔,中晚明陽明學的格物之辨〔J〕,現代哲學,2004,(1):59～66。

〔註300〕〔南宋〕朱熹,四書章句集注〔M〕,北京:中華書局,1983:3。

〔註301〕陳飛,金聖歎「格物」的要意〔J〕,明清小說研究,1990,(1):206～219。

〔註302〕林春虹,金聖歎小說理論溯源〔J〕,明清小說研究,2007,(1):95～107。

〔註303〕龔兆吉,略論金聖歎的「格物」、「因緣生法」說的得失〔J〕,水滸爭鳴,1987,(0):288～296。

〔註304〕王翠爽,「細讀法」與中國語境下的細讀〔J〕,文學界(理論版),2012,(4):65～66。

之間的碰撞，是一種精神得到充分享受的「完美」境界。〔註305〕羅興萍《文本如何細讀──陳思和文學文學評論的特點》，指出進行「文本細讀」的研究者將文本看作是一個具有鮮活生命的獨立客體，對文學文本的語義、意象、結構等進行細緻解剖，追尋隱藏在文本中的意義內涵。〔註306〕陳文忠《接受史視野中的經典細讀》，將印象式的文本粗讀上升為分析式的文本細讀，打破傳統的權威式闡解，在宏闊的接受史中肯定文本意義的多樣性。〔註307〕王愛軍《文本細讀：中國現代文學研究的一種精神》，認為「文本細讀」不只是一種文學研究方法，更是一種精神。「文本細讀」非止於感性的感受、體悟，更需要理性的分析、闡解。〔註308〕「文本細讀」法在具體到個人的運用時，並非是循規蹈矩、一成不變的，而是體現出個人特色在內。如高超《宇文所安文本細讀方法初探》，指出宇文所安在研究中國古典文學時所受到的英美新批評派「文本細讀」的影響，而又能跳脫出「文本細讀」之「內部研究」的框架，關注到文學文本的「外部」生態空間。〔註309〕有研究者，發掘到「文本細讀」與中國文學批評包括小說在內的同似之處，並作了相關闡析。如許建華《「細讀」批評理論與言、象、意的文本分析方法──中西細讀批評之比較》，認為中國古代文學批評中對文本進行言、象、意分析的批評方法才是最早的「文本細讀」法，並認為中西「文本細讀」具有相似性，力圖通過語言把握內蘊，如注重語詞聲韻、比喻象徵等修辭手法，「言」即字詞聲律，「象」乃意象隱喻，「意」是整體意涵。〔註310〕又如范冬冬《「文本細讀」與〈紅樓夢〉》，指出「文本細讀」倡言文本至上，認為文本本身具有自足性，對文本的理解不需要借助文本之外的其他東西。「文本細讀」並非只注重對細枝末節的考察，而且注重文本的整體結構和大語境。「文本細讀」會發現

〔註305〕陳思和，文本細讀在當代的意義及其方法〔J〕，河北學刊，2004，24（2）：109～116。
〔註306〕羅興萍，文本如何細讀──陳思和文學評論的特點〔J〕，文藝爭鳴，2009，（7）：93～97。
〔註307〕陳文忠，接受史視野中的經典細讀〔J〕，江海學刊，2007，（6）：170～177。
〔註308〕王愛軍，文本細讀：中國現代文學研究的一種精神〔J〕，教育評論，2012，（3）：108～110。
〔註309〕高超，宇文所安文本細讀方法初探〔J〕，山西師大學報（社會科學版），2010，37（2）：107～110。
〔註310〕許建華，「細讀」批評理論與言、象、意的文本分析方法──中西細讀批評之比較〔J〕，寧夏大學學報（人文社會科學版），2007，29（5）：121～125。

文本中的「空白」之處，開拓文本內容的新域。〔註 311〕李衛華《「細讀」：
當代意義及方法》，認為只有基於「文本細讀」，方能進行有價值的文學批評
和文化研究。「新批評」的「文本細讀」亦是對工業資本主義的反叛，它衝
破政治壁壘，訴諸心靈與理想。李衛華還指出，金聖歎是「文本細讀」在中
國的「代表人物」，金聖歎的《水滸傳》評點在分析文本形式、結構中，達
到了對社會現實揭示的高度。〔註 312〕

　　明清小說評中的「格物細參」之法與英美新批評的「文本細讀」得以對
話，既建立在頗多相似性基礎上，又包含了諸多差異。中西方文學批評正是
在相互參照中融通互證，互為發見。

一、同在一「細」

　　明清小說評點的「格物細參」與英美新批評的「文本細讀」，從字面上看，
都有一「細」。而「細」也確為「格物細參」與「文本細讀」的同似之處。在
筆者看來，「細」至少體現在以下幾個方面。

　　其一，「細意體會」，以主觀能動求客觀真實。格物細讀者重客觀事實，
以一己之力發掘文本，悉心細意體會，探求事物真理。如李元復《常談叢錄》
言：「……《東周列國志》……於附會處，每多細意體會，如齊襄公之弒，依
《左傳》從獵貝丘起……不拘泥於左氏見公足戶下之言，斯為善解左文者矣，
豈妄為添飾之比哉。」〔註 313〕小說閱者在閱讀歷史演義小說《東周列國志》
之時，對其附會處細意體會，發現《東周列國志》著者實不是妄為添飾，而是
不拘泥於他人言論，按照客觀真實，對左氏之文進行合理演繹。

　　不論是「格物細參」，還是「文本細讀」，都崇尚一種嚴謹科學的求實精
神和精細認真的研究態度，雖然「文本細讀」是拋卻文學文本本身之外的其
他材料的「內部研究」，而明清小說批評的「格物細參」，不僅重小說文本本
身的「內證」，還以廣泛的其他經史子集等書籍作為依託，尋找「外證」。對
「外證」的搜求，是「格物細參」區別於「文本細讀」之處，卻同樣體現了
「文本細讀」科學的求實求真態度。

〔註 311〕范冬冬，「文本細讀」與《紅樓夢》〔J〕，紅樓夢學刊，2010，第四輯：188～
　　　　　198。
〔註 312〕李衛華，「細讀」：當代意義及方法〔J〕，江海學刊，2011，（3）：205～210。
〔註 313〕朱一玄編，明清小說資料彙編（上）〔M〕，天津：南開大學出版社，2012：
　　　　　9。

俞樾《茶香室四鈔》卷十二《關雲長上張翼德書》載：國朝周亮工《書影》云：「關雲長《三上張翼德書》云：『操之鬼計百端，非羽智縛，安有今日……』右此帖，米南宮書，吳中翰彬收得之。焦弱侯太史請摹刻正陽門關帝廟中，中翰秘不示人，乃令鄧刺史文明以意臨之，刻諸石。不知米南宮當日何處傳此文也。」　按此文，既不知所自來，則真偽難明，即米書亦未知真否也。「仁兄無儔」句，似以仁兄稱先主，恐不足信。且桓侯字益德，此作翼德，亦非也。〔註314〕《書影》中保存了頗多重要的小說史料，對研究文學史助益良多。對於有些讀者而言，看到前所未見的材料是不加遲疑地信服，並迫不及待地對其加以利用的。但俞樾卻並沒有盲從於周亮工在《書影》中的記述，而是秉著求實求真的科學態度，以充滿懷疑精神的主觀能動「格物細參」客觀事物，辨析周亮工在《書影》中所收錄的關羽給張飛的書信是真是偽。又如著超《古今小說評林》：「《三國志》有古俗二本。俗本紀事多乖誤，如曹后罵曹丕，詳於范曄《後漢書》中，而俗本反誤書其黨惡；孫夫人投江而死，詳於《梟姬傳》中，而俗本但紀其歸吳；孔融薦禰衡之表，陳琳討曹操之檄，文情並茂，錄入《文選》，而俗本皆闕而不載；諸葛亮無欲燒魏延於上方谷之心，諸葛瞻無得鄧艾書而猶豫之事，俗本皆好為絢染，以誣古人；七言律詩起於唐人，而鍾繇、王朗頌銅雀臺，蔡瑁題館驛屋壁，皆作七言律體：此其謬誤處也。且文中加入之乎者也等字，而詞句又極冗長，軥輖格磔如鳥語，尤見其拙……」〔註315〕著超指出，《三國志》有古本與俗本兩種本子。俗本所記之事有諸多乖謬之處，如曹后罵曹丕，在范曄《後漢書》中有詳細記載，而在俗本《三國志》中所記乖誤；又如孫夫人投江而死之事，在《梟姬傳》中有詳細記載，俗本《三國志》卻言孫夫人歸吳；在南朝梁蕭統所編詩文總集《昭明文選》中，錄入了孔融薦禰衡之表，陳琳討曹操之檄，均文情並茂，但可惜俗本《三國志》並未載錄；諸葛亮並非懷有意欲燒魏延於上方谷之心，諸葛瞻也沒有得鄧艾書而心存猶豫之事，這在俗本《三國志》中卻將此強加於古人；七言律詩至唐代才有，但俗本《三國志》中卻言鍾繇、王朗頌銅雀臺，蔡瑁題館驛屋壁，所作均為七言律體詩，可見俗本《三國志》謬誤之多。

〔註314〕朱一玄編，明清小說資料彙編（上）〔M〕，天津：南開大學出版社，2012：92。

〔註315〕朱一玄編，明清小說資料彙編（上）〔M〕，天津：南開大學出版社，2012：115。

著超對《三國志》俗本所紀錄事節的乖謬之處一一進行仔細糾正，並借助《後漢書》、《梟姬傳》等「外證」為依託來判定真偽，體現了一絲不苟、嚴謹細緻的態度。又如鄧之誠《骨董續記》卷二《檮杌閒評》載：《檮杌閒評》，不詳撰人……《藕香簃別鈔》云：「弘光朝，工科給事中李清為其祖李思誠辨冤……《檮杌閒評》亦載此事，因心疑亦映碧所撰。」之誠按：《檮杌閒評》記事亦有與《三垣筆記》相發明者。總之，非身預其事者不能作也，謂之映碧所撰，頗有似處。〔註316〕《檮杌閒評》乃明末揭露宦官魏忠賢的小說。《檮杌閒評》的作者難以確知，小說的刊刻年代推測在清康熙、雍正年間，現多數學者認為其作者當為明代人李清所著。鄧之誠為判定《檮杌閒評》作者為誰，參校史書筆記，及《檮杌閒評》與其他作品用筆的相似之處，進行細緻辨析。又如平步青《霞外捃屑》卷九「小棲霞說稗」《梁山泊》言：「泊者，眾水之所聚也……迨順治七年，河南金龍口決，黃水漫淤，而安山（梁山改）湖景成平陸……而土人猶有梁山泊之故名，熟在人口……《宋史》所載宋江事，乃在江淮，不在山東。《水滸》所載州、縣，皆施耐庵弄筆，憑空結撰。按之《宋史》地志，率多不合……」〔註317〕「泊」，從水，從白，「水」與「白」結合起來表示「水面空無一物」、「水面光光」。「泊」的本義是水面沒有水草的陸地封閉水域，引申為水面沒有水草的可以停船的空白水面。梁山由於所處地理位置乃「水窪」樣地形地貌的緣故，故有「梁山泊」之名。而地形地貌並非一成不變，而是隨時間推移，慢慢發生改變，最終量變引起質變，梁山不再是「泊」，而漸漸變成平陸的模樣。但由於民俗的不易變改，「梁山泊」名號在人們口中約定俗成，便並未隨梁山地理狀貌的改變而發生變化。平步青還指出，宋江之事在《宋史》中有記載，其發生的地點不在山東，而在江淮一帶。施耐庵在《水滸傳》中記載的地名，都出於小說家的虛構。平步青秉持科學求實的態度，將《水滸傳》與歷史真實作參校，對《水滸傳》中所述地方與地志、史籍不合之處一一指出，嚴謹精細。

與英美新批評「文本細讀」同似，明清小說評的「格物細參」注重對文本本身的考察，「直面文本」，仔細搜尋「內證」，做出客觀判斷。如惠康野叟《識餘》卷一《文考》言：「世所傳《宣和遺事》……郎瑛《類稿》……郎謂

〔註316〕朱一玄編，明清小說資料彙編（上）〔M〕，天津：南開大學出版社，2012：202。
〔註317〕朱一玄編，明清小說資料彙編（上）〔M〕，天津：南開大學出版社，2012：313。

此書及《三國》並羅貫中撰，大謬。二書淺深工拙，若霄壤之懸，詎有出一手理……」〔註318〕《宣和遺事》，一般指《大宋宣和遺事》，乃講史話本，為宋代無名氏所作，元人對之或有添補。該書為成書於元代的筆記小說輯錄，是多種類型筆記小說的結合，並以說書的形式連貫起來。郎瑛所著《七修類稿》，是明代文言筆記小說集。郎瑛在此書中，致力於學問考辨。且其考論嚴明，許多內容具有頗高的史料價值。而惠康野叟並沒有囿於他人之見，而是親身考察書目文本之不同之處，通過對書中文字「淺深工拙」的辨別，來判定作者是否為一人。對小說作者的判定，可見「細」之功。又如陸以湉《冷廬雜識》卷四《西遊記》言：「《西遊記》……相傳出元邱真人處機之手……官長興縣丞吳承恩所作，且謂記中所述大學士、翰林院、中書科、錦衣衛、兵馬司、司禮監，皆明代官制，又多淮郡方言，此足以證俗傳之訛……」〔註319〕《西遊記》，相傳出自元人丘處機真人之手。但《西遊記》中所記述的「大學士」、「翰林院」、「中書科」、「錦衣衛」、「兵馬司」、「司禮監」等等，均屬於明代官制，而小說所用語言又多是淮郡方言，這些小說的「內證」均證明俗傳有誤。陸以湉即根據小說中具體用詞用語，用小說「內證」以糾正訛傳，判定小說作者為誰。還有震鈞《天咫偶聞》卷三：「世行《蟫史》一書，不著姓名……考其用筆，極類《煙霞萬古樓集》，此殆王曇手筆。王為吳省欽弟子，吳曾舉其能用掌心雷破賊。奉仁宗嚴斥，蓋吳、王皆和黨也。然則此書泄忿之作，胡足存乎？其書末之少目翁，已明指省欽矣，為曇無疑。」〔註320〕《蟫史》為志怪小說，以清代少數民族起義為背景，描寫了官軍與起義軍的數場戰事，故事最後以起義軍告敗收場。王曇乃清代詩人、藏書家，著有《煙霞萬古樓文集》等。震鈞通過對《蟫史》文本的「細意體會」，「考其用筆」，具足「內證」，且與他書相較，來判定書之作者為王曇，再加以知人論世的「外證」，進行客觀考索，斷定王曇無疑。

「格物細參」與「文本細讀」相同，注力於對文本本身的考索，搜求「內證」，且保持批評者客觀冷靜的頭腦，細意揣摩，求真求實。如劉玉書《常談》卷一言：「讀《水滸傳》……有二事尚欠斟酌。其一，打虎，武松雙手按虎之

〔註318〕朱一玄編，明清小說資料彙編（上）〔M〕，天津：南開大學出版社，2012：294。

〔註319〕朱一玄編，明清小說資料彙編（上）〔M〕，天津：南開大學出版社，2012：400。

〔註320〕朱一玄編，明清小說資料彙編（上）〔M〕，天津：南開大學出版社，2012：511。

頂而踢之，虎負痛，力疾前爪抓地成渠云云。但虎之性情，余固不知，虎之形狀，見之審矣。其前後爪皆可遍及周身，常以爪搔其首。若按其頂，則兩臂必被抓傷。虎爪甚利，木可穿，石有痕，況人乎？虎之通體如貓。曾見人按一貓之項，轉瞬間，手與腕血肉狼藉矣。其一，石秀既殺道人，及殺海奢利，遂插刀死屍之手，妝點自戕之狀。而檢驗之人，竟以一被殺、一自戕成案。夫被殺與自戕之不同，判若黑白，世人皆知，況刑仵乎？稗官野史之難尚如此。」〔註321〕《水滸傳》第二十三回，講述梁山好漢武松回家探望哥哥武大郎，途中路過景陽岡，打殺白額猛虎的精彩故事。《水滸傳》第四十四回，記敘石秀殺胡道人，扮做是胡道人殺了裴如海的事節。劉玉書「格物細參」，發現了《水滸傳》武松打虎、石秀殺人這兩個值得商榷的故事情節，並以客觀冷靜的科學態度對其進行細緻思索、仔細考量，分析小說中事節在現實生活中是否成立，最終得出了《水滸傳》中武松打虎、石秀殺人這兩處描寫有違常理的結論，感歎作小說之難。同樣通過「格物細參」、「細意體會」發見小說中記敘存在邏輯漏洞的，還如采蘅子《蟲鳴漫錄》卷二中的討論：「《聊齋》……其中未及檢點者頗多。最可笑《賈奉雉》一段：賈既坐蒲團百餘年，其妻大睡不醒，迨其歸來，已是曾元之世。又復應試為官，行部至海濱，見一舟，笙歌騰沸，接引而去。賈之識為郎生，固宜，何以云僕識其人，蓋郎生也？夫此僕為賈生歸後所用，不得識郎生，為賈生遇仙時所用，則早與其子孫淪滅矣。文人逞才，率多漏筆，此類是也。」〔註322〕《賈奉雉》乃蒲松齡所著《聊齋誌異》中的小說名篇之一，該篇作者以荒誕之筆述說了士人賈奉雉的悽楚遭遇。采蘅子並非走馬觀花地看演故事，而是注意到小說文本中的細節。采蘅子指出，賈奉雉的僕人如果是賈奉雉回來之後所雇用的，便不會認識郎生，如果是賈奉雉遇到仙人時所雇用的，那麼這個僕人早已和賈奉雉的子孫一樣離世已久，更不會復存於世，可見蒲松齡筆下的漏洞，亦反映了閱讀者「細意體會」的客觀求實態度。明清小說評者通過對小說文本「內證」的把握，促成客觀性的判斷。如譚正璧《無聲戲與十二樓》中言：「……我為什麼竟敢十二分的確定《十二樓》的原名是《無聲戲》二集或續集呢？那麼還有一個最靠得住的證據，須得舉出來告訴大家，原來作者自己在《十二樓》第一篇《拂雲樓》第四回的結末寫道：……各洗尊眸，看演這本《無聲戲》。這個作者自己筆下寫

〔註321〕 朱一玄編，明清小說資料彙編（上）〔M〕，天津：南開大學出版社，2012：312。
〔註322〕 朱一玄編，明清小說資料彙編（下）〔M〕，天津：南開大學出版社，2012：1038。

下的鐵證，不勝過別的旁證萬倍嗎⋯⋯」〔註323〕《十二樓》為李漁所著章回
體白話短篇小說集，共十二卷，每卷各自講述一個情節獨立的故事，每個故
事都有一座樓閣，小說人物和故事情節都圍繞樓閣展開，以此取名《十二樓》。
《無聲戲》亦是李漁所著小說，其命名取與有聲的戲曲相反的意思，旨在用
無聲筆墨描繪人生舞臺上發生的一幕幕故事。譚正璧敏銳地指出，小說作者
自己筆下的鐵證是勝過其他旁證萬倍的證據。以此「內證」，譚正璧判定《十
二樓》的原名本是《無聲戲》二集或續集。對「內證」的揣摩是判定文章作者
的可靠方式，如郎瑛《七修類稿》卷二十三「辯證類」《詩文託名》言：「《剪
燈新話》乃楊廉夫所著，惟後《秋香亭記》乃瞿宗吉撰也。觀其詞氣不類，可
知矣。」〔註324〕郎瑛判定小說作者，是通過仔細揣摩小說文本本身的行文用
語，即所謂「詞氣」。此外，對「內證」不能盲信，還應以「局外人」的超然
態度作辨識，如王國維《紅樓夢評論》道：「至謂《紅樓夢》一書為作者自道
其生平者，其說本於此書第一回『竟不如我親見親聞的幾個女子』一語。信
此說，則唐旦之天國戲劇可謂無獨有偶者矣。然所謂親見親聞者，亦可自旁
觀者之口言之，未必躬為劇中之人物。如謂書中種種境界、種種人物非局中
人不能道，則是《水滸傳》之作者必為大盜，《三國演義》之作者必為兵家，
此又大不然之說也。」〔註325〕在《紅樓夢》第一回中，有「竟不如我這半世
親見親聞的幾個女子」一語，有些讀者便基於此語，判定《紅樓夢》是自述生
平之作。而王國維則不然，王國維思考細緻入微，對「內證」進行辨析，認為
此語亦可自旁觀者之口言之，未必是作者走入書中自道生平。由此可見，對
於書中之語應換各種不同的角度進行細密思考，方才能得出相對客觀的結論。

其二，「細省其書」，注重細節。「格物細參」之「細」與「文本細讀」之「細」
均強調對文本「細節」的重視。對「細節」的省察和把握影響到文學欣賞者對
文學文本的理解程度。「細省其書」，則微細精妙收於眼底。如著超《古今小說
評林》言：「《水滸》⋯⋯其尤奇者，則一人有一人之精神。同是酒醉闖禍殺人
打虎數事，而花和尚與武行者不同，武行者又與黑旋風不同⋯⋯」〔註326〕《水

〔註323〕朱一玄編，明清小說資料彙編（下）〔M〕，天津：南開大學出版社，2012：936。
〔註324〕朱一玄編，明清小說資料彙編（下）〔M〕，天津：南開大學出版社，2012：
　　　　958～959。
〔註325〕朱一玄，劉毓忱編，三國演義資料彙編〔M〕，天津：南開大學出版社，2012：
　　　　449。
〔註326〕朱一玄編，明清小說資料彙編（上）〔M〕，天津：南開大學出版社，2012：113。

滸傳》的精細在於每一個人物形象各各不同，同樣的事節亦有明顯差別，而這些差別在不忽略「細節」的讀者那裡方可以得出。又如劉廷璣《在園雜誌》卷二所道：「……如《水滸》本施耐庵所著，一百八人，人各一傳，性情面貌，裝束舉止，儼有一人跳躍紙上。天下再難寫者英雄，而各傳則各色英雄也；天下更難寫者英雄美人，而其中二三傳，則別樣英雄別樣美人也；串插連貫，各具機杼，真是寫生妙手。」〔註327〕英雄美人本就難寫，而《水滸傳》著者不僅寫得英雄美人各個不同，而且能寫出別樣英雄、別樣美人。劉廷璣格物細緻，對《水滸傳》中一百八人各具特點，同為英雄美人卻寫得彼此各不相同而又能別出機杼，深有領悟。同樣的言論，還如李贄《水滸傳回評》第三回評點：「……《水滸傳》文字，妙絕千古，全在同而不同處有辨。如魯智深、李逵、武松、阮小七、石秀、呼延灼、劉唐等眾人，都是急性的，渠形容刻畫來，各有派頭，各有光景，各有家數，各有身份，一毫不差，半些不混，讀去自有分辨，不必見其姓名，一睹事實，就知某人某人也……」〔註328〕《水滸傳》中的魯智深、李逵、武松、阮小七、石秀、呼延灼、劉唐等人，都是急性的，但《水滸傳》著者卻將這些同為急性的人各自寫出。評點者李贄便將《水滸傳》中看似相同的人物，實卻各不相同，稱之為「同而不同處有辨」，就讀者而言，如果把握住不同人物的「細節」，便會發現小說中看似性格相近的人物形象卻「各有派頭，各有光景，各有家數，各有身份，一毫不差，半些不混」。亦如侗生《小說叢話》所說：「英人哈葛德所著小說，不外言情，其書之結構，非二女爭一男，即兩男爭一女，千篇一例，不避雷同，然細省其書，各有特色，無一相襲者。吾國施耐庵所著《水滸》，相類處亦夥。即以武松論，性質似魯智深，殺嫂似石秀，打虎似李逵，被誣似林沖，然諸人自諸人，武松自武松，未嘗相犯。」〔註329〕哈葛德小說表面上千篇一律，內容上都是言情之作，情節結構上不是二女爭一男，便是二男爭一女，但如果注意到小說的細節方面，卻會發現，並不雷同，而是各有特色。《水滸傳》中的人物亦是，

〔註327〕〔清〕劉廷璣撰，張守謙點校，在園雜誌〔M〕，卷二，北京：中華書局，2005：83。

〔註328〕〔明〕施耐庵集撰，〔明〕羅貫中纂修，〔明〕李贄批評，《古本小說集成》編委會編，李卓吾批評忠義水滸傳〔M〕，上海：上海古籍出版社，1992：107。

〔註329〕朱一玄，劉毓忱編，水滸傳資料彙編〔M〕，天津：南開大學出版社，2012：374。

看似相類，但若細省之，則各不相同。可見，如果一部書表面上看去千篇一律，並不能著急下結論，而是要「細省其書」，則會發現看似雷同的人物事節「各有特色」，不論中外，都不乏其例。

　　對「細節」的考察有利於全面分析和把握人物形象。張冥飛《古今小說評林》即言：「《三國演義》……寫孔明亦是極力推崇，然借風、乞壽、袖占八卦、羽扇一揮回風反火等事，適成為踏罡拜斗之道士行為，殊與賢相之身份不合矣……綜觀全書，倒是寫曹操寫的最好……書中寫曹操，有使人愛慕處，如刺董卓、贖文姬等事是也；有使人痛恨處，如殺董妃、弒伏后等事是也；有使人佩服處，如哭郭嘉、祭典韋，以愧勵眾謀士及眾將，借督糧官之頭，以止軍人之謗等事是也。」〔註330〕如張冥飛所言，諸葛亮如一個道士一般「借風、乞壽、袖占八卦、羽扇一揮回風反火」等等細瑣事節，正暴露了這一人物與賢相身份的不合之處。而「細節」也使讀者對曹操這個人物形象有更直感的把握，「直面文本」，不大而化之地扣定一頂簡單的帽子，而是對小說人物進行全面、仔細的析解。明清小說評點者還抓住小說文本中的「細節」描寫來細意省察，糾正謬誤訛傳。如毛宗崗《三國志演義回評》第二十一回所評：「……若因聞雷而故作落箸，以之欺小兒則可，豈所以欺曹操者？俗本多訛，故以原本校正之。」〔註331〕客觀而論，曹操並非三歲小孩，而是對事物有明斷的奸雄之輩，故劉備假借聞雷受驚而作為落箸之故實在騙不過曹操。毛宗崗即通過對劉備「落箸」這一「細節」的仔細分析和揣摩，從「細節」來判定《三國演義》俗本的訛誤之處，為其糾謬。對謬誤的糾正，正是「細」的重要表現之一。平步青《霞外捃屑》卷九「儒林外史」言：「……第二十六回『升了汀漳龍道』，既託名明官，不當徑稱今制，此亦疏忽之過。按此等皆稗官家故謬其辭，使人知為非明事。亦如《西遊記》演唐事，託名元人，而有鑾儀衛明代官制，《紅樓夢》演國朝事，而有蘭臺寺大夫、九省總制節度使、錦衣衛也。江秋珊《雜記》嫌其蕪雜，亦未識此。此評可刪。」〔註332〕小說家創作小說，有些是故意用謬辭，使人知道書中所寫並非現實中事，而是出於作者

〔註330〕朱一玄編，明清小說資料彙編（上）〔M〕，天津：南開大學出版社，2012：112～113。

〔註331〕〔元末明初〕羅貫中原著，〔清〕毛宗崗評點，毛批三國演義〔M〕，天津：天津古籍出版社，2006：150。

〔註332〕朱一玄，劉毓忱編，西遊記資料彙編〔M〕，天津：南開大學出版社，2012：366。

虛構杜撰。一些評點家卻並未注意到這一細節,而誤解了作者本意。平步青對細節的理解和把握,體現了其心思之細膩,閱讀小說文本既要「細省其書」,不放過書中任何「細節」,又要細意體會作者本心,不可誤解作者之意,而造成以訛傳訛的失誤。

「格物細參」、「文本細讀」者應有敏銳的辨識力,善於發現和捕捉小說文本行文在「細節」上的變化和特色。金聖歎即擅於把握小說文本「細節」上的變動,其在《水滸傳回評》第四十一回評道:「第一段神廚搜捉,文妙於駭緊;第二段夢受天書,文妙於整麗;第三段群雄策應,便更變駭緊為疏奇,化整麗為錯落。三段文字,凡作三樣筆法,不似他人小兒舞鮑老,只有一副面具也。」〔註333〕金聖歎精於捕捉小說行文「細節」的變化,三段文字,便各自總括出其「駭緊」、「整麗」以及「疏奇」、「錯落」等不同的特點,顯示了他對小說文本的細緻把握。又如金聖歎《水滸傳回評》第三十回評道:「此文妙處,不在寫武松心粗手辣,逢人便斫,須要細細看他筆致閒處,筆尖細處,筆法嚴處,筆力大處,筆路別處。如馬槽聽得聲音方才知是武松句……此其筆致之閒也。殺後槽便把後槽屍首踢過句……此其筆尖之細也。前書一更四點,後書四更三點,前插出施恩所送棉衣及碎銀,後插出麻鞋:此其筆法之嚴也。搶入後門殺了後槽……一連共有十數個轉身:此其筆力之大也。一路凡有是一個燈字,四個月字:此其筆路之別也。」〔註334〕金聖歎指出,《水滸傳》此回「筆致之閒」處表現在馬槽聽得聲音方才知是武松等句,「筆尖之細」處表現在殺後槽便把後槽屍首踢過等句,「筆法之嚴」處表現在前書一更四點,後書四更三點等等,「筆力之大」處表現在寫武松一連共有十數個轉身,「筆路」之別處表現在一路寫過去共有一個燈字,四個月字。金聖歎不放過小說文本每一處細節,細心研讀、細緻琢磨、細意推敲,發掘出《水滸傳》筆致之閒、筆尖之細、筆法之嚴、筆力之大、筆路之別等各各不同之處。

其三,作者「文筆精細」,讀者「細思細玩」。「格物細參」與「文本細讀」之「細」,還體現在作者用細膩之筆寫出「文筆精細」的文學作品,以及讀者對作品的「細思細玩」等方面。作者之「細心」是作品之「精細」的基礎,而

〔註333〕陳曦鍾,侯忠義,魯玉川輯校,水滸傳會評本〔M〕,北京:北京大學出版社,1981:771~772。

〔註334〕陳曦鍾,侯忠義,魯玉川輯校,水滸傳會評本〔M〕,北京:北京大學出版社,1981:569。

此二者又均是讀者「格物細參」、「文本細讀」、「細思細玩」的前提。

　　明清小說評點中對作者深細的文心、小說文本文字的細密多有揭示。如《新刻繡像批評金瓶梅評語》第九回，原文：「從新安設武大郎靈位……」崇夾批：「細。」〔註335〕又第二十三回，原文：「冷鋪中舍冰，把你賊受罪……」崇眉批：「作者細心如此。」〔註336〕原文又有：「怎的只顧端詳我的腳，你看過那小腳兒的來？」崇眉批道：「從腳引到金蓮，線索甚微。」〔註337〕又有原文：「看我（蕙蓮）到明日，對他說不說……對誰說我（平安）曉得，你往高枝上去了。」崇眉批：「一『他』字，一『誰』字，各有所指，都不說破。非深於史者，不知如此用意。」〔註338〕評點者將《金瓶梅》作者之「細心」、線索之「細微」、用詞之「細密」一一揭出。又如張竹坡《金瓶梅回評》第五十回批道：「瓶兒之死，伏於試藥，不知官哥之死，亦伏於此。看其特特將博浪鼓一點，而後文睹物之哭，遙遙相照矣。夫博浪鼓，一戲物耳，一見而官哥生矣，再現而官哥不保矣。至睹物之哭，乃一點前數回之金針結穴耳。其細密如此！」〔註339〕《金瓶梅》中，設有諸多「伏線」，張竹坡即發掘出文中「伏線」、「結穴」之處，並讚歎《金瓶梅》文字之「細密」。張竹坡《金瓶梅回評》第五十二回批：「為結文幻化寫一孝哥，為孝哥寫一薛姑子。用筆深細，固不必說。至於為一壬子，卻寫一庚戌日；為一庚戌日，卻寫一官哥剃頭；又先寫一西門修養，後又賠寫一廿四日。總之文字不肯直直便出，使人看出也。」〔註340〕張竹坡認為《金瓶梅》「用筆深細」，不易使人看出。「用筆深細」的作品更值得讀者「格物細參」、「文本細讀」，明瞭文章之意。相似的，還有張竹坡《金瓶梅回評》第五十八回所批：「林太太，因月兒之薦也。故才寫月兒，必云在招宣府中供唱。寫愛月兒不言語者，見月兒適才受辱，全已歸恨桂姐，故後日思所以陷桂姐者，不一而足也。文心深細如此。」〔註341〕

〔註335〕秦修容整理，金瓶梅：會評會校本〔M〕，北京：中華書局，1998：135～136。
〔註336〕秦修容整理，金瓶梅：會評會校本〔M〕，北京：中華書局，1998：328。
〔註337〕秦修容整理，金瓶梅：會評會校本〔M〕，北京：中華書局，1998：328。
〔註338〕秦修容整理，金瓶梅：會評會校本〔M〕，北京：中華書局，1998：329～330。
〔註339〕〔明〕蘭陵笑笑生著，〔清〕張道深評，王汝梅、李昭恂、於鳳樹校點，張竹坡批評金瓶梅〔M〕，濟南：齊魯書社，1991：732。
〔註340〕〔明〕蘭陵笑笑生著，〔清〕張道深評，王汝梅、李昭恂、於鳳樹校點，張竹坡批評金瓶梅〔M〕，濟南：齊魯書社，1991：768。
〔註341〕〔明〕蘭陵笑笑生著，〔清〕張道深評，王汝梅、李昭恂、於鳳樹校點，張竹坡批評金瓶梅〔M〕，濟南：齊魯書社，1991：846。

張竹坡指出《金瓶梅》中舉之不勝的作者行文用筆細膩綿密之處，而《金瓶梅》的「文心深細」，實乃讀者「格物細參」之前提。又如脂硯齋等《紅樓夢評》第十七回至十八回，原文：「上面苔蘚成斑，藤蘿掩映。」已卯夾批：「曾用兩處舊有之園所改，故如此寫方可，細極。」〔註342〕己卯夾批亦言《紅樓夢》文筆「細極」。

「細」還體現在讀者對小說文本的「細思細玩」，此於《金瓶梅》、《儒林外史》、《紅樓夢》等等明清小說評點中多有指出。

如《新刻繡像批評金瓶梅評語》第六十五回，原文：「只見吳月娘說：『賁四嫂買了兩個盒兒，他女兒長姐，定與人家來磕頭。』」崇眉批：「亦是冷案，似乎可省，然細觀首尾，方知其妙。」〔註343〕崇眉所批是說讀者應「細觀首尾」，才知道其中隱藏的妙處。又第七十二回，原文：「教我一頓卷罵。」崇眉批：「金蓮一口敘七八百言，由淺入深，節上生枝，竟無歇口處，而其中自為起伏，自為頓挫，不緊不慢，不閒不忙，似亂似整，若斷若續，細心玩之，竟是一篇漢人絕妙大文字。」〔註344〕讀者只有「細心玩之」，才會發現文字之絕妙，體會到潘金蓮口齒之伶俐、語言之生趣，從人物語言中亦對人物形象的身份和性格等有了更深刻的瞭解。又如張竹坡《金瓶梅回評》第七回，批道：「……一面寫金、瓶、梅三人熱處，一面使玉樓冷處不言已見。是作者特借一月琴，將翡翠軒、葡萄架的文字，皆借入玉樓傳中也。文字神妙處，誰謂是粗心人可解。」〔註345〕張竹坡指出，粗心之人是不能體會到《金瓶梅》文字神妙之處的，小說中寫潘金蓮、李瓶兒、龐春梅承歡爭寵的鬧熱之處，是要令孟玉樓孤冷淒涼之處不言自現。而這些在文中沒有明確表出的文字，正是需要讀者「細心」方解「文字神妙處」。張竹坡《金瓶梅回評》第十六回，批道：「……人謂寫瓶兒熱，不知其寫瓶兒心悔也……此段隱情，乃作者追魂取影之筆，人俱混混看過，辜作者深心矣。」〔註346〕此處，張竹坡亦是頗具細心，體悟到李瓶兒心悔之意，沒有辜負作者苦心，以此說明讀者應細心參

〔註342〕朱一玄，紅樓夢脂評校錄〔M〕，濟南：齊魯書社，1986：233。
〔註343〕秦修容整理，金瓶梅：會評會校本〔M〕，北京：中華書局，1998：900～901。
〔註344〕秦修容整理，金瓶梅：會評會校本〔M〕，北京：中華書局，1998：1009。
〔註345〕〔明〕蘭陵笑笑生著，〔清〕張道深評，王汝梅、李昭恂、於鳳樹校點，張竹坡批評金瓶梅〔M〕，濟南：齊魯書社，1991：110。
〔註346〕〔明〕蘭陵笑笑生著，〔清〕張道深評，王汝梅、李昭恂、於鳳樹校點，張竹坡批評金瓶梅〔M〕，濟南：齊魯書社，1991：239。

閱，不可辜負作者「深心」。張竹坡《金瓶梅回評》第二十回又批道：「……看者不知……其用筆必不肯隨時突出，處處草蛇灰線，處處你遮我映，無一直筆呆筆，無一筆不作數十筆用，粗心人安知之？」〔註347〕張竹坡指出，《金瓶梅》著者不採用蠢笨的「直筆」、「呆筆」行文，而是一筆作數十筆用，所以說粗心讀者不能了悟文章妙處，細心讀者方可。

又如臥閒草堂本《儒林外史回評》第四回評：「關帝廟中小飲一席話，畫工所不能畫，化工庶幾能之。開端數語，尤其奇絕。閱者試掩卷細想，脫令自己操觚，可能寫出開端數語……」〔註348〕評者認為《儒林外史》中關帝廟中小飲的一席話已達文章之化境，尤其是開頭幾句，更加奇絕。讀者應將奇絕之語「掩卷細想」，細心體會作者下思運筆之奇。第二十六回又評道：「王太太未嘗見，而已將他之性情舉動，一一描摹盡致。試思如此一個人，而鮑廷璽竟娶他來家，將何以處之？閱者且掩卷細思，此後當用何等筆墨……觀後文娶進門來許多疙瘩事，真非錦繡之心，不能布置，然後歡服作者才力之大。」〔註349〕評者又言讀者應「掩卷細思」，不只對小說文本悉心考究，還要細想小說的故事情節應該如何展開，如何發展。如此反覆思索，才能對小說著者的結構行文有更加深入的瞭解。由此亦可見《儒林外史》著者的「錦繡之心」。黃富民《儒林外史序》亦言：「……然不善讀者但取其中滑稽語以為笑樂，殊不解作者嫉世救世之苦衷……試取是書細玩之，先生品學已大概可見……」〔註350〕如黃富民所言，細讀《儒林外史》，會發現《儒林外史》並非只流於表面的滑稽笑樂，而是深藏著者嫉世救世的苦衷。讀者將書「細玩」，可見作者之品學。

又如脂硯齋等《紅樓夢評》第五回，原文：「必有絳珠妹子的生魂前來遊玩。」甲戌側批：「絳珠為誰氏，請觀者細思首回。」〔註351〕原文：「合各種寶林珠樹之油所製。」甲辰批：「細玩此句。」〔註352〕均言讀者「細思」、「細

〔註347〕〔明〕蘭陵笑笑生著，〔清〕張道深評，王汝梅、李昭恂、於鳳樹校點，張竹坡批評金瓶梅〔M〕，濟南：齊魯書社，1991：299。

〔註348〕〔清〕吳敬梓著，李漢秋輯校，儒林外史匯校匯評〔M〕，上海：上海古籍出版社，2010：70～71。

〔註349〕〔清〕吳敬梓著，李漢秋輯校，儒林外史匯校匯評〔M〕，上海：上海古籍出版社，2010：303。

〔註350〕〔清〕吳敬梓著，李漢秋輯校，儒林外史匯校匯評〔M〕，上海：上海古籍出版社，2010：10。

〔註351〕朱一玄，紅樓夢脂評校錄〔M〕，濟南：齊魯書社，1986：95。

〔註352〕朱一玄，紅樓夢脂評校錄〔M〕，濟南：齊魯書社，1986：96。

玩」。第九回，原文：「只怨香、玉二人不在薛蟠前提攜幫補他。」靖藏眉批：
「……看書人細心體貼，方許你看。」〔註353〕亦言讀者應對小說文本「細心
體貼」。第十五回，原文：「二人不知是誰，唬的不敢動一動，只聽那人嗤的一
聲，掌不住笑了。」庚辰側批：「請掩卷細思此刻形景，真可噴飯……」〔註
354〕又有原文：「秦鍾笑道：『好人。』」庚辰側批：「前以二字稱智慧，今又稱
玉兄，看官細思。」〔註355〕是說讀者應「細思」文中妙趣。第二十一回，原
文：「寶釵便在炕上坐了。」庚辰夾批：「好！逐回細看，寶卿待人接物，不疏
不親，不遠不近……諸公請記之。」〔註356〕如批點者所道，讀者「逐回細看」，
方知小說人物品性。第三十七回，原文：「我的那首原不好了，這評的最公。」
己卯夾批：「話內細思，則似有不服先評之意。」〔註357〕「話內細思」，方解
小說人物語言隱藏之意，對理解人物形象特點大有裨益。第四十五回，原文：
「將來也不過多費得一副嫁妝罷了，如今也愁不到這裡。」庚辰夾批：「……
此是大關節大章法，非細心看不出。」〔註358〕批點者指出，讀者如果不細心，
便看不出文中的「大關節大章法」。第七十三回，原文：「嚇得連忙死緊攙住。」
庚辰夾批：「……所謂此書針〈錦〉〔線〕慎密處，全在無意中一字一句之間
耳，看者細心方得。」〔註359〕此處亦是說看小說者應「細心」，方得文中細膩
之思。還有如哈斯寶《〈新譯紅樓夢〉回批》第三十回評道：「……不明內情的
人，讀賈母誇寶玉，襲人憂寶玉，必說我的批評偏頗。但若細想一下，便會悟
出她們的罪愆。賈母談這事，說『寶丫頭心地明白』，襲人『又和寶丫頭合得
來』。『明白』在哪？『合得來』在哪？都是大可生疑的。襲人稟報王夫人，最
後說『想個萬全的主意才好』，這豈不是要一不讓寶玉察覺，二洗掉自己罪
過？」〔註360〕又評道：「作者真是精於致知格物……」〔註361〕如哈斯寶所言，

〔註353〕朱一玄，紅樓夢脂評校錄〔M〕，濟南：齊魯書社，1986：160。
〔註354〕朱一玄，紅樓夢脂評校錄〔M〕，濟南：齊魯書社，1986：208。
〔註355〕朱一玄，紅樓夢脂評校錄〔M〕，濟南：齊魯書社，1986：209。
〔註356〕朱一玄，紅樓夢脂評校錄〔M〕，濟南：齊魯書社，1986：309。
〔註357〕朱一玄，紅樓夢脂評校錄〔M〕，濟南：齊魯書社，1986：444。
〔註358〕朱一玄，紅樓夢脂評校錄〔M〕，濟南：齊魯書社，1986：475。
〔註359〕朱一玄，紅樓夢脂評校錄〔M〕，濟南：齊魯書社，1986：530。
〔註360〕〔清·蒙古族〕哈斯寶著，亦鄰真譯，《新譯紅樓夢》回批〔M〕，呼和浩特：
　　　　內蒙古人民出版社，1979：105。
〔註361〕〔清·蒙古族〕哈斯寶著，亦鄰真譯，《新譯紅樓夢》回批〔M〕，呼和浩特：
　　　　內蒙古人民出版社，1979：105。

《紅樓夢》中，賈母疼愛、誇讚寶玉，襲人為寶玉擔憂，表面上此二人是極愛寶玉之人，但實質上卻犯了傷害寶玉的罪愆。哈斯寶細思《紅樓夢》中賈母與襲人的用語用詞，發現了令人可疑的破綻之處。賈母愛寶玉，實際上是葬送了寶玉；襲人憂寶玉，實際上是處處為自己做打算。《紅樓夢》作者「精於格物致知」，寫出文筆細密精妙的作品，而讀者只有「細想」，才會發現文中暗藏的玄機。又有如哈斯寶《〈新譯紅樓夢〉回批》第三十九回評道：「讀此回，可見作者用筆迂迴曲折，由此及彼，又由彼及此……應當細讀無遺。」〔註362〕由哈斯寶批語，可知《紅樓夢》作者「用筆迂迴曲折」，讀者應當「細讀」。

　　除以上所列舉之例，言讀者「細思細玩」之處似難道盡。劉輝《談文龍對〈金瓶梅〉的批評》，對讀者所應做到的「細」有頗為恰切的闡解，可作參考：「『求細』，則是『須於未看書之前，先將作者之意，體貼一番，更須於看書之際，總將作者之語，思索幾遍。』細密，這是『細』的第一層涵義。『細』的更二層涵義，則須綜觀全書，不可掛一漏萬。『看第一回，眼光已射到百回上，看到第百回，心思復憶到第一回先。』『看前半部，須知有後半部；看後半部，休拋卻前半部。今日之一人一事，皆昔日之所收羅埋伏，而發洩於一朝者也。』『準情度理』是求真求細的必須手段，求真求細是為了以情理定其案。文龍所說的『當置身於書中』，『又當置身於書外』，就是『書自為我運化，我不為書捆縛』的觀點。」〔註363〕按照劉輝所言，所謂「求細」，是指讀者在沒看書之前，先將作者意思體會一番，並且在看書的時候，將作者所說的話思索幾遍。「細」的第一層涵義，是「細密」。「細」的第二層涵義，是在關注小說文本小細節的基礎上，著眼於全書的宏闊構架，不能只看一處，不及其餘。如看小說第一回的時候，眼光所及已到第一百回的位置，看到第一百回的時候，心裏並沒有忘卻第一回所言何事。「求真求細」的必要條件是要做到「準情度理」，讀者不能被書中之語所綁縛，而應保持理性，以客觀之眼看文中之事，能夠做到「入乎其內」、「出乎其外」。

二、著眼在「小」

　　明清小說評點「格物細參」與英美新批評「文本細讀」的相似性還在於

〔註362〕〔清・蒙古族〕哈斯寶著，亦鄰真譯，《新譯紅樓夢》回批〔M〕，呼和浩特：內蒙古人民出版社，1979：130。

〔註363〕朱一玄編，金瓶梅資料彙編〔M〕，天津：南開大學出版社，2012：667～668。

二者均著眼於文本中細小之處，乃至對一字一詞仔細搜求。

有對某一個字的讀法、寫法、用法進行細細考究者。如顧家相《五余讀書廔隨筆》：「《說薈》不知何書⋯⋯乃歎羅貫中並非杜撰。而由此類推，凡正史所不載之事，固未可概斷為必無也。史載關壯繆止二子：曰平曰興。而《三國演義》乃有關索，謂係公之幼子⋯⋯《大清一統志》疑索為『帥』字之誤，然『帥』字雖通作『率』，而『將帥』之『帥』，究無讀入聲者，其說終不可通。」〔註364〕顧家相對羅貫中是否為杜撰進行辨析，歷史中沒有記載的事情，並非一定不存在，且對《大清一統志》所提出的「索」為「帥」字誤之說進行辨析，通過「帥」字的讀法、寫法這一細微之處，進行細細考究，從而做出合宜的判斷。顧家相通過辨析，判斷正史中所沒有記載的事情，並非一定不存在，而《大清一統志》中的說法也有謬誤之處。又如毛宗崗《三國志演義回評》第三十四回評道：「⋯⋯曹植所欲建者，玉龍、金鳳所接之二橋；曹操所欲得者，乃孫策、周瑜所娶之二喬。『橋』之與『喬』則有辨矣。」〔註365〕毛宗崗對「銅雀之二橋」之「橋」與「孫策、周瑜所娶之二喬」之「喬」仔細辨析。又如毛宗崗《三國志演義回評》第四十四回評道：「《銅雀》舊賦云：『連二橋於東西兮，若長空之蝃蝀。』⋯⋯以蝃蝀比之，即從阿房賦所謂『長橋臥波，未云何龍；複道凌空，不霽何虹』者也。孔明乃將『橋』字改作『喬』字，將『西』字改作『南』字，將『連』字改作『攬』字，而下句則全改之，遂輕輕劃在二喬身上去，可謂善改文章者矣⋯⋯」〔註366〕又評言：「以橋作喬，此讀別字也。孔明欲欺周郎，故有意為之。奈何近世孔明之多乎！弄璋而以為弄獐，伏臘而以為伏獵矣、芋而以為羊、金根而以為金銀矣，吾不知其將賺何人，將施何計，而亦學孔明之改別字也。為之一笑。」〔註367〕《銅雀臺賦》是東漢末年曹植在銅雀臺落成時所作，銅雀臺建成後曹操召集文武在臺前舉行比武大會，又命自己的幾個兒子登臺作賦，曹植下筆琳琅，寫下這篇文辭華美的名作。《阿房宮賦》是唐代杜牧所作借古諷今的賦體散文，文辭錯

〔註364〕朱一玄編，明清小說資料彙編（上）〔M〕，天津：南開大學出版社，2012：81。

〔註365〕〔元末明初〕羅貫中原著，〔清〕毛宗崗評點，毛批三國演義〔M〕，天津：天津古籍出版社，2006：250。

〔註366〕〔元末明初〕羅貫中原著，〔清〕毛宗崗評點，毛批三國演義〔M〕，天津：天津古籍出版社，2006：326。

〔註367〕〔元末明初〕羅貫中原著，〔清〕毛宗崗評點，毛批三國演義〔M〕，天津：天津古籍出版社，2006：326。

落，駢散結合。毛宗崗注力於文字中的細節，發現《銅雀臺賦》與《阿房宮賦》遣詞用語的聯繫。《三國演義》中，諸葛亮將賦作中的個別字詞改換，稱得上是善改文章為己用。諸葛亮的改文換字是故意為之，而有些人對文字的改換卻是知識不足或心思不細導致用字用詞的訛誤。毛宗崗著眼於《三國演義》文本中每一字的使用，對之分析、糾謬，並且對錯字、別字等細節方面的錯誤深惡痛絕。又如王士禎《聊齋誌異題辭》載：姑妄言之姑（青本作「妄」）聽之，豆棚瓜架雨如絲。料應厭作人間語，愛聽秋墳鬼唱時。（此據抄本，青本「時」作「詩」。按蒲松齡和詩《次韻答王司寇阮亭先生見贈》：「《誌異》書成共笑之，布袍蕭索鬢如絲；十年頗得黃州意，冷語寒燈夜話時。」可知「詩」字係「時」字形似誤刻，或後人臆改，遺稿本載此詩，「詩」亦作「時」，並有按語云：「此詩今多誤刻，『時』字作『詩』字，則味短而句死矣。因正之。」）〔註368〕《聊齋誌異》有各種版本，不同的本子，所著錄的內容有或多或少的出入，青柯亭刻本《聊齋誌異》，將「時」作「詩」，抄本則作「時」。王士禎注意到這一細微的用字之處，對青柯亭刻本《聊齋誌異》「時」字誤作「詩」字進行細緻考究。又如張文虎《儒林外史評》第四十一回，原文：「他拐了東西逃走的話。」張文虎評：「『拐』字不切當，當易『卷』字。」〔註369〕此是張文虎對《儒林外史》中某一個字的選用所作的精細斟酌和考慮。

　　有對小說文本中一詞一語研究體悟者。如徐樹丕《識小錄》卷一：「《水滸傳》有『鄆哥不忿鬧茶肆』，初謂是俗語耳。乃唐人李端《閨情》云：『月落星稀天欲明，孤燈未滅夢難成，披衣更向門前望，不忿朝來鵲喜聲。』始知施耐庵之有所本。」〔註370〕徐樹丕追究小說中某一俗語的出處來歷，經過仔細考察，才知道施耐庵所用之語實本於唐人李端《閨情》詩，可見徐樹丕對《水滸傳》中一詞一語亦不輕易略過。又如納川《小說叢話》對小說裏應少用冠首字樣的闡析：小說好處，以能少用冠首字樣為佳（如張甲曰、李乙曰之類）。即以《西遊》一節而論：「行者將八戒揪住問道：『甚麼山？』八戒道：『石頭山。』『甚麼洞？』『石頭洞。』『甚麼門？』『釘釘鐵葉門。』」此節後四句不必加以冠首字樣，而讀者便知為行者問、八戒答也。若俗手為之，便加許多

〔註368〕張友鶴輯校，聊齋誌異會校會注會評本〔M〕，北京：中華書局，1962：34。
〔註369〕〔清〕吳敬梓著，李漢秋輯校，儒林外史匯校匯評〔M〕，上海：上海古籍出版社，2010：455。
〔註370〕朱一玄編，明清小說資料彙編（上）〔M〕，天津：南開大學出版社，2012：251。

「行者問道」、「八戒答道」字樣，豈非累贅！〔註371〕納川認為，小說應該少用冠首字樣，並舉《西遊記》中孫悟空與豬八戒之間的對話以作說明。如果在孫悟空與豬八戒之間對話中加上「行者問道」、「八戒答道」之類的冠首字樣，便顯得累贅不堪。納川注力於對小說文本所用一詞一語的體悟，對小說具體行文中的遣詞用語絲毫不肯放過。納川經過仔細揣摩後，認定小說作者在敘寫人物對話時，應將冠首字樣省去，才能使得行文自然順暢，沒有贅言。又有如張竹坡《金瓶梅回評》第五十九回對「如今」一詞的發掘體悟：「何以知官哥為子虛化身也？觀夢子虛云：『如今我告你去也』。夫子虛已死數年，而何以不告，且必云『如今我告你去』？『如今』二字，見以先我已來討債。作孽至如今，債已將完，孽已將成，止用一告，便來捉淫婦姦夫也，明明在此。而自有《金瓶》以來，能看而悟其意者誰乎？今日被我抉其隱而發之也。」〔註372〕張竹坡認為，官哥實乃花子虛的化身。並在文中找尋依據。張竹坡指出，「如今」二字，是姦夫淫婦作孽到如今，作孽之人還債將完，作孽將成，而用「告」一詞，是說武松很快便會來捉拿姦夫淫婦。張竹坡得意於自身對「如今」二字的體悟，認為鮮有讀者能了悟《金瓶梅》著者之意，而自己便是能發掘文中旨意之人。

　　有對書中某一具體細小事物搜求考察者。「格物細參」對具體事物的考察類似於「文本細讀」中對某一意象的考索，其所不同的是「格物細參」將關注的觸角延伸至小說文本之外的與文中具體事物相關的其他知識來源和載體。如俞樾《茶香室續鈔》卷二十二《青龍偃月刀》中對《三國演義》關羽所使用兵器「青龍偃月刀」的考索：「國朝羅天尺《五山志林》云：『……得一大刀，有青龍偃月字……』按羅天尺，順德人，邑即順德也。余讀明包汝楫《南中紀聞》，荊門州南十五里，地名掇刀石，有關公所用大刀插石竅上，已載於《叢鈔》卷十五矣。夫關公誠有刀，刀一而已，安得有二？且青龍偃月之名，出於衍義，不足信也。」〔註373〕俞樾通過對清代順德人羅天尺所著之書《五山志林》以及明代綏寧知縣包汝輯所著筆記小說《南中紀聞》等書目的徵引和辨

〔註371〕 朱一玄，劉毓忱編，西遊記資料彙編〔M〕，天津：南開大學出版社，2012：374。

〔註372〕 〔明〕蘭陵笑笑生著，〔清〕張道深評，王汝梅、李昭恂、於鳳樹校點，張竹坡批評金瓶梅〔M〕，濟南：齊魯書社，1991：870。

〔註373〕 朱一玄編，明清小說資料彙編（上）〔M〕，天津：南開大學出版社，2012：90。

析，並且結合客觀事實，即關公所用兵器「青龍偃月刀」只有一把，不可能同一把「青龍偃月刀」出現在兩處不同的地方，從而得出了《三國演義》中關羽所使用的兵器「青龍偃月刀」乃是《三國演義》著者杜撰、虛構，並非在現實中真實存在的結論。又如王士禎《古夫于亭雜錄》卷二所載對於小說中的物品「人參果」的考究：《書奕》云：「小說載人參果，亦有據。大食王遣人之海上，見一方石，石上有樹，枝赤葉青，總生小兒，手足著枝上，不能語笑。」〔註374〕《西遊記》第二十四回，記敘了孫悟空偷人參果，與八戒、沙僧分食之事。經王士禎所考，小說中所寫「人參果」亦有所本。又如毛宗崗《三國志演義回評》第二十六回評點中對小說人物稱號的仔細辨析：「今人見關公為漢壽亭侯，遂以『漢』為國號，而直稱之曰『壽亭侯』，即博雅家亦時有此，此起於俗本演義之誤也。俗本云：『曹瞞鑄壽亭侯印貽公而不受，加以漢字而後受』，是齊東野人之語。讀者不察，遂為所誤。夫『漢壽』，地名也。『亭侯』，爵名也。漢有亭侯、鄉侯、通侯之名……《蜀志》：『大將軍費禕，會諸侯於漢壽。』則漢壽亭侯，猶言漢壽之亭侯耳。豈可去『漢』字而以『壽亭侯』為名耶？雞籠山關廟內題主曰：『漢前將軍漢壽亭侯之神』，本自了然。餘則謂當於外額亦加一『漢』字，曰『漢漢壽亭侯之祠』，則人人洞曉矣。俗本多誤，今依古本校正。」〔註375〕毛宗崗指出，關公所名「漢壽亭侯」，其中的「漢」字並非指國號，不可直稱關羽為「壽亭侯」。這種訛謬的稱謂是被《三國演義》俗本所誤導了。「漢壽」，實為地名，「亭侯」乃是爵名。漢代便有「亭侯」、「鄉侯」、「通侯」等官爵名。在《蜀志》當中，即有關於「漢壽」之地的記載。所以關公所名「漢壽亭侯」，實際指的是關羽乃漢壽之地的亭侯。雞籠山關廟內所題「漢前將軍漢壽亭侯之神」，亦表明了「漢壽亭侯」之「漢」不是指國號。故若欲加國號，應名關羽為「漢漢壽亭侯」。毛宗崗對小說人物稱謂此一細小之處搜考辨析，體現了「格物細參」之「細」。

有通過對細小之處的辨析見出大學問者。如缺名《乘光舍筆記》載：「……寶玉所云『男人是土做的，女人是水做的』……蓋漢字之偏旁為水，故知書中之女人皆指漢人。而明季及國初，人多稱滿人為『達達』……故知書中男

〔註374〕朱一玄編，明清小說資料彙編（上）〔M〕，天津：南開大學出版社，2012：414。

〔註375〕〔元末明初〕羅貫中原著，〔清〕毛宗崗評點，毛批三國演義〔M〕，天津：天津古籍出版社，2006：187。

人皆指滿人。由此分析，全書皆迎刃而解，如土委地矣。」〔註376〕通過分析小說中的一句話、漢字的構成、民間俗語等，來理解《紅樓夢》所敘為何，即從細小之處見出《紅樓夢》的大旨意。又如種柳主人《玉蟾記序》對「情」的析解：「上天下地，資始資生，罔非一情字結成世界……忠孝節義仁慈友愛亦惟情而已。人孰無情？然有別焉。有情者君子，本中而和，發皆應節，故君子之情公而正，情也，即理也。小人亦託於情，有忌心、有貪心、有好勝心，愛憎皆徇於己，故小人之情私而邪，非情也，欲也，一動於欲則忠孝節義仁慈友愛不知消歸於何有。言情者辨之，可不早辨哉！」〔註377〕種柳主人認為，世界乃由一「情」字連結構成。人若做到忠孝節義、仁慈友愛，斷不能離開「情」。「情」為人人所具有，但卻有所差別。君子有「情」，小人亦有「情」。君子之「情」乃「理」，公而正；小人之「情」為「欲」，私而邪。種柳主人對君子之「情」與小人之「情」進行仔細辨析，從「小」處著眼，見出大文章、大世界。又如著超《古今小說評林》對《西遊記》受《三國演義》之啟發的闡析：「《西遊記》奇妙之思想，多脫胎於《三國》，如啞泉、黑泉，脫胎子母河、落胎泉也；牛馬鹿力、金角銀角之號，脫胎於朵思大王、木鹿大王者也；南海觀音之救，脫胎於伏波顯聖、山神指迷者也。至於前而鎮國寺，後而玉泉山，二月戒刀脫離火厄，或望空一語，有同棒喝，處處皆有禪機，安知作《西遊記》者，不以《三國》為藍本哉？」〔註378〕著超指出，《西遊記》中的「啞泉」、「黑泉」，脫胎於《三國演義》中的「子母河」、「落胎泉」；《西遊記》中的「牛馬鹿力」、「金角銀角」等名號，脫胎於《三國演義》中的「朵思大王」、「木鹿大王」等；《西遊記》中的「南海觀音之救」，脫胎於《三國演義》中的「伏波顯聖」、「山神指迷」等。著超通過對比《西遊記》與《三國演義》中具體的人名、地名、事節，得出了《西遊記》中的奇思妙想多脫胎於《三國演義》的結論和《西遊記》或以《三國演義》為藍本的猜測。

三、用力在「勤」

「格物細參」與「文本細讀」均重在「勤」字，即需要投入頗大的心力、

〔註376〕 朱一玄編，明清小說資料彙編（下）〔M〕，天津：南開大學出版社，2012：609。
〔註377〕 丁錫根編著，中國歷代小說序跋集（下）〔M〕，北京：人民文學出版社，1996：1652。
〔註378〕 朱一玄，劉毓忱編，三國演義資料彙編〔M〕，天津：南開大學出版社，2012：447。

腦力、精力。

　　金聖歎《水滸傳序一》言：「……若莊周、屈平、馬遷、杜甫以及施耐庵、董解元之書，是皆所謂心絕氣盡，面猶死人，然後其才前後繚繞得成一書者也……若夫施耐庵之書，而亦必至於心盡氣絕，面猶死人，而後其才前後繚繞，始得成書。夫而後知古人作書真非苟且也者。而世之人，猶尚不肯審己量力，廢然歇筆。」〔註379〕金聖歎認為，莊子、屈原、司馬遷、杜甫、施耐庵、董解元等人所著之書，均是著書者「心絕氣盡，面猶死人」，然後著書者之才前後繚繞而成一書。古人作書，並非苟且為之，而是投入了極大心力。金聖歎在此段文字中道出了「格物」的境界，即「心絕氣盡，面猶死人」，施耐庵成就《水滸傳》，亦是用力至勤，費盡心力的結果。金聖歎《水滸傳序三》又道：「……天下之格物君子，無有出施耐庵先生右者。學者誠能澄懷格物，發皇文章，豈不一代文物之林……施耐庵以一心所運，而一百八人各自入妙者，無他，十年格物而一朝物格，斯以一筆而寫百千萬人，固不以為難也。」〔註380〕金聖歎指出施耐庵寫作《水滸傳》用力至勤，排除一切雜念，「澄懷格物」，將全部精力集中於小說創作中，投入了大量時間，「十年格物而一朝物格」，最終量的積累引起了質的飛躍。張竹坡《金瓶梅回評》第四回批道：「……吾不知作者於做完此一百回時，心血更有多少，我卻批完此一回時，心血已枯了一半也。」〔註381〕批書者「心血」尚且「枯了一半」，寫書者豈止於此，由此可見寫書之人與批書之人思慮之「細」、用力之「勤」。邱煒萲《菽園贅談》「續小說閒評」道：「小說一道，雖甚小慧，無關學問，苟求必傳，而非萃全力為之不可。今日人皆知《聊齋誌異》膾炙人口，聞蒲氏為此書時，實積二十年採訪鉤索之功，即目錄編次，亦經數番調動而後定也。」〔註382〕邱煒萲提及，小說如求成就佳作，流傳於世，亦需盡全力而為之，如膾炙人口的《聊齋誌異》，其著者蒲松齡用力至勤，乃是「積二十年採訪鉤索之功」，即便是目錄編次，也是經過了無數次調動才最終敲定。脂硯齋等《紅樓夢評》「凡

〔註379〕陳曦鍾，侯忠義，魯玉川輯校，水滸傳會評本〔M〕，北京：北京大學出版社，1981：6。

〔註380〕陳曦鍾，侯忠義，魯玉川輯校，水滸傳會評本〔M〕，北京：北京大學出版社，1981：9。

〔註381〕〔明〕蘭陵笑笑生著，〔清〕張道深評，王汝梅、李昭恂、於鳳樹校點，張竹坡批評金瓶梅〔M〕，濟南：齊魯書社，1991：77。

〔註382〕朱一玄編，聊齋誌異資料彙編〔M〕，天津：南開大學出版社，2012：510。

例」甲戌批，顯示了批者認真細緻的批書態度和為之所付出的勤苦勞動：「……然此書又名曰《金陵十二釵》，審其名則必係金陵十二女子也。然通部細搜檢去，上中下女子豈止十二人哉……」〔註383〕批書者為印證《金陵十二釵》之名的合理性，乃是將《紅樓夢》文本「通部細搜檢去」，可見其勤苦用功。

「格物細參」與「文本細讀」都將文本放在重要位置，在文本上勤下力，往往會對文本做重複性、反覆性的閱讀。如劉一明《西遊原旨讀法》：「……讀者不可專看注解，而略正文。須要在正文上看注解。庶不至有以訛傳訛之差……」〔註384〕又言：「讀《西遊》，首先在正文上用工夫，翻來覆去，極力參悟，不到嘗出滋味實有會心處，不肯休歇。如有所會，再看他人注解，擴充自己識見，則他人所解之臧否可辨，而我所悟之是非亦可知。如此用功，久必深造自得。然亦不可自以為是，尤當求師印證，方能真知灼見，不至有似是而非之差。」〔註385〕劉一明指出，讀者應重視「正文」，重視小說文本本身，避免以訛傳訛。讀者應在「正文」上下工夫，「翻來覆去，極力參悟」，不到「嘗出滋味」悟出文中道理而有所會心之時，不能停止。如果自己有了獨到體會，方可去看他人注解，以擴充自己的識見，只有如此，才能對他人的解釋是非能辨，並且也能自證對錯。如此用功，才能深造自得。即便是做到這樣，也還要勤於向老師求教，才能得真知灼見，而不是似是而非。可見用功之勤。又如弁山樵子《紅樓夢發微》所言：「……清初有聖歎金氏者，以善評小說著聞……初讀之，似訝為得未曾有。迨讀之再四，覺彼之理想要不出乎書中之理想耳，而於書外之理想無有也；彼之評論，仍不離乎書中之評論耳，而於書外之評論無有也……」〔註386〕弁山樵子談及自己對金聖歎評點的閱讀體驗，只有重複性閱讀，反覆參校，細細體悟，方會達到意想不到的效果，才能深切領受到金聖歎評對文本的重視，即金聖歎所有發聲都是圍繞文本本身展開的。

「格物細參」與「文本細讀」得以進行都需要勤於用功，在長期的閱讀實踐中積累豐富的知識和學養。閱讀者的知識積累，是「格物細參」、「文本細讀」的基礎。閱讀者勤於知識積纍之例證舉之不盡。如《瓶庵筆記》載：

〔註383〕朱一玄，紅樓夢脂評校錄〔M〕，濟南：齊魯書社，1986：1。
〔註384〕〔清〕劉一明，西遊原旨〔M〕，北京：中國致公出版社，2015：19。
〔註385〕〔清〕劉一明，西遊原旨〔M〕，北京：中國致公出版社，2015：19。
〔註386〕朱一玄，劉毓忱編，水滸傳資料彙編〔M〕，天津：南開大學出版社，2012：333～334。

「近時坊間有所謂《聊齋誌異拾遺》者……至《陳世倫》一篇，述及某相侍姬。《聊齋》原書中，決無如此明顯之筆。《解巧璿》、《沂州案》等，尤歷來各筆記中所習見，掇拾衍繹而成之者也。」〔註387〕得出《聊齋誌異拾遺》中《解巧璿》、《沂州案》等篇章在「歷來各筆記中所習見」，實為「掇拾衍繹而成之」的結論，可見閱讀者閱讀面之廣博、知識積纍之豐。又有《閒居雜綴》：「《耳談》載嘉靖戊子，鄂城有人自河洛來，善幻術。婦擎金謂其夫曰：『可上天取仙桃與眾看官吃。』……蒲柳泉《誌異‧偷桃》一則，全衍此事。又嘗見《潞安志‧虎變美婦》一則云：崞縣崔韜之任祥符，道過褫亭，夜宿孤館……此又《聊齋‧畫皮》一則之所自出也。」〔註388〕《耳談》是明中期王同軌所著筆記小說集，該書題材廣泛，內容龐雜，借妖魅鬼怪、軼事奇聞來寄寓作者之意，「三言」、「二拍」、《聊齋誌異》等均受此書影響。《潞安志‧虎變美婦》之事在清人褚人穫所著《堅瓠集》中亦有所載。由此看來，閱讀者只有具備廣闊的閱讀面，積累了豐富的背景知識，才可考察小說《聊齋誌異》中有關故事文本所從何出。

由此而言，「格物細參」的「外證」搜求更是如此，不僅需勤於下力，對小說文本反覆閱讀，而且要做足經史子集等所有他書的功課，除此勤法，別無捷徑。

關於小說的諸多記載顯示了文人之勤於積累的豐厚學識與廣闊視野。如梁章鉅《浪跡續談》卷六《周倉》載：《三國志演義》言關公裨將有周倉，甚勇；而正史中實無其人。惟《魯肅傳》云：「肅邀與關相見……」疑此人即周倉；明人小說似即因此而演；「單刀」二字，亦從此傳中出也。然元人魯貞作《漢壽亭侯碑》，已有「乘赤兔兮從周倉」語，則明以前已有其說矣。今《山西通志》云：「周將軍倉……」亦見《順德府志》，謂「與參軍王甫同死」。則里居事蹟，卓然可紀，未可以正史偶遺其名而疑之也。王椷《秋燈叢話》云：「周將軍倉……」〔註389〕根據梁章鉅所考，小說《三國演義》中關羽的裨將周倉在正史之中並沒有記載。只有《魯肅傳》中有一段文字，隱隱約約帶出

〔註387〕朱一玄編，明清小說資料彙編（下）〔M〕，天津：南開大學出版社，2012：1046。

〔註388〕朱一玄編，明清小說資料彙編（下）〔M〕，天津：南開大學出版社，2012：1046～1047。

〔註389〕朱一玄編，明清小說資料彙編（上）〔M〕，天津：南開大學出版社，2012：77。

一人來，梁章鉅懷疑此人即是周倉。梁章鉅又徵引了《漢壽亭侯碑》、《山西通志》、《順德府志》、《秋燈叢話》等書中的有關材料，可見梁章鉅對史書、地志等各類書籍的熟習。王應奎《柳南隨筆》卷五有：「《三國志・龐統傳》云：『先主進圍雒縣，統率眾攻城，為流矢所中，卒。』按統致命處在鹿頭山下，今其墓尚存。而通俗《三國演義》載統進兵至此，勒馬問其地，知為落鳳坡……落鳳坡之稱，蓋小說家妝點之辭，而後人遂以名其地……」〔註390〕王應奎徵引《三國志・龐統傳》中的材料，且與《三國演義》中的事節相互闡發說明，可見王應奎對小說、史籍等爛熟於胸，以及文史結合的開闊視闕。又如翟灝《通俗編》卷三十七「故事」《劉關張恩若兄弟》一節載：《三國志・關羽傳》：「先主與羽、飛二人，寢則同床，恩若兄弟，而稠人廣坐，侍立終日。」又：「羽謂曹公曰：『吾受劉將軍厚恩，誓以共死，不可背之。』」按世俗桃園結義之說，由此敷衍。〔註391〕翟灝《通俗編》卷三十七「故事」《秉燭達旦》一節載：《少室山房筆叢》：「古今傳聞訛謬，率不足欺有識。惟關壯繆明燭一端，乃讀書之士，亦什九信之。何也……考《三國志》本傳及裴松之注及《通鑒綱目》並無此文，演義何所據哉？」〔註392〕通過翟灝對《三國志》、《少室山房筆叢》等書的徵引，可見其對史書、筆記等書籍的廣覽與熟稔程度，其豐厚學識顯示了平日勤於積纍之功。《少室山房筆叢》乃明胡應麟所著，其一句「古今傳聞訛謬，率不足欺有識」道出了自身博學，而這種「有識」，正是平日勤於用功，慢慢積累而成。又如王士禎《居易錄》卷七言：「稗官小說，不盡鑿空，必有所本。如施耐庵《水滸傳》，微獨三十六人姓名見於龔勝予贊，而首篇敘高俅出身，與《揮塵後錄》所載一一吻合。」〔註393〕王士禎正是基於自身的廣泛閱讀，才得以發掘出《水滸傳》著者記敘之事所本為何。又有如鈕琇《觚賸續編》卷一「言觚」《文章有本》所言：「傳奇演義……然博考之，皆有所本。如《水滸傳》三十六天罡，本於龔聖與之三十六贊……《水

〔註390〕朱一玄編，明清小說資料彙編（上）〔M〕，天津：南開大學出版社，2012：79。

〔註391〕朱一玄編，明清小說資料彙編（上）〔M〕，天津：南開大學出版社，2012：79。

〔註392〕朱一玄編，明清小說資料彙編（上）〔M〕，天津：南開大學出版社，2012：79～80。

〔註393〕朱一玄編，明清小說資料彙編（上）〔M〕，天津：南開大學出版社，2012：252。

滸》名號，悉與相符。惟易尺八腿劉唐為赤髮鬼，易鐵天王晁蓋為托塔天王，則與龔《贊》稍異耳。」〔註394〕鈕琇亦指出《水滸傳》三十六天罡人物名號之所本，及《水滸傳》三十六天罡人物名號與所本龔聖與《三十六贊》的相異之處。對傳奇演義所本為何的探知，是經過「博考」之勤苦而方可得來。黃人《小說小話》言：「《驂鸞錄》……惟書中李福建、陶仲文、藍道新，皆實有其人，事蹟則出之裝點耳。」〔註395〕又言：「《平妖傳》……如張鸞、嚴三點、趙無暇、諸葛遂多目神事，皆有所本……」〔註396〕《驂鸞錄》一卷，為宋范成大所撰。此書為范成大自中書舍人出知靜江府時，對途中所見所聞的記錄。《平妖傳》是明代根據民間傳說及市井流傳的話本整理編成的神魔小說，最初題作「東原羅貫中編次」僅二十回，後經馮夢龍增補改編而成自明末以來通行的四十回本。黃人指出，《驂鸞錄》所記李福建、陶仲文、藍道新，均實有其人，只不過對此三人的事蹟進行了點綴渲染。《平妖傳》中張鸞、嚴三點、趙無暇、諸葛遂等多目神事，亦皆有所本。而黃人之所以能得出這些判斷，是基於其對小說、史籍等的廣泛閱讀積累。

　　在明清小說評點文字中亦見出評點者勤於用功、豐厚廣博的知識積累和生活實踐的修習素養。

　　如毛宗崗《三國志演義回評》第三十八回評道：「今之學孔明者，不能學其決策草廬，而但學其晝寢；學甘寧者，不能學其改邪歸正，而學其銅鈴錦帆；學孫權者，不能學其尊賢禮士，為父報仇，而但學其喪中爭戰；學徐氏者，不能學其智謀節義，而但學其濃妝豔裹，言笑自若。為之一笑。」〔註397〕毛宗崗指出，世人之學孔明，不學其決策草廬，而學其晝寢；學甘寧，不學其改邪歸正，而學其銅鈴錦帆；學孫權，不學其禮賢下士，而學其喪中爭戰；學徐氏，不學其智謀節義，而學其濃妝豔抹。總之是不學其好，但學其壞。毛宗崗一語中的的犀利之評，建立在對小說文本與生活修習考察累積的基礎之上，既入乎其內，又出乎其外。

〔註394〕朱一玄編，明清小說資料彙編（上）〔M〕，天津：南開大學出版社，2012：255。
〔註395〕朱一玄編，明清小說資料彙編（上）〔M〕，天津：南開大學出版社，2012：195。
〔註396〕朱一玄編，明清小說資料彙編（上）〔M〕，天津：南開大學出版社，2012：385。
〔註397〕〔元末明初〕羅貫中原著，〔清〕毛宗崗評點，毛批三國演義〔M〕，天津：天津古籍出版社，2006：280。

又如張文虎《儒林外史評》。第一回，原文：「七歲上死了父親。」張文虎評：「據《曝書亭集·王冕傳》：『父命牧牛隴上……』不云早孤。此處不可以誣先賢。豈傳聞異耶？明史傳與朱集略同。」〔註398〕又《儒林外史評》第十二回，張文虎回後評：《太平廣記》二百三十八引《桂苑叢談》云：「張祐下第……」張鐵臂事蓋出此。〔註399〕又有《儒林外史評》第三十八回，原文：「郭孝子把這刀和拳，細細指教他，他就拜了郭孝子做師父。」張文虎評：郭孝子為王惠子，未知究是何人。偶見寶山李保泰《嗇生文集·胡孝子尋親記》，有歙縣胡仲長入閩尋親事……〔註400〕原文又有：「一莖鬍子戳在郭孝子鼻孔裏，戳出一個大噴嚏來。那老虎倒嚇了一跳，連忙轉身幾跳，跳過前面一座山頭，跌在一個澗溝裏。」張文虎評：「山行的記著，須帶『搐鼻散』，可以辟虎……《太平廣記》引《朝野僉載》云：『唐傳黃中為諸暨縣……』此借為郭孝子事。」〔註401〕《儒林外史評》第五十三回，原文：「一個人一個斗大的夜明珠，掛在梁上，照的一屋都亮。」張文虎評：「王銍《默記》：宋平江南大將，得李後主寵姬，夜見燈燭，輒云：『煙氣！』問：『宮中不燃燈耶？』曰：『宮中每夜懸大寶珠，光照一室，如晝日。』此用其事。」〔註402〕原文又有：「……一隊隊擺著；又聽見說：『先要抬到國公府裏去。』」張文虎評：「寫夢境迷離惝恍，又歷歷如真，蓋藍本於《爛柯山癡夢》一折。」〔註403〕以上所舉張文虎所評《儒林外史》諸例，張文虎徵引了《曝書亭集·王冕傳》、《太平廣記》、寶山李保泰的《嗇生文集·胡孝子尋親記》、王銍的《默記》、《爛柯山癡夢》等眾多書目，體現了張文虎對「外證」的搜求，顯出了張文虎廣闊的閱讀面、豐厚的學識和勤於積累、思索、考察的素養。

〔註398〕〔清〕吳敬梓著，李漢秋輯校，儒林外史匯校匯評〔M〕，上海：上海古籍出版社，2010：21。

〔註399〕〔清〕吳敬梓著，李漢秋輯校，儒林外史匯校匯評〔M〕，上海：上海古籍出版社，2010：159～160。

〔註400〕〔清〕吳敬梓著，李漢秋輯校，儒林外史匯校匯評〔M〕，上海：上海古籍出版社，2010：425。

〔註401〕〔清〕吳敬梓著，李漢秋輯校，儒林外史匯校匯評〔M〕，上海：上海古籍出版社，2010：425。

〔註402〕〔清〕吳敬梓著，李漢秋輯校，儒林外史匯校匯評〔M〕，上海：上海古籍出版社，2010：570。

〔註403〕〔清〕吳敬梓著，李漢秋輯校，儒林外史匯校匯評〔M〕，上海：上海古籍出版社，2010：573。

四、「意」為旨歸

　　無論是明清小說評點的「格物細參」，還是英美新批評的「文本細讀」，語言文字和意象修辭等的分析都屬於初步的研究，其最終目的是要「達意」，即由對「言」、「象」的考察進入到更深一層的「意」的開掘。

　　「意」是文學文本的精髓和旨歸，「達意」是閱讀的最終目的和追求，所以閱讀者所有前期努力和準備都是為了最終的「達意」。對於小說閱者而言，「意」的體悟至關重要。盛於斯《休庵影語》「西遊記誤」言：「……蓋《西遊記》，作者極有深意。每立一題，必有所指，即中間斜〔科〕諢語，亦皆關合性命真宗，決不作尋常影響。其末回云：《九九數完歸大道，三三行滿見真如》。九，陽也；九九，陽之極也。陽，孩於一，茁於三，盛於五，老於七，終於九。則三，九數也。不用一而用九，猶『初九，潛龍勿用』之意云。三三，九九，正合九十九回。而此回為後人之偽筆，決定無疑。」〔註404〕《西遊記》作者在小說文本中寄寓了深意，一題一語，皆有所指，《西遊記》共計九十九回的回目，亦是暗含了九九歸一之意。盛於斯正是基於對《西遊記》深意的領悟和把握，方能鑒書之真偽。

　　「意」是經由「言」、「象」而所達到的最上一層，所以「意」的獲知具有一定難度，是反覆「格物」、「細讀」，並與閱者自身知識積累發酵，與他書相較互參，經過「言」、「象」之層，「有」、「無」之境，而最終得出的精義。吳從先《小窗自紀》卷一「雜著」言：「《西遊記》一部定性書，《水滸傳》一部定情書，勘透方有分曉。」〔註405〕如吳從先所言，欲得小說之「意」，須「勘透」小說文本。復以意旨深厚的《西遊記》而論。張書紳《新說西遊記總批》言：「《孟子》云：『故天將降大任於是人也，必先苦其心志，勞其筋骨，餓其體膚，空乏其身，行拂亂其所為。所以動心忍性，曾益其所不能。』方才作得將相，方才建得功業，方才成得大聖大賢。是正面寫而明言之。彼三藏之千魔百怪，備極苦處，歷盡艱難，方才到得西天，取得真經，成得正果。是對面寫而隱喻之。《孟子》一章，是言綱領指趣；《西遊》一部，正是細論條目工夫。把一部《西遊記》，即當作《孟子》讀亦可。」〔註406〕張書紳引《孟子》

〔註404〕朱一玄編，明清小說資料彙編（上）〔M〕，天津：南開大學出版社，2012：429。

〔註405〕朱一玄，劉毓忱編，西遊記資料彙編〔M〕，天津：南開大學出版社，2012：317。

〔註406〕朱一玄，劉毓忱編，西遊記資料彙編〔M〕，天津：南開大學出版社，2012：324～325。

中廣為流傳的名言，意即如果一個人想要做將相、建立功業、成為大聖大賢，必須要忍受常人所難以忍受的痛苦，經過筋骨的勞累，飢寒的折磨，貧困的煎熬，事事不如意的摧殘，而變得堅韌強大。《孟子》是將此道理正面明白道出。而《西遊記》中，唐三藏為求取真經，渡過九九八十一難，經受千魔百怪的摧殘，歷盡艱難，才到達西天，修成正果，唐三藏的經歷正是《孟子》此段言語意涵的隱喻。所以，《孟子》此章可與《西遊記》相互闡發、相互印證。張書紳言：「《封神》寫的是道士，固奇；《西遊》引的是釋伽，更奇。細思一部《大學》，其傳十章，一字一句，莫非釋之之文，卻令人讀之，再不作此想，方見奇書假借埋藏之妙。」〔註407〕張書紳這些評論，正說明讀者有了知識積累，不同書目之間交互發酵，「格物」、「細讀」之極，方識得文本的神旨與妙處。又如楊春和《悟元子西遊原旨序》所道：「……由象以求言，由言以求意，繼也得意而忘言，得言而忘象……得魚忘筌，得兔忘蹄焉，亦無不可也……」〔註408〕閱讀者由象而求言，由言而求意，如此層層遞進，最終心領而神會，得魚而忘筌，得兔而忘蹄，得言而忘象，得意而忘言。王陽健《西遊原旨跋》：「……果能於有文字處，得《西遊》之原旨，更於無言語處，得原旨之《西遊》，由淺及深，止於至善……」〔註409〕「意」既於「有文字處」得之，又於「無言語處」得之，由淺入深，循序漸進，層層深入，而止於至善。又如《新刻繡像批評金瓶梅評語》第六十六回，原文：「煉度已畢，黃真人下高座……道眾都換了冠服，鋪排收拾道像。」崇眉批：「真人舉動宣念，仍是眾道之舉動宣念，別無玄妙。想玄妙處不可以語言求也。」〔註410〕可見，玄妙之處不可以語言求之，「意」乃在「言」外。又如《金瓶梅》文龍批本第二十九回批道：「作書難，看書亦難，批書尤難。未得其真，不求其細……」〔註411〕說明為求得「意」，時或「不求甚解」，「未得其真，不求其細」，得「意」之處無「言」忘「言」。

求「意」所得之「意」不完全是客觀性的，而是摻雜了文本讀者和評者的主觀意識在內。正如梁啟超《論小說與群治之關係》所言：「凡讀小說者，

〔註407〕朱一玄，劉毓忱編，西遊記資料彙編〔M〕，天津：南開大學出版社，2012：335。
〔註408〕丁錫根編著，中國歷代小說序跋集（下）〔M〕，北京：人民文學出版社，1996：1368。
〔註409〕丁錫根編著，中國歷代小說序跋集（下）〔M〕，北京：人民文學出版社，1996：1372。
〔註410〕秦修容整理，金瓶梅：會評會校本〔M〕，北京：中華書局，1998：911。
〔註411〕朱一玄編，金瓶梅資料彙編〔M〕，天津：南開大學出版社，2012：601～602。

必常若自化其身焉，入於書中，而為其書之主人翁。讀《野叟曝言》者，必自擬文素臣；讀《石頭記》者，必自擬賈寶玉；讀《花月痕》者，必自擬韓荷生若韋癡珠；讀《梁山泊》者，必自擬黑旋風花和尚。雖讀者自辯其無是心焉，吾不信也。」〔註412〕不論是「格物細參」，還是「文本細讀」，都不同程度地帶有一定的「帶入性」，難以做到絕對客觀，而有一定主觀性，正如閱讀小說者常化身為書中主人公來看小說中的人事。著書者亦如是，如徐珂《清稗類鈔》「著述類」《著書自述身世》言：「小說家多好以自身所經過之歷史為著述之資料，如《儒林外史》中之杜少卿，即著者吳敬梓爭君之自寓也。」〔註413〕小說家著書參校自身所經歷的歷史來記敘人物、安排故事。還如《缺名筆記》中所詳述的《孽海花》中所隱託現實生活中的人物：「……其中隱託之人名……金雯青即洪文卿，龔和甫即翁同和，潘八瀛即潘伯寅……」〔註414〕由於閱者所列出的《孽海花》中隱託之人頗多，此處沒有全引。無論閱者所言小說中隱託之人是真是假，都可以判斷，著者之寫「意」與閱者之解「意」，都帶有個人生活閱歷的主觀介入感。

　　主觀性既不可避免，欲得「意」，尚需跳脫出文本之外。如金聖歎《水滸傳回評》第十六回評道：「……曰：張青猶如曹正，則是貫索之人，誠有之也，鎖其奈何？曰：誠有之，未細讀耳……作者故染間色，以眩人目也……讀書隨書讀，定非讀書人，即又奚怪聖歎之以鍾期自許耶？」〔註415〕正如金聖歎所言，「格物」參之，「細讀」文本，不可「隨書讀」，那樣便落入了文本所構造的「陷阱」之中，而應跳脫出文本之外，冷眼觀之，乃得旁觀之清。又如何守奇評《聊齋誌異》卷十一《書癡》道：「合千鍾粟、黃金屋、顏如玉三語，苦於書中求之，烏得不癡……不汲汲於讀，乃為真能善讀書者。」〔註416〕可見，真正「善讀書」的人，是「不汲汲於讀」、視線不止於文本一隅而能跳脫出文本之外的人。

〔註412〕朱一玄，劉毓忱編，水滸傳資料彙編〔M〕，天津：南開大學出版社，2012：336。

〔註413〕朱一玄編，明清小說資料彙編（下）〔M〕，天津：南開大學出版社，2012：811。

〔註414〕朱一玄編，明清小說資料彙編（下）〔M〕，天津：南開大學出版社，2012：874。

〔註415〕陳曦鍾，侯忠義，魯玉川輯校，水滸傳會評本〔M〕，北京：北京大學出版社，1981：306。

〔註416〕張友鶴輯校，聊齋誌異會校會注會評本〔M〕，北京：中華書局，1962：1457。

　　故「格物細參」與「文本細讀」，雖是細小的微觀性工程，卻須具有廣闊的宏觀性視野，方能避免以偏概全、一葉障目不見泰山的偏頗之失。無論是作書者，抑或是看書者，胸中均應有全局觀念。如毛宗崗《三國志演義回評》第五十七回所評：「董承等七人，同立義狀，至此已隔三十餘回矣。獨馬騰一去西涼，杳無動靜，令讀者意甚懸懸。今忽於此卷中照應出來，並與赤壁以前龐統教徐庶之語，暗相關合。如此敘事，真有一篇如一句者⋯⋯」〔註417〕如毛宗崗所評，整個小說文本是相互貫穿的統一整體，只及一點不及其餘的觀閱方式實不可取，只有「全景式俯觀」，方能發現前文與後文的關聯之處，領悟文本之意。視域宏闊，「意」在文外。又如毛宗崗《三國志演義回評》第十七回評道：「愛兵而不愛民，不可以為將。愛將而不愛民，不可以為君。故善將兵者，必能治兵，兼能治他人之兵，于禁是也。善將將者，必能治將，兼能治他人之將，劉備是也。曹操擊繡之兵，以手扶麥而過，則知操之能為將矣。袁術攻徐之將，於路劫掠而來，則知術之不能為君矣。民為邦本，故此卷之中，三致意云。」〔註418〕為將者，須愛兵、愛民；為君者，須愛將、愛民。民為邦本，本固而邦寧。愛民者方是良將明君。由毛宗崗所評可見，看小說不應只限於參透流於文本表面之「意」，還應領悟到安邦治國的深刻之「意」，致用之「意」實是大「意」。又如李贄《西遊記評》第二回總批：「《西遊記》極多寓言，讀者切勿草草放過。如此回中：『水火既濟，百病不生。』『世上無難事，只怕有心人。』『口開神氣散，舌動是非生。』『你從那裡來，便從那裡去。』俱是性命微言也。」〔註419〕《西遊記》中充滿寓言，「小」語往往藏有人生「大」意，《西遊記》中的一字一句，都暗藏深意，均是「性命微言」，蘊含豐富深刻的人生哲理。可見，「細」讀的「小」工程，蘊藉著宇宙「大」智慧。

　　無論是明清小說評點的「格物細參」，還是英美新批評的「文本細讀」，秉持客觀性仍是二者的主要原則之一。

　　其一，「格物細參」與「文本細讀」的基礎是客觀事物本身之存在。無名氏《〈水滸傳〉一百回文字優劣》言：「世上先有《水滸傳》一部，然後施耐

〔註417〕〔元末明初〕羅貫中原著，〔清〕毛宗崗評點，毛批三國演義〔M〕，天津：天津古籍出版社，2006：420。

〔註418〕〔元末明初〕羅貫中原著，〔清〕毛宗崗評點，毛批三國演義〔M〕，天津：天津古籍出版社，2006：120。

〔註419〕〔明〕吳承恩原著，〔明〕李卓吾評點，李卓吾先生批點西遊記〔M〕，天津：天津古籍出版社，2006：16。

庵、羅貫中借筆墨拈出；若夫姓某名某，不過劈空捏造，以實其事耳。如世上先有淫婦人，然後以楊雄之妻武松之嫂實之；世上先有馬泊六，然後以王婆實之；世上先有家奴與主母通姦，然後以盧俊義之賈氏李固實之。若管營，若差撥，若董超，若薛霸，若富安，若陸謙，情狀逼真，笑語欲活，非世上先有是事，即令文人面壁九年，嘔血十石，亦何能至此⋯⋯」〔註 420〕正如評者所言，世上先有客觀事物的存在，即先有一部《水滸傳》存在，先有淫婦、馬泊六、家奴與主母通姦之人與事存在，先有管營、差撥等等各式各類的人物存在，然後才有施耐庵、羅貫中的《水滸傳》，不然縱使作書之人「面壁九年，嘔血十石」，也不會得之，若無物可格，無文可讀，便無法「格物細參」、「文本細讀」。由此可知，客觀事物本身的存在是「格物細參」、「文本細讀」得以進行的基礎。

其二，「格物細參」與「文本細讀」的客觀性原則，要求「格物者」或「細讀者」擯棄主觀成見。如《金瓶梅》文龍批本第三十二回批：「言者本無心，聽者錯會意，此害猶淺，謂我自有定見也。至若愛其人其人無一非，惡其人其人無一是，此其害甚大，因其先有成見也。加之愛欲其生，惡欲其死，又復愛不知其惡，惡不知其美，家庭之間，尊長如此，卑幼無容身之地矣。官場之內，上憲如此，屬下無出頭之時矣。作者道其所道，原未嘗向我道也。閱者但就時論事，就事論人，不存喜怒於其心，自有情理定其案，然後可以落筆。」〔註 421〕文龍指出，說話者無心，聽話者錯會意，此害處尚且淺些，因自己有定見存在。而愛一人，便看那人無一壞處，惡一人，便看那人無一好處，此中害處卻是極大的，是因為具有了成見。如果愛一人慾其生，惡一人慾其死，愛之不見其惡處，惡之不見其美處，那麼，對於一個家庭而言，尊長如此，卑幼者便無容身之地了，對於官場之中而言，上級如此，下屬便無出頭之日了。以此類推，對於閱者亦是同理。正如文龍所批，「格物細參」與「文本細讀」應避免主觀定見，「就時論事」，「就事論人」，不存喜怒於心，秉持客觀性原則，「格物」與「細讀」的結果便近於情理。

其三，正是「格物細參」與「文本細讀」客觀性原則的內在要求，才使得仔細參校、反覆細讀倍顯重要，細緻反覆是保證「格物細參」與「文本細讀」

〔註 420〕陳曦鍾，侯忠義，魯玉川輯校，水滸傳會評本〔M〕，北京：北京大學出版社，1981：26。
〔註 421〕朱一玄編，金瓶梅資料彙編〔M〕，天津：南開大學出版社，2012：604。

結果之客觀性的重要條件之一。初次閱讀與反覆閱讀的效果是截然不同的，如臥閒草堂本《儒林外史回評》第三回評道：「胡老爹之言，未可厚非。其罵范進時，正是愛范進處。特其氣質如此，是以立言如此耳。細觀之，原無甚可惡也。」〔註422〕正如評者所論，初見胡老爹，覺其對范進的態度甚是可惡，但如若「細觀之」，反覆檢閱揣摩之，便感到胡老爹實是出於對范進的愛才如此作為，不僅不再覺得他可惡，反而覺得他可愛了起來。

以上，筆者概要探討了「格物細參」與「文本細讀」四點主要同似之處，及其不同程度的相異之點。

然而，明清小說評點與西方文學批評之間需要探討的還遠不止以上部分。總而言之，不論是大面，還是小點，都值得充分延展。

〔註422〕〔清〕吳敬梓著，李漢秋輯校，儒林外史匯校匯評〔M〕，上海：上海古籍出版社，2010：60。

結　語

　　小說催生評點，評點見出範疇，範疇構築譜系，評點、範疇、譜系三者實際處在一個共同體中，對明清小說評點範疇譜系的探討亦可對三者本身有進一步的認識。

　　西方文論史借鑒譜系學的方法用以研究特定的範疇或理論發演成新範疇或新理論的模態形制〔註1〕，範疇和譜系所遵循的基本規律是歷史生成性，明清小說評點範疇及其譜系的建構、豐富既依託於特定的歷史條件，又與時下的理論探索保持著辯證的聯繫和一定的相關性〔註2〕。

　　從譜系的角度切入，不做被動的旁觀者，而是主動納入到理論批評整體性的建構中來，此一拋磚的嘗試，旨在使東方文批延展為世界文批，消弭東西方分界線，使得東方在文論語彙上逐漸脫離被殖民的處境〔註3〕，茲欲做以上願景的微薄助力。

　　正如吳子林《小說評點知識譜系考索》所指出的，小說評點並非詩文評的附產品和餘韻舊聲，也不是純粹意義上的文學批評，小說評點知識譜系的建構是政治、文化、思想、權力話語、意識形態等多層激蕩的過程，小說評點的意義不只侷限於文學批評方面，而是具有深層的文化意義和價值。〔註4〕對

〔註1〕參見陳誠，範疇・譜系・歷史——評董學文主編《西方文學理論史》〔J〕，湖南文理學院學報（社會科學版），2008，33（3）：143。

〔註2〕參見陳誠，範疇・譜系・歷史——評董學文主編《西方文學理論史》〔J〕，湖南文理學院學報（社會科學版），2008，33（3）：143。

〔註3〕參見韓晗，辯中求變：兼論學術譜系範疇下當代西方文論研究——以陳永國《理論的逃逸》為例〔J〕，廣西大學學報（哲學社會科學版），2009，31（2）：117。

〔註4〕參見吳子林，小說評點知識譜系考索〔J〕，浙江學刊，2001，（2）：110。

明清小說評點範疇譜系的考索包涉了跨學科、跨領域、跨文化的因子,具有
雜性和複合性特徵。

所謂「根情、苗言、華聲、實義」(白居易《與元九書》),「譜系」與「樹」
密切相關,「譜系」一詞的英譯便可為「family tree」〔註5〕。明清小說評點範
疇譜系的生成延展體現了「樹」的特點,「樹」的姿態:「樹」是獨立的個體,
又與外界有著剪不斷的聯繫;「樹」是靜態的存在,又動態的交互變化;「樹」
有其挺立的主幹,但其一枝一葉都互不相同。對範疇譜系的建構不是一朝一
夕、一勞永逸的,而是一個不斷豐富、不斷細緻的過程,既突出「主幹」的重
點,又發見、考察新的「枝杈」、「葉子」,秉持宏觀和微觀、感性與理性、辯
證而多元、歷史並現實的複態視閾達真達善。

「範疇」是「譜系」的基點。元範疇生成核心範疇,核心範疇演化範疇
群,範疇群構成範疇網絡譜系,由此見出文學批評的學理結構、演化規律。
〔註6〕特定的範疇係體現了特定的思維方式和邏輯形式,構建出特定對象的
結構體系。〔註7〕對明清小說評點範疇的釐定,是挖掘其深層學理構造的有效
方式之一,由此可窺知中國傳統文學批評方法的內在邏輯形式和理論言說樣
態,對提煉、歸納中國傳統文批的思維機制,凸顯本土文化特性和豐厚實績
有所裨益。〔註8〕「範疇」是理論支點〔註9〕,「範疇是區分過程中的一些小
階段,即認識世界的過程中的一些小階段,是幫助我們認識和掌握自然現象
之網的網上紐結」〔註10〕。汪湧豪《中國文學批評範疇十五講》便指出,幾
乎每個人都有一套範疇體系〔註11〕,與有多少讀者就有多少哈姆雷特相類,

〔註 5〕參見李建中,中國古代文體學範疇的理論譜系〔J〕,北京大學學報(哲學社會
　　　　科學版),2011,48(6):36。
〔註 6〕參見楊星映、肖鋒、鄧心強著,中國古代文論元範疇論析:氣、象、味的生
　　　　成與泛化〔M〕,上海:上海古籍出版社,2015:2。
〔註 7〕參見楊星映、肖鋒、鄧心強著,中國古代文論元範疇論析:氣、象、味的生
　　　　成與泛化〔M〕,上海:上海古籍出版社,2015:5。
〔註 8〕參見楊星映、肖鋒、鄧心強著,中國古代文論元範疇論析:氣、象、味的生
　　　　成與泛化〔M〕,上海:上海古籍出版社,2015:6。
〔註 9〕參見楊星映、肖鋒、鄧心強著,中國古代文論元範疇論析:氣、象、味的生
　　　　成與泛化〔M〕,上海:上海古籍出版社,2015:1。
〔註10〕〔俄〕列寧,哲學筆記〔M〕,中共中央馬恩列斯著作編譯局譯,北京:人民
　　　　出版社,1956:68。
〔註11〕參見汪湧豪,中國文學批評範疇十五講〔M〕,上海:華東師範大學出版社,
　　　　2010:7。

範疇譜系的構建也因人而異，帶有個人性、偶然性、隨意性成分在內，故不可避免的存在失誤與不足。「若批評不自由，則讚美無意義」，「批評」在「批評」中彌補不足，不斷進展。

劉濤《中國現代小說範疇論》從「人物」、「環境」、「結構」、「視角」等諸範疇闡釋中國現代小說範疇理論，現代小說理論體系核心是「結構」、「人物」、「環境」三要素理論〔註12〕，與現代小說理論不同，明清小說評點理論批評研究有其自身的體系，由於小說評點資料散落分布在小說「序跋」、「凡例」、「讀法」、「回評」、「眉批」、「夾批」以及一些文人筆記當中，零星而雜亂，故而給小說評點研究造成了一些困難〔註13〕，但正是在表面的無體系中見出內質的體系性，這樣見出的體系方具有實在性，而不是簡單粗暴的對西方已有理論套路的搬拿挪用。

「感物而動從來就是中國人的傳統」〔註14〕，從一定程度上而言，明清小說評點即為評點者「感物而動」的結果。評點式批評靈活多樣、扣定文本、主觀性強、自由度大〔註15〕，評點者抱持著各自不同而又相似的遭際，被小說文本中的文字撥動心弦，興為之起，繼而操筆而和唱之，小說評點與小說文本兩曲相匯，貫通了各自的精神內質，令天下古今之讀者共飲此調酒，享用複調閱讀的美宴。

用一個不甚恰當的比喻作「無結之結」，沒有配備詳盡、精確的製作程式的珍肴佳釀仍舊是珍肴佳釀，明清小說評點便似這珍肴佳釀，而對之進行範疇譜系類的探析，便是將這珍肴佳釀的主要食材、調料佐料、調製步驟、工藝手法、成分成色、品味品質等等盡可能呈現在「菜譜」中，雖難以對之盡數搜羅、全面舉清，但也不應放棄知其然而追其所以然的積極嘗試。

〔註12〕參見劉濤，中國現代小說範疇論〔M〕，開封：河南大學出版社，2005：15。
〔註13〕參見紀德君，明清通俗小說編創方式研究〔M〕，北京：社會科學文獻出版社，2012：147。
〔註14〕汪湧豪，中國文學批評範疇十五講〔M〕，上海：華東師範大學出版社，2010：13。
〔註15〕參見方正耀著，郭豫適審訂，中國古典小說理論史〔M〕，上海：華東師範大學出版社，2005：5～6。

主要參考文獻

一、著作類一

1. 〔漢〕班固撰，〔唐〕顏師古注，漢書〔M〕，北京：中華書局，1962。

2. 〔漢〕劉熙，釋名〔M〕，北京：中華書局，1985。

3. 〔漢〕司馬遷，史記〔M〕，北京：中華書局，2006。

4. 〔漢〕許慎，說文解字〔M〕，北京：中華書局影印，1963。

5. 〔晉〕陳壽，三國志〔M〕，北京：中華書局，1982。

6. 〔晉〕葛洪輯，成林、程章燦譯注，西京雜記全譯〔M〕，貴陽：貴州人民出版社，1993。

7. 〔晉〕王嘉撰，〔梁〕蕭綺錄，齊治平校注，拾遺記〔M〕，北京：中華書局，1981。

8. 〔南朝宋〕劉義慶撰，〔南朝梁〕劉孝標注，劉強會評輯校，世說新語會評〔M〕，南京：鳳凰出版社，2007。

9. 〔南朝宋〕劉義慶著，張萬起，劉尚慈譯注，世說新語譯注〔M〕，北京：中華書局，2006。

10. 〔南朝梁〕劉勰著，范文瀾注，郭紹虞，羅根澤主編，中國古典文學理論批評專著選輯，文心雕龍注〔M〕，北京：人民文學出版社，1962。

11. 〔唐〕杜佑，通典〔M〕，北京：中華書局，1988。

12. 〔唐〕馮翊，桂苑叢談〔M〕，上海：中華書局，1985。

13. 〔唐〕孔穎達，春秋左傳正義〔M〕，北京：北京大學出版社，1999。

14. 〔唐〕南卓等著，羯鼓錄‧樂府雜錄‧碧雞漫志〔M〕，上海：古典文學出版社，1957。

15. 〔後晉〕劉昫，舊唐書〔M〕，北京：中華書局，1975。

16. 〔宋〕陳暘，樂書〔M〕，臺北：臺灣商務印書館，1935。

17. 〔宋〕何薳，春渚紀聞〔M〕，北京：中華書局，1983。

18. 〔宋〕李清照著，徐培均箋注，李清照集箋注〔M〕，上海：上海古籍出版社，2002。

19. 〔宋〕羅燁著，醉翁談錄〔M〕，上海：古典文學出版社，1957。

20. 〔宋〕嚴羽著，郭紹虞校釋，滄浪詩話校釋〔M〕，北京：人民文學出版社，1983。

21. 〔宋〕趙彥衛撰，傅根清點校，雲麓漫抄〔M〕，北京：中華書局，1996。

22. 〔宋〕朱熹，四書章句集注〔M〕，北京：中華書局，1983。

23. 〔金末元初〕元好問著，施國祁注，元遺山詩集〔M〕，北京：人民文學出版社，1989。

24. 〔元末明初〕羅貫中原著，〔清〕毛宗崗評點，毛批三國演義〔M〕，天津：天津古籍出版社，2006。

25. 〔明〕胡應麟著，少室山房筆叢〔M〕，北京：中華書局，1958。

26. 〔明〕蘭陵笑笑生著，〔清〕張道深評，王汝梅、李昭恂、於鳳樹校點，張竹坡批評金瓶梅〔M〕，濟南：齊魯書社，1991。

27. 〔明〕李贄，焚書 續焚書〔M〕，北京：中華書局，1975。

28. 〔明〕施耐庵集撰，〔明〕羅貫中纂修，〔明〕李贄評點，《古本小說集成》編委會編，李卓吾批評忠義水滸傳〔M〕，上海：上海古籍出版社，1992。

29. 〔明〕吳承恩原著，〔明〕李卓吾評點，李卓吾先生批點西遊記〔M〕，天津：天津古籍出版社，2006。

30. 〔清〕艾衲居士等著，王秀梅點校，豆棚閒話〔M〕，北京：中華書局，2000。

31. 〔清〕曹雪芹，紅樓夢〔M〕，北京：中國文史出版社，2004。

32. 〔清〕曹雪芹著，鄧遂夫校訂，脂硯齋重評石頭記（甲戌校本）〔M〕，北京：作家出版社，2000。

33. 〔清〕陳其泰評，劉操南輯，桐花鳳閣評《紅樓夢》輯錄〔M〕，天津：天津人民出版社，1981。

34. 〔清〕宮懋讓等修，〔清〕李文藻等纂，（清乾隆二十九年刊本影印）諸城縣志〔M〕，臺北：成文出版社有限公司，1976。

35. 〔清〕郭慶藩撰，王孝魚點校，莊子集釋〔M〕，北京：中華書局，2013。

36. 〔清〕李漁，李漁全集〔M〕，杭州：浙江古籍出版社，1991。

37. 〔清〕劉廷璣撰，張守謙點校，在園雜誌〔M〕，北京：中華書局，2005。

38. 〔清〕劉一明，西遊原旨〔M〕，北京：中國致公出版社，2015。

39. 〔清〕王棫著，華瑩校點，秋燈叢話〔M〕，濟南：黃河出版社，1990。

40. 〔清〕吳敬梓著，李漢秋輯校，儒林外史匯校匯評〔M〕，上海：上海古籍出版社，2010。

41. 〔清〕蕭奭撰，朱南銑點校，永憲錄〔M〕，北京：中華書局，1959。

42. 〔清〕張書紳著，《古本小說集成》編委會編，新說西遊記〔M〕，上海：上海古籍出版社，1990。

43. 〔清·蒙古族〕哈斯寶著，亦鄰真譯，《新譯紅樓夢》回批〔M〕，呼和浩特：內蒙古人民出版社，1979。

二、著作類二

1. 〔美〕M·H·艾布拉姆斯著，酈稚牛、張照進、童慶生譯，王寧校，鏡與燈——浪漫主義文論及批評傳統〔M〕，北京：北京大學出版社，1989。

2. 〔美〕韋恩·布斯著，付禮軍譯，小說修辭學〔M〕，南寧：廣西人民出版社，1987。

3. 〔美〕伊恩·P·瓦特著，高原，董紅鈞譯，小說的興起〔M〕，北京：生活·讀書·新知三聯書店，1992。

4. 〔英〕威廉·莎士比亞著，〔英〕湯普森，〔英〕泰勒主編，哈姆雷特〔M〕，北京：中國人民大學出版社，2007。

5. 〔法〕Robert Escarpit 著，葉淑燕譯，文學社會學〔M〕，臺北：遠流出版事業股份有限公司，2004。

6. 〔德〕馬克思·韋伯著，馮克利譯，學術與政治〔M〕，北京：三聯書店，1998。

7. 〔俄〕列寧，哲學筆記〔M〕，中共中央馬恩列斯著作編譯局譯，北京：人民出版社，1956。

三、著作類三

1. 曹方人，周錫山標點，金聖歎全集〔M〕，南京：江蘇古籍出版社，1985。
2. 陳洪，中國小說理論史〔M〕，天津：天津教育出版社，2005。
3. 陳平原，中國小說敘事模式的轉變〔M〕，北京：北京大學出版社，2003。
4. 陳榮捷，王陽明傳習錄詳注集評〔M〕，臺北：臺灣學生書局，1983。
5. 陳曦鍾，侯忠義，魯玉川輯校，水滸傳會評本〔M〕，北京：北京大學出版社，1981。
6. 程德培，小說本體思考錄〔M〕，上海：上海文藝出版社，1987。
7. 丁錫根編著，中國歷代小說序跋集（上）〔M〕，北京：人民文學出版社，1996。
8. 丁錫根編著，中國歷代小說序跋集（中）〔M〕，北京：人民文學出版社，1996。
9. 丁錫根編著，中國歷代小說序跋集（下）〔M〕，北京：人民文學出版社，1996。
10. 方勇，李波譯注，荀子〔M〕，北京：中華書局，2011。
11. 方正耀著，郭豫適審訂，中國古典小說理論史〔M〕，上海：華東師範大學出版社，2005。
12. 馮其庸纂校訂定，陳其欣助纂，八家評批紅樓夢〔M〕，北京：文化藝術出版社，1991。
13. 傅傑編校，王國維論學集〔M〕，北京：中國社會科學出版社，1997。
14. 黃霖編，羅書華撰，中國歷代小說批評史料彙編校釋〔M〕，南昌：百花洲文藝出版社，2007。
15. 黃霖，古小說論概觀〔M〕，上海：上海文藝出版社，1986。
16. 黃霖，萬君寶，古代小說評點漫話〔M〕，瀋陽：遼寧教育出版社，2001。
17. 黃永年，黃壽成點校，黃周星定本西遊證道書〔M〕，北京：中華書局，1993。
18. 紀德君，明清通俗小說編創方式研究〔M〕，北京：社會科學文獻出版社，2012。
19. 蔣玉斌，明代中晚期小說與士人心態〔M〕，成都：巴蜀書社，2010。
20. 李舜華，明代章回小說的興起〔M〕，上海：上海古籍出版社，2012。

21. 林崗，明清小說評點〔M〕，北京：北京大學出版社，2012。

22. 林崗，明清之際小說評點學之研究〔M〕，北京：北京大學出版社，1999。

23. 劉操南輯，桐花鳳閣評紅樓夢輯錄〔M〕，天津：天津人民出版社，1981。

24. 劉繼保，《紅樓夢》評點研究〔M〕，北京：圖書館出版社，2007。

25. 劉濤，中國現代小說範疇論〔M〕，開封：河南大學出版社，2005。

26. 魯迅，中國小說史略〔M〕，合肥：安徽人民出版社，2013。

27. 呂玉華，中國古代小說理論發展研究〔M〕，濟南：山東教育出版社，2015。

28. 錢鍾書，談藝錄〔M〕，北京：中華書局，1993。

29. 秦修容整理，金瓶梅：會評會校本〔M〕，北京：中華書局，1998。

30. 邱興躍，明代儒學的世俗化與民間文化心理研究——以明代白話通俗小說為中心〔M〕，成都：西南交通大學出版社，2013。

31. 饒尚寬譯注，老子〔M〕，北京：中華書局，2006。

32. 石麟，中國古代小說評點派研究〔M〕，北京：中國社會科學出版社，2011。

33. 石麟，中國古代小說文本史〔M〕，鄭州：中州古籍出版社，2013。

34. 宋莉華，明清時期的小說傳播〔M〕，北京：中國社會科學出版社，2004。

35. 譚帆，中國小說評點研究〔M〕，上海：華東師範大學出版社，2001。

36. 汪湧豪，範疇論〔M〕，上海：復旦大學出版社，1999。

37. 汪湧豪，中國文學批評範疇及體系〔M〕，上海：復旦大學出版社，2007。

38. 汪湧豪，中國文學批評範疇十五講〔M〕，上海：華東師範大學出版社，2010。

39. 王國維，宋元戲曲史〔M〕，上海：商務印書館，1943。

40. 王國維，王國維文集〔M〕，北京：中國文史出版社，1997。

41. 王國維，王國維文學論著三種〔M〕，北京：商務印書館，2001。

42. 王國維著，徐調孚校注，人間詞話〔M〕，北京：中華書局，1955。

43. 王先霈，周偉民，明清小說理論批評史〔M〕，廣州：花城出版社，1988。

44. 文革紅，清代前期通俗小說傳播機制研究〔M〕，廣州：世界圖書出版廣東有限公司，2013。

45. 吳士余，中國小說思維的文化機制〔M〕，上海：華東師範大學出版社，1990。

46. 楊伯峻譯注，論語譯注〔M〕，北京：中華書局，2009。

47. 楊伯峻譯注，孟子譯注〔M〕，北京：中華書局，2008。

48. 楊星映、肖鋒、鄧心強著，中國古代文論元範疇論析：氣、象、味的生成與泛化〔M〕，上海：上海古籍出版社，2015。

49. 張伯偉，中國古代文學批評方法研究〔M〕，北京：中華書局，2002。

50. 張世君，明清小說評點敘事概念研究〔M〕，北京：中國社會科學出版社，2007。

51. 張友鶴輯校，聊齋誌異會校會注會評本〔M〕，北京：中華書局，1962。

52. 趙炎秋，明清近代敘事思想〔M〕，長沙：湖南師範大學出版社，2011。

53. 朱一玄編，明清小說資料彙編（上）〔M〕，天津：南開大學出版社，2012。

54. 朱一玄編，明清小說資料彙編（下）〔M〕，天津：南開大學出版社，2012。

55. 朱一玄，劉毓忱編，三國演義資料彙編〔M〕，天津：南開大學出版社，2012。

56. 朱一玄，劉毓忱編，水滸傳資料彙編〔M〕，天津：南開大學出版社，2012。

57. 朱一玄，劉毓忱編，西遊記資料彙編〔M〕，天津：南開大學出版社，2012。

58. 朱一玄編，金瓶梅資料彙編〔M〕，天津：南開大學出版社，2012。

59. 朱一玄編，聊齋誌異資料彙編〔M〕，天津：南開大學出版社，2012。

60. 朱一玄，劉毓忱編，儒林外史資料彙編〔M〕，天津：南開大學出版社，2012。

61. 朱一玄編，紅樓夢資料彙編〔M〕，天津：南開大學出版社，2012。

62. 朱一玄，紅樓夢脂評校錄〔M〕，濟南：齊魯書社，1986。

四、學位論文

1. 白靜，試論王陽明的「格物」正心說〔D〕，太原：山西大學，碩士學位論文，2006。

2. 曹平，論《大唐西域記》的史傳筆法〔D〕，烏魯木齊：新疆師範大學，碩士學位論文，2013。

3. 陳薇，試探毛宗崗《三國演義》評點的悲劇意識〔D〕，上海：華東師範大學，碩士學位論文，2008。

4. 陳心浩，明清小說評點範疇研究〔D〕，保定：河北大學，博士學位論文，2010。

5. 程通，淺論中國傳統文論中的兵家語〔D〕，上海：復旦大學，碩士學位論文，2010。

6. 段超，後現代主義視域中的身體政治批評研究〔D〕，濟南：山東師範大學，碩士學位論文，2009。

7. 房瑩，明清人對《金瓶梅》主旨的闡釋〔D〕，上海：華東師範大學，碩士學位論文，2007。

8. 郭銅，女媧神話原型對明清小說創作構思的影響〔D〕，重慶：重慶師範大學，碩士學位論文，2010。

9. 何悅玲，中國古代小說中的「史傳」傳統及其歷史變遷〔D〕，西安：陝西師範大學，博士學位論文，2011。

10. 胡建次，中國古代文論「趣」範疇研究〔D〕，上海：上海師範大學，博士學位論文，2004。

11. 黃金華，宋代文論「理趣」範疇研究〔D〕，恩施：湖北民族學院，碩士學位論文，2013。

12. 紀堯，金聖歎論小說創作——以金批《水滸》為例〔D〕，合肥：安徽大學，碩士學位論文，2013。

13. 金海濤，明清小說儒家情理觀的介入與朝鮮朝後期漢文小說創作研究〔D〕，延吉：延邊大學，碩士學位論文，2014。

14. 可曉鋒，從「身體話語」到「身體寫作」〔D〕，重慶：西南師範大學，碩士學位論文，2005。

15. 孔慶慶，《聊齋誌異》的悲劇意識〔D〕，烏魯木齊：新疆師範大學，碩士學位論文，2007。

16. 李權，接受美學視域下中國古典詩論「意境」研究〔D〕，湘潭：湘潭大學，碩士學位論文，2011。

17. 李曉飛，論馮延巳詞「悲喜綜錯、盤旋鬱結」的藝術風格及成因〔D〕，長春：東北師範大學，碩士學位論文，2007。

18. 梁曉輝，文學發展中的雅俗關係〔D〕，保定：河北大學，碩士學位論文，2008。

19. 林秀麗，莊子生命悲劇意識探究〔D〕，桂林：廣西師範大學，碩士學位論文，2007。

20. 劉蓮英，論李漁小說「機趣」藝術〔D〕，河南：鄭州大學，碩士學位論文，2001。

21. 馬漢欽，中國形神理論發展演變研究〔D〕，福州：福建師範大學，博士學位論文，2005。

22. 繆小雲，金聖歎小說人物性格理論探微〔D〕，揚州：揚州大學，碩士學位論文，2003。

23. 倪梁敏，論金聖歎的意象批評〔D〕，上海：華東師範大學，碩士學位論文，2008。

24. 農美芬，張竹坡的小說批評範疇研究〔D〕，武漢：中南民族大學，碩士學位論文，2013。

25. 歐陽泱，毛宗崗小說評點範疇研究〔D〕，北京：北京大學，碩士學位論文，2011。

26. 潘桂林，讀者意識與晚近長篇小說的雅俗流變及敘事革新〔D〕，長沙：湖南師範大學，碩士學位論文，2004。

27. 齊曉威，《姑妄言》評點研究〔D〕，石家莊：河北師範大學，碩士學位論文，2010。

28. 邵鴻雁，中國美學「味」範疇新論〔D〕，長春：吉林大學，博士學位論文，2011。

29. 申明秀，明清世情小說雅俗流變及地域性研究〔D〕，上海：復旦大學，博士學位論文，2012。

30. 孫峻旭，文學與歷史之間——從春秋筆法說起〔D〕，曲阜：曲阜師範大學，碩士學位論文，2006。

31. 唐健君，審美倫理視域中的身體問題研究〔D〕，西安：陝西師範大學，博士學位論文，2011。

32. 陶賢果，筆法的「常」與「變」——筆法的發展演變規律研究〔D〕，廣州：暨南大學，碩士學位論文，2005。

33. 王珂，唐前志人小說所彰顯的史家精神及敘史筆法〔D〕，長沙：湖南師範大學，碩士學位論文，2011。

34. 王路成，明清小說批評中的「情理論」研究〔D〕，黃石：湖北師範學院，碩士學位論文，2011。

35. 王巧玲，唐代小說的史料價值〔D〕，上海：華東師範大學，碩士學位論文，2005。

36. 王雯，舒斯特曼身體美學理論初探〔D〕，濟南：山東大學，碩士學位論文，2010。

37. 王小軒，明清小說評點中的「避」與「犯」〔D〕，瀋陽：遼寧大學，碩士學位論文，2014。

38. 王益武，中國山水畫的章法探微〔D〕，長沙：湖南師範大學，碩士學位論文，2008。

39. 許勇，淺論「中國白描畫」藝術〔D〕，北京：中央美術學院，碩士學位論文，2011。

40. 於寧，中國畫章法與現代構成〔D〕，福州：福建師範大學，碩士學位論文，2004。

41. 張金梅，「《春秋》筆法」與中國文論〔D〕，成都：四川大學，博士學位論文，2007。

42. 張鐮，從悲劇的文學表現反思中國傳統文化的悲劇意識〔D〕，北京：首都師範大學，碩士學位論文，2006。

43. 張曼華，中國畫論中的雅俗觀研究〔D〕，南京：南京藝術學院，博士學位論文，2005。

44. 張倩，金庸小說接受意識與空白藝術〔D〕，齊齊哈爾：齊齊哈爾大學，碩士學位論文，2013。

45. 張濤，論詞學核心範疇「情」〔D〕，長沙：中南大學，碩士學位論文，2009。

46. 張馨月，以接受美學視角看張竹坡的《金瓶梅》評點〔D〕，長春：吉林大學，碩士學位論文，2008。

47. 張勇敢，清代戲曲評點史論〔D〕，華東師範大學博士學位論文，2014。

48. 鄭守宗，筆法與筆觸──筆法在我油畫創作中的借鑒與運用〔D〕，成都：四川大學，碩士學位論文，2007。

49. 鄭毅，身體美學視野下的《淮南子》研究〔D〕，成都：四川師範大學，博士學位論文，2012。

50. 周棟，試論宋詞以才學為詞的創作現象〔D〕，金華：浙江師範大學，碩士學位論文，2006。

51. 朱姍，《萬曆野獲編》的史料來源與「小說家筆法」研究〔D〕，北京：北京大學，碩士研究生學位論文，2013。

52. 朱以竹，明詩話「趣味」研究〔D〕，重慶：西南大學，碩士學位論文，2012。

53. 鄒韋華，劉熙載書學技法理論研究〔D〕，南京：南京藝術學院，碩士學位論文，2009。

五、期刊論文

1. 白嵐玲，從「詩中有畫」到「稗中有畫」——脂硯齋小說評點的新變〔J〕，紅樓夢學刊，2014，第 2 輯。

2. 蔡群，明清小說批評中人物性格「情理說」的歷史演變〔J〕，湖北師範學院學報（哲學社會科學版），2002，22（1）。

3. 蔡效全，論《金瓶梅》的白描藝術〔J〕，齊魯學刊，1991，(6)。

4. 曹花傑，善「犯」與善「避」的藝術魅力——才子佳人小說模式解讀〔J〕，渭南師範學院學報，2013，28（3）。

5. 曹立波，《紅樓夢》評點從文人自娛到商業傳播的轉型——東觀閣評與脂硯齋評的主要差異〔J〕，河南教育學院學報（哲學社會科學版），2005，24（2）。

6. 曹萌，論中國古代小說審美中的尚補史思想〔J〕，河南師範大學學報（哲學社會科學版，2001，28（6）。

7. 陳寶良，從雅俗之辨看明代士大夫的精神世界〔J〕，福建論壇·人文社會科學版，2013，(2)。

8. 陳伯海，李賀與印象派〔J〕，上海師範大學學報（哲學社會科學版），1981，(4)。

9. 陳伯海，「味」與「趣」——試論詩性生命的審美質性〔J〕，東方論壇，2005，(5)。

10. 陳才訓，明清小說評點中的「合掌」說〔J〕，古典文學知識，2013，(4)。

11. 陳誠，範疇·譜系·歷史——評董學文主編《西方文學理論史》〔J〕，湖南文理學院學報（社會科學版），2008，33（3）。

12. 陳飛，金聖歎「格物」的要意〔J〕，明清小說研究，1990，(1)。

13. 陳海燕，李白樂府詩的章法〔J〕，廣東教育學院學報，2000，(2)。

14. 陳峻俊,「空白」的召喚——接受美學與傳播學「空白」觀比較〔J〕,社會科學動態,1998,(11)。

15. 陳美林,李忠明,中國古代小說的教化意識〔J〕,明清小說研究,1993,(3)。

16. 陳美林,李忠明,中國古代小說中的情感宣泄〔J〕,南京師大學報(社會科學版),1993,(4)。

17. 陳慶紀,李漁戲曲的關目藝術及當代意義〔J〕,山西師大學報(社會科學版),2006,33(4)。

18. 陳思和,文本細讀在當代的意義及其方法〔J〕,河北學刊,2004,24(2)。

19. 陳文忠,接受史視野中的經典細讀〔J〕,江海學刊,2007,(6)。

20. 陳心浩,李金善,「妙」解——明清小說評點範疇例釋〔J〕,河北學刊,2007,27(5)。

21. 陳昕,中國古代文論中的「接受美學」〔J〕,廣西社會科學,2004,(5)。

22. 程國賦,蔡亞平,論《四庫全書總目》小說家類的著錄標準及著錄特點〔J〕,明清小說研究,2008,(2)。

23. 程麗芳,魏晉南北朝志怪小說的實錄精神與補史意識〔J〕,文藝評論,2011,(2)。

24. 崔曉西,張竹坡在《金瓶梅》評點中的「情理」範疇及其在小說批評史上的地位〔J〕,浙江師大學報(社會科學版),1996,(3)。

25. 丁桂奇,王慶雲,明清小說理論「發憤著書」說的形成與發展〔J〕,中國海洋大學學報(社會科學版),2007,(6)。

26. 董林,《水滸傳》中的女性形象與明清書評家的點評〔J〕,湖南經濟管理幹部學院學報,2005,16(3)。

27. 董宇宇,詩法審美與文化心理的關係:章法篇——以盛唐律體為例〔J〕,文史天地理論月刊,2014,(1)。

28. 樊寶英,接受美學與中國古代文論研究〔J〕,學術研究,1997,(5)。

29. 范道濟,「發憤」說論小說的主體表現功能——明清小說理論研究簡記〔J〕,明清小說研究,1995,(4)。

30. 范道濟,明清小說的歷史意識——「補史」論與明清小說系列研究之一〔J〕,黃岡師專學報(社會科學版),1996,16(1)。

31. 范道濟，求真：實錄原則的移植與揚棄——「補史」論與明清小說研究（二）〔J〕，明清小說研究，1998，（2）。

32. 范冬冬，「文本細讀」與《紅樓夢》〔J〕，紅樓夢學刊，2010，第四輯。

33. 高超，宇文所安文本細讀方法初探〔J〕，山西師大學報（社會科學版），2010，37（2）。

34. 高雪梅，論《紅樓夢》的「美人方有一陋處」〔J〕，芒種，2012，（9）。

35. 龔兆吉，略論金聖歎的「格物」、「因緣生法」說的得失〔J〕，水滸爭鳴，1987，（0）。

36. 谷鳴潤，把歪曲的眼光正過來——《紅樓夢》收尾釋疑兼駁「不接筍」論〔J〕，鞍山師範學院學報（綜合版），1995，16（4）。

37. 顧文豪，中國人的文心——讀汪湧豪《中國文學批評範疇十五講》〔J〕，書城，2011，（1）。

38. 韓晗，辯中求變：兼論學術譜系史範疇下當代西方文論研究——以陳永國《理論的逃逸》為例〔J〕，廣西大學學報（哲學社會科學版），2009，31（2）。

39. 何世劍，新時期以來古代文論「情理」範疇研究述評〔J〕，蘭州學刊，2007，（6）。

40. 何悦玲，「史補」與「情補」——中國古代小說創作意識論略〔J〕，人文雜誌，2011，（1）。

41. 賀根民，晚清民初小說情理的把握方式與觀念變遷〔J〕，東南大學學報哲學社會科學版，2010，12（1）。

42. 賀文榮，論中國古代書法的筆法傳授譜系與觀念〔J〕，美術觀察，2008，（8）。

43. 胡建次，中國古典詞學「趣」範疇的承傳〔J〕，東南大學學報 哲學社會科學版，2007，9（4）。

44. 胡明偉，悲劇意識與文化傳統〔J〕，齊齊哈爾大學學報（哲學社會科學版），2002，（11）。

45. 皇甫修文，藝術曲折與審美心靈的同態對應〔J〕，名作欣賞，1986，（5）。

46. 紀德君，明清時期文人小說家「發憤著書」縱觀〔J〕，廣州大學學報（社會科學版），2011，10（9）。

47. 江海鷹，史傳理論——「白描」的另一種淵源〔J〕，華南師範大學學報社會科學版，2001，（3）。

48. 蔣長棟，中國韻文章法演進概論〔J〕，中國韻文學刊，2002，（2）：54。

49. 康保成，重論「四折一楔子」〔J〕，中華戲曲，2004，（1）。

50. 康國章，小說勸懲論與明末擬話本小說〔J〕，殷都學刊，2007，（4）。

51. 賴燕波，洩憤——明清小說家創作動因探析〔J〕，杭州教育學院學報，1997，（1）。

52. 蘭翠，論「趣」〔J〕，中國文學研究，2003，（2）。

53. 雷慶銳，論陸雲龍的女性觀——以《型世言》評點為主〔J〕，青海民族學院學報（社會科學版），2007，33（3）。

54. 黎傳緒，元雜劇「楔子」簡論〔J〕，江西社會科學，2003，（7）。

55. 李成，曲度盡傳春夢景「以幻為真」抒至情——論《牡丹亭》真幻交融的審美藝術功能〔J〕，學術交流，2008，（1）。

56. 李鳳亮，孔銳才，身體修辭學——文學身體理論的批判與重建〔J〕，天津社會科學，2006，（6）。

57. 李建軍，行文看結穴〔J〕，小說評論，1994，（6）。

58. 李建中，中國古代文體學範疇的理論譜系〔J〕，北京大學學報（哲學社會科學版），2011，48（6）。

59. 李健，中國古典感物美學中的「心」與「物」〔J〕，中國中外文藝理論研究，2012（0）。

60. 李劼，《紅樓夢》的敘述閱讀：自然無為的太極章法〔J〕，文藝理論研究，1993，（5）。

61. 李明軍，大眾娛樂、道德勸誡到社會批判——清中葉通俗小說諷世形態的變化〔J〕，臨沂師範學院學報，2009，31（2）。

62. 李瑞，《儒林外史》性格小說型形態的近代現實主義特色〔J〕，凱里學院學報，2012，30（2）。

63. 李碩，再說「脫卸」——明清小說場景過渡技法的發展〔J〕，中國文化，第三十七期。

64. 李衛華，「細讀」：當代意義及方法〔J〕，江海學刊，2011，（3）。

65. 李忠明，中國古代小說中的悲劇意識〔J〕，南京師大學報（社會科學版），1994，（2）。

66. 李洲良，春秋筆法與中國小說敘事學〔J〕，文學評論，2008，（6）。

67. 李洲良，論「春秋筆法」在六大古典小說敘事結構中的作用〔J〕，中華文史論叢，2010，（1）。

68. 梁克隆，《莊子》散文章法論略〔J〕，中華女子學院學報，2009，（6）。

69. 梁玉敏，論小說創作的藝術構思〔J〕，學術論壇，2012，（1）。

70. 林春虹，金聖歎小說理論溯源〔J〕，明清小說研究，2007，（1）。

71. 林剛，試論張竹坡的「洩憤」小說批評觀〔J〕，樂山師範學院學報，2002，17（5）。

72. 林文山，白描手法在《金瓶梅》《紅樓夢》中的運用〔J〕，河北學刊，1986，（4）。

73. 劉安軍，弗洛依德的精神分析與文藝批評〔J〕，湖北函授大學學報，2011，24（2）。

74. 劉宏，一個由「空‧色‧情」建構的立體世界〔J〕，北京大學學報（社會科學版），2001，38（2）。

75. 劉健，接受美學視野下的中國古代文論〔J〕，長城，2010，（8）。

76. 劉相雨，論《紅樓夢》的楔子——兼論中國古典長篇小說的開頭模式〔J〕，紅樓夢學刊，1999，第一輯。

77. 盧盛江，殷璠「神來、氣來、情來」論——唐詩文術論的一個問題〔J〕，東方論壇，2006，（5）。

78. 陸躍升，古典小說對「《春秋》筆法」的接受及其文本意義的詮釋〔J〕，小說評論，2013，（S2）。

79. 羅安憲，「格物致知」還是「致知格物」？——宋明理學對於「格物致知」的發揮與思想分歧〔J〕，中國哲學史，2012，（3）。

80. 羅德榮，古代小說形神論漫議〔J〕，古典文學知識，2002，（4）。

81. 羅曼菲，論「幻化」藝術手段在《聊齋》中的運用〔J〕，惠州大學學報（社會科學版），2000，20（3）。

82. 羅興萍，文本如何細讀——陳思和文學評論的特點〔J〕，文藝爭鳴，2009，（7）。

83. 馬漢欽，試論中國古代小說形神理論〔J〕，江西教育學院學報（社會科學），2007，28（5）。

84. 梅顯懋，論中國小說與史之關係〔J〕，遼寧師範大學學報，2003，（4）。

85. 美人必有一陋，心靈美更有永久魅力〔J〕，文藝理論研究，1984，（4）。

86. 孟昭連，明清小說批評中的情理觀念〔J〕，南京師大學報（社會科學版），2002，（1）。

87. 苗懷明，清代才學小說三論〔J〕，南京師大學報（社會科學版），2010，（6）。

88. 牛學智，被規定的身體、欲望主體與文學批評的身體性話語〔J〕，文藝理論研究，2013，（6）。

89. 彭國翔，中晚明陽明學的格物之辨〔J〕，現代哲學，2004，（1）。

90. 彭紅，論明清章回小說對《史記》白描手法的繼承和發展〔J〕，作家雜誌，2009，（3）。

91. 彭俐，法國印象派與中國唐詩〔J〕，群言，2004，（11）。

92. 齊魯青，金聖歎小說人物性格批評論〔J〕，內蒙古大學學報（人文社會科學版），2000，32（4）。

93. 祁志祥，明清小說評點的藝術真實論〔J〕，社會科學輯刊，2012，（5）。

94. 祁志祥，「真幻」說：中國古代文學的藝術真實觀〔J〕，人文雜誌，2007，（2）。

95. 邱飛廉，釋道情結與明清傳奇關目大逆轉之肯綮〔J〕，戲劇文學，2006，（10）。

96. 曲成豔，王樹海，明代勸誡文學新探〔J〕，華夏文化論壇·第七輯，2012，（1）。

97. 阮芳，草蛇灰線 伏脈千里——中國古典小說一種獨特的結構技巧〔J〕，湖北廣播電視大學學報，2007，27（3）。

98. 尚繼武，古代小說史學視界批評的思維模式〔J〕，江西科技師範大學學報，2014，（2）。

99. 尚繼武，古代小說史學視界批評萌生發展與自我終結〔J〕，文藝評論，2013，（2）。

100. 石麟，古代小說的史鑒功能和勸誡功能——中國古代小說評點派研究二題〔J〕，湖北師範學院學報（哲學社會科學版），2004，24（1）。

101. 舒斯特曼，曾繁仁等，身體美學：研究進展及其問題——美國學者與中國學者的對話與論辯〔J〕，學術月刊，2007，39（8）。

102. 宋常立,《桃花扇》「試一齣‧先聲」與《紅樓夢》楔子的構思〔J〕,紅樓夢學刊,2010,第二輯。

103. 蘇文健,消費文化視閾中的身體批評〔J〕,溫州大學學報‧社會科學版,2011,24(4)。

104. 孫愛玲,千秋苦心遞金針——張竹坡之〈金瓶梅〉結構章法論〔J〕,貴陽學院學報社會科學版,2009,(1)。

105. 譚光輝,「白描」源流論——從張竹坡對《金瓶梅》評點看「白描」內涵的演變〔J〕,張家口師專學報,2003,19(4)。

106. 湯凌雲,真幻不二:明清小說戲曲真實性的審美原則〔J〕,湖南科技學院學報,2013,34(3)。

107. 湯哲聲,20世紀中國文學的雅俗之辨與雅俗合流〔J〕,學術月刊,2006,38(3月號)。

108. 陶然,簡論周邦彥詞的章法〔J〕,杭州大學學報,1994,24(2)。

109. 田同旭,《西遊記》是部情理小說——《西遊記》主題新論〔J〕,山西大學學報(哲學社會科學版),1994,(2)。

110. 萬昭瑩,葉玉,通俗史論中的小說筆法——以《明朝那些事兒》為例〔J〕,傳奇‧傳記文學選刊(理論研究),2011,(3)。

111. 汪道倫,《紅樓夢》對曲藝的融會貫通〔J〕,紅樓夢學刊,1994,第二輯。

112. 王愛軍,文本細讀:中國現代文學研究的一種精神〔J〕,教育評論,2012,(3)。

113. 王安葵,論戲曲「關目」〔J〕,藝術百家,2011,(3)。

114. 王朝聞,美人必有一陋〔J〕,美育,1984,(4)。

115. 王春陽,白描技法在明清戲曲刊本插圖中的淵源及藝術流變〔J〕,東北師大學報(哲學社會科學版),2013,(3)。

116. 王翠爽,「細讀法」與中國語境下的細讀〔J〕,文學界(理論版),2012,(4)。

117. 王德軍,《世說新語》中的「形神觀」及其影響〔J〕,安慶師範學院學報(社會科學版),2003,22(2)。

118. 王富仁,悲劇意識與悲劇精神〔J〕,上篇,江蘇社會科學,2001,(1),下篇,江蘇社會科學,2001,(2)。

119. 王洪，蘇軾「以才學為詩」論〔J〕，江西社會科學，1989，（5）。

120. 王建珍，意境空白的創造——從接受美學的視角〔J〕，河北大學學報（哲學社會科學版），2005，（4）。

121. 王靜，形神論在中國古典小說中的運用〔J〕，西安社會科學，2010，28（1）。

122. 王麗文，高永革，間隔之妙與疏離之美——《紅樓夢》獨特的敘事藝術〔J〕，紅樓夢學刊，2009，第四輯。

123. 王麗亞，話中有話——小說話語的曲折傳義〔J〕，外語教學與研究，1997，（1）。

124. 王連儒，中國古典小說批評中的「經史之鑒」原則〔J〕，齊魯學刊，1998，（4）。

125. 王林書，論《聊齋》藝術構思的獨創性〔J〕，蒲松齡研究，1993，（Z1）。

126. 王路成，張媛，明清小說批評中「情理」觀的流變分析〔J〕，湖北師範學院學報（哲學社會科學版），2011，31（1）。

127. 王楠，論張竹坡《金瓶梅》評點中的「情理」〔J〕，瀋陽師範大學學報（社會科學版），2013，37（5）。

128. 王世海，理趣說的美學意涵——以錢鍾書理趣論為中心〔J〕，中國韻文學刊，2012，26（1）。

129. 王世海，趣之美學的端倪——《文心雕龍》「趣」論〔J〕，蘭州學刊，2011，（4）。

130. 王樹林，吉素芬，「感遇為詩」「格調」「章法」及其他——侯方域論詩箚記之二〔J〕，黃淮學刊（社會科學版），1995，11（2）。

131. 王汀，明清小說藝術構思中靈感作用之發微〔J〕，湖北函授大學學報，2013，26（5）。

132. 王言鋒，清初避禍心理與白話短篇小說創作主旨的曲折表達〔J〕，江漢論壇，2008。

133. 王永健，明清小說「讀法」芻論〔J〕，明清小說研究，1985，（2）。

134. 王永軍，明清小說評點敘事的畫學符號及其互文指向〔J〕，學術界，2014，（1）。

135. 吳建民，「發憤」與「自娛」：古代作家創作的基本動力形式〔J〕，曲靖師範學院學報，2003，22（5）。

136. 吳微，「小說筆法」：林紓古文與「林譯小說」的共振與轉換〔J〕，明清小說研究，2002，（3）。

137. 吳子林，小說評點知識譜系考索〔J〕，浙江學刊，2001，（2）。

138. 吳子林，敘事：歷史還是小說？──金聖歎「以文運事」、「因文生事」辨析〔J〕，浙江社會科學，2003，（1）。

139. 吳子凌，小說評點知識譜系考察〔J〕，東方叢刊，2001，第3輯。

140. 夏惠績，橫雲斷山的敘事功能〔J〕，語文學刊，2004，（5）。

141. 解玉峰，元劇「楔子」推考〔J〕，上海戲劇學院學報，2006，（4）。

142. 熊良智，戰國楚簡的出土與先秦「情」與「志」的再思考〔J〕，社會科學研究，2011，（4）。

143. 徐大軍，《紅樓夢》利用戲曲體制因素論略〔J〕，紅樓夢學刊，2011，第四輯。

144. 徐一周，洩憤，從詩文到小說──兼談張竹坡的小說創作動力論〔J〕，玉林師專學報（哲學社會科學），1994，15（1）。

145. 許伯卿，比喻式文學批評初探〔J〕，東南大學學報（哲學社會科學版），2000，2（4）。

146. 許德金，王蓮香，身體、身份與敘事──身體敘事學芻議〔J〕，江西社會科學，2008，（4）。

147. 許建華，「細讀」批評理論與言、象、意的文本分析方法──中西細讀批評之比較〔J〕，寧夏大學學報（人文社會科學版），2007，29（5）。

148. 嚴萍，論中國古代小說尚勸誡的審美思想〔J〕，鄭州大學學報（哲學社會科學版），2001，34（5）。

149. 閻福玲，禪宗·理學與宋人理趣詩〔J〕，中州學刊，1995，（6）。

150. 顏湘君，形神──中國古代小說服飾描寫的和諧美〔J〕，湘潭師範學院學報社會科學版，2001，23（1）。

151. 楊帆，析明清小說批評中的情理觀念〔J〕，語文學刊，2012，（1）。

152. 楊明，言志與緣情辨〔J〕，上海師範大學學報（哲學社會科學版），2007，36（1）。

153. 楊志平，「白描」作為畫論術語向小說文法術語的轉變〔J〕，江西師範大學學報（哲學社會科學版），2012，45（4）。

154. 楊志平，陳靜，釋「水窮雲起」法——以古代小說評點為中心〔J〕，名作欣賞，2009，（2）。

155. 楊志平，釋「橫雲斷山」與「山斷雲連」——以古代小說評點為中心〔J〕，學術論壇，2007，（8）。

156. 楊仲義，幾種應當唾棄的章回小說性格論〔J〕，湘潭大學學報（哲學社會科學版），1998，22（4）。

157. 姚昌炳，從元雜劇「關目之拙劣」看其詩化特徵〔J〕，長江大學學報（社會科學版），2011，34（7）。

158. 姚梅，詩論八股文「章法理論」對李漁曲論的浸染〔J〕，武漢大學學報（哲學社會科學版），1996，（6）。

159. 余丹，論宋代文言小說的補史意識〔J〕，甘肅社會科學，2008，（2）。

160. 俞綿超，司馬遷的「發憤著書說」及其影響〔J〕，六安師專學報，2000，16（3）。

161. 郁沅，中國典型理論與形神論〔J〕，文藝理論研究，1990，（1）。

162. 運麗君，從臥閒草堂評點看《儒林外史》楔子的功能〔J〕，語文學刊（高教版），2006，（11）。

163. 曾凡安，石麟，敘事：妙在虛實真幻之間——古代小說批評的辯證思維之一斑〔J〕，南昌大學學報（人文社會科學版），2010，41（4）。

164. 曾景祥，論白描的藝術特點〔J〕，株洲工學院學報，2002，16（2）。

165. 查桂義，從歸有光之「白描」到方苞之「白描」〔J〕，齊齊哈爾師範高等專科學校學報，2008，（3）。

166. 張蓑，古代小說理論中「洩憤」說的生成及意義〔J〕，中國人民大學學報，1995，（3）。

167. 張迪，論四折一楔子體制的形成〔J〕，名作欣賞，2012，（23）。

168. 張會恩，古代文章章法論〔J〕，湖南師大社會科學學報，1986，（3）。

169. 張加輝，論金批《水滸》「楔子」中的虎蛇〔J〕，語文學刊（高教版），2006，（7）。

170. 張金梅，史家筆法作為中國古代小說評點話語的建構〔J〕，集美大學學報（哲學社會科學版），2012，15（2）。

171. 張金明，論查慎行的白描詩學觀及其在詩歌創作中的運用〔J〕，燕山大

學學報（哲學社會科學版），2012，13（3）。

172. 張黎明，中西方悲劇意識與悲劇精神之比較〔J〕，文山師範高等專科學校學報，2006，19（2）。

173. 張利群，《原道》「道心」說的文論內涵及其意義〔J〕，汕頭大學學報（人文社會科學版），2008，24（6）。

174. 張梅，《莊子》的語言藝術——卮言——從莊子的立言態度與立言方式談起〔J〕，先秦兩漢文學論集，2006，（6）。

175. 張珊，金聖歎文學評點背後的經學思維探析——以評點詞「春秋筆法」為線索〔J〕，明清小說研究，2014，（2）。

176. 張十慶，古代建築間架表記的形式與意義〔J〕，中國建築史論彙刊，第貳輯。

177. 張世君，間架：一個本土的理論概念〔J〕，學術研究，2002，（10）。

178. 張世君，明清小說評點山水畫概念析〔J〕，學術研究，2002，（1）。

179. 張世君，明清小說評點章法概念析〔J〕，暨南學報人文科學與社會科學版，2004，（3）。

180. 張世君，小說敘事空間結構概念：間架〔J〕，東方叢刊，2002。

181. 張世君，中西敘事概念「間架」與「插曲」辨析〔J〕，文藝理論研究，2009，（3）。

182. 張偉，互文性視域下明清小說評點敘事的戲曲符號及其審美指向〔J〕，貴州師範大學學報（社會科學版），2014，（2）。

183. 張永葳，「看小說如看一篇長文字」——明清小說讀法對文章讀法的依循〔J〕，海南大學學報人文社會科學版，2012，30（3）。

184. 張玉英，「特犯不犯」——《水滸傳》敘事技巧的現代修辭學解讀〔J〕，水滸爭鳴，第十一輯。

185. 張雲，從《紅樓復夢》之「復」看其續書理念與構思手法〔J〕，中國文化研究，2013，春之卷。

186. 張振昌，胡淑莉，《紅樓夢》甲戌本「楔子」探微〔J〕，社會科學戰線，1997，（6）。

187. 張振鈞，小說與史：一樁扯不清的公案〔J〕，中國人民大學學報，1990，（3）。

188. 趙彩娟，從字法、句法、章法看韓愈的「以文為詩」〔J〕，前沿，2008，（1）。

189. 趙海霞，李漁短篇小說中的情理觀〔J〕，咸陽師範學院學報，2007，22（3）。

190. 趙逵夫，《紅樓夢》的構思與背景問題〔J〕，社會科學戰線，2003，（4）。

191. 趙炎秋，敘事視野下的金聖歎「章法」理論研究〔J〕，長江學術，2011，（3）。

192. 甄靜，《初潭集·夫婦》中所體現的女性觀〔J〕，河北北方學院學報（社會科學版），2013，29（3）。

193. 鄭春元，《聊齋誌異》的理趣美〔J〕，蒲松齡研究，2013，（1）。

194. 鍾其鵬，試論南朝賦才學化傾向的成因〔J〕，聊城大學學報（社會科學版），2011，（1）。

195. 周先慎，中國古典小說人物描寫對形神關係的處理〔J〕，文藝研究，2007，（7）。

196. 朱崇才，詞體章法形式及其審美特質〔J〕，文學遺產，2010，（1）。

197. 朱淡文，楔子·序曲·引線·總綱——《紅樓夢》第一回析論〔J〕，紅樓夢學刊，1984，第二輯。

198. 朱振武，自娛：《聊齋誌異》創作心態談（一）〔J〕，蒲松齡研究，1996，（3）。

199. 朱志榮，論中國美學的悲劇意識〔J〕，文藝理論研究，2013，（5）。